BASTEI
LÜBBE
TASCHENBUCH

Weitere Titel der Autorin:

20 625 Elfling – Das Heer der Toten

Über die Autorin

Susan Price hat in England mehr als fünfzig Bücher, meist für jüngere Leser, veröffentlicht. Sie wurde vor allem bekannt durch ihren Roman *Die Starckarm-Saga*, der den renommierten Guardian Children's Fiction Award gewann und für die Carnegie Medal nominiert wurde.

Susan Price

ELFLING
DER ERBE DER KRONE

Roman

Aus dem Englischen von
Edda Petri

BASTEI
LÜBBE
TASCHENBUCH

BASTEI LÜBBE TASCHENBUCH
Band 20 624

1. Auflage: September 2010

Vollständige Taschenbuchausgabe

Bastei Lübbe Taschenbuch in der Bastei Lübbe GmbH & Co. KG

Deutsche Erstausgabe

Titel der Originalausgabe: »Elfgift«
Originalverlag: Scholastic Ltd., London, New York, Toronto, etc.

Lektorat: Helmut W. Pesch
Titelillustration: © Fantasio fine Arts/Oliver Wetter
Umschlaggestaltung: Guter Punkt, München
Innenillustrationen: (1) Celtic Designs CD Rom and Book,
© Dover Publications, Inc., 1996, 1997; (6) Mallory Pearce,
Celtic Borders on Layout Grids, © Dover Publications, Inc., 1990.
Satz: Urban SatzKonzept, Düsseldorf
Gesetzt aus der Goudy
Druck und Verarbeitung: CPI – Ebner & Spiegel, Ulm
Printed in Germany
ISBN: 978-3-404-20624-7

INHALT

ERSTES KAPITEL

TOD EINES KÖNIGS

In der Mitte des Raums, wo das Licht der Kerzen und Lampen am hellsten erstrahlte, stand ein breites Bett, dessen Pfosten mit geschnitzten Drachen und verschlungenen Greiftieren verziert waren. Im Bett, von Kissen gestützt und unter einer mit glitzernden Goldfäden bestickten Decke, lag der sterbende König. Sein Atem ging schwer und langsam, als laste ein schweres Gewicht auf seiner Brust, welches die Rippen bei jedem Atemzug stemmen mussten.

Um das Bett herum war die Königssippe versammelt, die führenden Mitglieder der Zwölfhundert. Ihre Schatten zeichneten sich lang und verzerrt auf Wänden und Decke ab.

An der einen Seite des Betts stand Athelric, allein, der einzige überlebende Bruder des Königs. Die starken Schatten ließen das kantige Kinn und die Falten in seinem Gesicht noch schärfer erscheinen, als sie waren. Obgleich schon in die Jahre gekommen, war er bei Tageslicht immer noch ein gut aussehender Mann; sein helles Haar und der helle Bart waren eher verblasst als ergraut. Wie der Dichter sagt: Erreicht ein Mann die vierzig, verändert der Klang jedes eingeschlagenen Sargnagels sein Gesicht. Athelric war über vierzig, doch wenn sich die Ältesten des Rates versammelten, um den nächsten König aus der Königssippe zu wählen, würde die Wahl auf ihn fallen. Das war so gut wie sicher. Immer noch war er ein starker, kraftvoller Mann, der sich im Kampf und im Rat bewährt hatte. Auch die Tatsache, dass er als Bruder des gegenwärtigen Königs bis zum heutigen Tag überlebt hatte, sprach für sein politisches Geschick. Könige wurden leicht nervös und eifersüchtig, und weniger talentierte Brüder als Athelric starben häufig jung. Seine starke Ähnlichkeit mit dem sterbenden König würde bei den sentimentaleren Mitgliedern des Rates gleichfalls zu seinen Gunsten sprechen – ebenso wie die Tatsache, dass er nach dem Tode seines Bruders der einzige Heide in der Königssippe sein würde. Unter den Ratsältesten gab es nicht viele, die dem neuen Christus-Glauben folgten.

Auf der anderen Bettseite hatten sich die Christus-Anhänger versammelt – die Athelinge, ihre Mutter, die Königin, und der Christus-Priester aus fernen Landen, Vater Fillan.

Königin Ealdfrith saß auf ihrem vergoldeten Sessel mit so viel Würde, wie man von einer edlen Frau, die schon so lang tot war, erwarten konnte. Im Kerzenschein schimmerten ihre Gewänder aus golddurchwirktem Stoff, und auf den schwarz gewordenen knochigen Fingern glänzten Juwelen. Ihr immer noch volles Haar war unter einem leinenen Kopfputz zusammengebunden, der durch einen juwelenbesetzten Stirnreif gehalten wurde. Unter dem weißen Linnen war ihr Gesicht schwarz und runzlig geworden, und sie bleckte gegen ihren Gemahl und die Söhne die Zähne. Von ihr ging ein starker Geruch aus, welchen Vater Fillan den Duft der Heiligkeit nannte, doch für nicht so Gläubige oder gar Heiden stank es wie Verwesung.

Zu Lebzeiten war Königin Ealdfrith für ihre Güte und Gelehrsamkeit berühmt gewesen. Als sie von dem Christus-Glauben gehört hatte, sandte sie Boten in die fremden Königreiche im

Norden und bat, man möge einen Priester schicken, der sie mehr darüber lehre. Vater Fillan war zu ihr gekommen, und seine Lehre hatte sie mit Eifer für Christus erfüllt. Etliche – darunter auch Athelric – hegten allerdings den Verdacht, dass ihre Begeisterung mehr mit Vater Fillans glatt rasiertem Gesicht und seinen dunklen Augen als mit seinen Predigten zu tun hatte. Doch musste man mit derartigen Bemerkungen von Heiden – und Männern – rechnen. Aber wie dem auch sei, es hatte schließlich dazu geführt, dass Ealdfrith den alten Göttern abgeschworen und ihr Leben der Buße dafür gewidmet hatte, dass sie ihnen je Opfer dargebracht hatte, und noch weitere Buße für die Sünden ihrer unbekehrten Landsleute. Von dem Tag an, als Fillan sie taufte, nahm sie nie mehr als eine Mahlzeit am Tag zu sich, und diese bestand aus Brot und Wasser. Sommers wie winters trug sie nur ein Gewand aus rauer Wolle, und ihre Gemächer wurden nie von einem Feuer erwärmt oder nach Einbruch der Dunkelheit von Kerzen erhellt. Vater Fillan zufolge war sie eine Heilige. Nur eine Heilige konnte die Kraft haben, so fromm, so gläubig zu leben. Doch vielleicht machte gerade das Übermaß ihrer Frömmigkeit es anderen so schwer, ihrem Beispiel zu folgen. Kälte, Hunger und Dunkelheit mochten für die Königssippe ganz neue Erfahrungen sein, doch für die meisten Untertanen der Königin waren sie zu alltäglich, um eine besondere Anziehung auszuüben, und so blieb die Zahl der Christus-Anhänger im Lande klein. Der Königin war es nicht einmal gelungen, den eigenen Gemahl zu bekehren. König Eadmund hatte ihr die Erlaubnis gegeben, eine kleine Kapelle zu errichten und dort zu beten, wann immer sie wollte, doch er blieb seinem Ahnherrn, Woden, und auch dem Glauben an Thunor, Ing und Freyja treu. Als Königin Ealdfrith starb, verlor Vater Fillan mehr als nur eine Freundin. Er verlor seine größte Fürsprecherin und das bedeutendste Mitglied seiner Gemeinde und – falls gewisse Gerüchte der Wahrheit entsprachen – auch eine Geliebte.

Daher hatte er sie bei sich behalten. Er behauptete, es sei der Wunsch der sterbenden Königin gewesen. König Eadmund, der mit seiner Gemahlin seit Jahren kaum ein Wort gewechselt hatte, war verblüfft über Vater Fillans Ansuchen gewesen, aber Vater Fillan hatte ihn in vielerlei Hinsicht verblüfft – das bartlose Gesicht, der kahl geschorene Schädel, das Gekrieche und Geflehe vor seinem einzigen Gott. Aber schließlich kam Fillan aus der Fremde und hatte fremdartige Sitten. Und so war es gekommen, dass Königin Ealdfrith, als halb mumifizierter Leichnam, in Prachtgewänder gekleidet, die erste und einzige christliche Heilige des Königreichs geworden war – und was für eine Heilige! Sehr viel eindrucksvoller, als man sie in Fillans christlichem Land im Norden fand. Sogar beeindruckender als viele Reliquien in den großen Kathedralen auf dem Festland. Fillan war stolz auf seine königliche Heilige und stellte sie bei jeder Gelegenheit zur Schau.

Ealdfriths jüngster Sohn, der Atheling Wulfweard, konnte nicht umhin, immer wieder einen Blick auf sie zu werfen. Er gab sich zwar Mühe, seinem sterbenden Vater die gebührende Aufmerksamkeit zu widmen, sah aber immer wieder unvermittelt zu der Heiligen hin, als erwarte er bang, sie könne sich plötzlich vom Sessel erheben und ihn in die Arme schließen. Er hatte sich in Gegenwart seiner Mutter nie recht wohl gefühlt. Unwin, der Älteste der Athelinge, legte den Arm um die Schultern des Jungen und drückte ihn mit seiner großen schwieligen Waffenhand beruhigend an sich. Alle Athelinge besaßen das gute Aussehen ihres Vaters und Vatersbruders, doch Unwin, ein Mann von achtundzwanzig, wenngleich groß und stark an Gestalt, hatte das Familiengesicht in der schroffsten Form geerbt. Das Kerzenlicht betonte die vorspringenden

Wangenknochen und die vollen Lippen, die sich wie schmollend über den Pferdezähnen schlossen. Die buschigen Brauen hüllten die Augen in tiefe Schatten. Wo sein Haar das Licht auffing, glänzte es in einem dunklen Kupferrot. Er trug es aus dem Gesicht gekämmt und zu einem dicken Pferdeschwanz zusammengebunden, der ihm über den Rücken fiel. Auf diese Weise war es ihm nicht im Weg, was seiner Natur entsprach, doch diese strenge Haartracht machte seine harten Gesichtszüge nicht weicher.

Obgleich Wulfweard so groß war wie sein Bruder, war er erst sechzehn und wirkte neben dem massigen Unwin schlank und biegsam wie eine Gerte. Er trug das Haar modisch offen, und es reichte ihm fast bis zum Gürtel. Offenbar war ihm unbehaglich, denn er konnte nicht still stehen, wodurch sein Haar im Licht bei jeder Bewegung wie Rotgold schimmerte. Die Brosche an der Schulter, der Reif um seinen Hals und die Schnalle am Gürtel glänzten hell.

Hunting, der dritte Atheling, stand hinter seinen Brüdern, halb im Schatten. Er stand ruhig mit verschränkten Armen da, den Blick ständig auf das Bett geheftet.

Als der König wieder einen rasselnden Atemzug tat, blickte Unwin zu Vater Fillan am Fuß des Betts. Er machte eine auffordernde Kopfbewegung. Der Priester nahm die Hände aus den Ärmeln und trat näher. Er hielt eine kleine Flasche.

Athelric sah sie und fragte: »Was ist das?«

Niemand antwortete ihm. Der Priester trat ans Kopfende des Bettes und beugte sich über den König. Er murmelte etwas und zog den Stöpsel aus dem Fläschchen.

Athelric packte den Priester am Handgelenk. »Was tust du?«

»Nichts, Vatersbruder«, erklärte Unwin, aber Athelric runzelte die Stirn und zog den Priester vom Lager des Königs weg.

Vater Fillan, der viel kleiner und schmächtiger war als Athelric, erklärte: »Ich werde den König jetzt taufen.«

»Das wirst du nicht!«, sagte Athelric.

»Damit er gerettet wird und in das himmlische Königreich eingeht«, fuhr Fillan fort. Er blickte in Athelrics zorniges Gesicht und versuchte, sich die Schmerzen nicht anmerken zu lassen, welche der Hüne ihm zufügte, indem er ihm den Arm verbog.

Unwin nahm den Arm von Wulfweards Schulter, trat vor und beugte sich über das Bett, um die Hand seines Vatersbruders vom Handgelenk des Priesters zu lösen.

»Es ist unser Wunsch«, erklärte er und schloss mit einer Kopfbewegung seine Brüder ein, »dass unser Vater durch die Taufe in unseren Glauben aufgenommen wird.«

»Ich spucke auf eure Wünsche«, sagte Athelric. »*Sein* Wunsch war das nicht!«

Unwin blickte von seinem Vatersbruder zum Priester und sagte: »Mach weiter mit der Taufe.«

Vater Fillan, sorgsam darauf bedacht, sich außerhalb von Athelrics Reichweite zu halten, trat mit seinem Fläschchen erneut ans Bett heran.

»Das ist nicht recht!«, erklärte Athelric. Unwin sagte nichts, nickte nur dem Priester zu. Wieder trat Wulfweard zu seinem ältesten Bruder, wobei er aus dem Augenwinkel den stocksteifen Leichnam seiner Mutter im Sessel beobachtete.

Der Priester beugte sich über das Bett, murmelte fremdartige Worte und hielt das Fläschchen hoch, um das heilige Wasser auszugießen.

Athelric streckte die geballte Faust über das Bett. Der Schein einer Lampe warf den Schatten der Faust, das Zeichen von Thunors Hammer, riesengroß über die Decke und den ganzen Raum.

Das Wasser rann über die Stirn des Sterbenden.

Einen Augenblick lang stockte der Atem des Königs. Dann öffnete er die Augen, die im schwachen Licht durchdringend blau leuchteten, und starrte blind ins Leere. Wieder holte er tief und rasselnd Luft und gab einen Laut von sich.

Vater Fillan richtete sich auf und wich erstaunt zurück. Hatte das geweihte Wasser dem König Heilung gebracht? Schnell umringten die anderen im Raum das Bett und beugten sich darüber.

Athelric fragte: »Eadmund?«

Der starrende Blick des Königs richtete sich auf ihn. Vielleicht sah er ihn. Womöglich erkannte er auch nur die Stimme. Jedenfalls sagte er: »Athelric –«

Unwin beugte sich von der anderen Seite vor und versuchte, seinen Vatersbruder beiseitezudrängen. »Vater!«, sagte er.

Athelric stieß ihn weg und sagte: »Still!« Der König wollte etwas sagen.

Alle schwiegen und verhielten sich so still, dass nicht einmal die Gewänder raschelten. Sie hielten den Atem an, damit die halb erstickte, schwache Stimme sich Gehör verschaffen konnte.

»König ... nach mir«, brachte Athelric mühsam hervor. »Elfling. Nach mir. König. Elfling.« Seine Hand suchte unter der Bettdecke, fand Athelrics Hand und umschloss sie schwach. Er starrte in das vom Kerzenrauch erfüllte Dunkel über ihm. Vielleicht sah er das Gesicht des Bruders, vielleicht aber auch nicht, aber er wiederholte noch einmal: »Elfling!« Dann senkten sich die Lider, und die Kraft wich aus der Hand, die Athelrics hielt. Nur das qualvolle rasselnde Atmen zeigte an, dass noch ein wenig Leben in ihm verblieben war.

Unwin richtete sich auf und starrte über das Bett hinweg seinen Vatersbruder an, der ebenso entgeistert dastand. Dann lachte Unwin und sagte: »Elfling, Vatersbruder! Er hat den Bastard zu seinem Nachfolger erkoren.«

»Darüber muss der Rat entscheiden«, erklärte Athelric.

»Aber das Wort des Königs hat Gewicht. Vielleicht wirst du doch nicht unser nächster König.«

»Ein Gutes hätte es«, meinte Athelric. »Der König wäre wenigstens kein Christus-Anhänger!«

»Das wäre grauenvoll«, warf Vater Fillan ein. »Was für eine große Sünde, sollte dieses – Geschöpf – König werden.«

Athelric fuhr ihn aufgebracht an. »Was weißt du schon! Der erste König unseres Geschlechts war ein Sohn der Anderswelt – der Sohn Wodens!«

»Aber es geht hier um den *nächsten* König«, meinte Unwin und lachte, als Athelric ihn verblüfft anschaute.

König Eadmund hatte viele Beischläferinnen gehabt und viele Bastarde gezeugt – die genaue Zahl war nicht bekannt. Waren die Mütter verheiratet oder unter den Zwölfhundert, den Adligen, gewesen, hatten die Kinder den Namen des Gatten ihrer Mutter getragen, selbst wenn wohl bekannt war, wer ihr wahrer Vater war. War die Mutter von hoher Geburt, aber unverheiratet, war es nie schwierig gewesen, einen Ehemann für sie zu finden, bevor das Kind geboren wurde. Bauersfrauen und Bauernbastarde konnte man vergessen oder allenfalls mit einem kleinen Stück Land bedenken oder sogar mit der Freilassung aus der Leibeigenschaft. Unter dem Landvolk waren viele uneheliche Kinder, und niemand hatte etwas gegen ein weiteres Balg einzuwenden, das man zur Arbeit schicken konnte.

Königin Ealdfrith hatte nie an den Geliebten ihres Gemahls Anstoß genommen. Die beiden hatten eine politische Ehe geführt, und sie hatte weder Liebe noch Treue von ihrem Gatten erwartet. Und nachdem Vater Fillan Christus an ihren Hof gebracht hatte, war sie ihren eigenen Interessen gefolgt: Beten und Fasten. Aber dieses *Ding*. Das Ding war nicht einmal eine Frau gewesen.

Es war eines der Geschöpfe gewesen, welche der Teufel in die Welt schickte, ein Dämon, dessen ganzes Streben darauf ausgerichtet war, Menschen zum Lügen und Stehlen, zu Mord und Gier, zu Lust und Neid und zu allen anderen Sünden zu verleiten, welche das Leben auf Erden so elendig machten. Der Dämon war in Gestalt einer Frau aus dem Wald gekommen, diesem wilden, unheiligen Ort – doch nur in der äußeren Gestalt –, und weil das nicht seine wahre Gestalt gewesen war, war er imstande gewesen, eine Erscheinung von unirdischer Schönheit vorzugaukeln. Er hatte den König in Bann geschlagen. Als die Geschichten an den Hof der Königin gelangten – von den Erzählern romantisch ausgeschmückt, versteht sich –, wie der König die Schöne auf einer Jagd im Wald gefunden und sie vor sich hoch zu Ross heimgeführt hatte, hatte die Königin vor Empörung laut aufgeschrien. Das war eine Beleidigung nicht nur für sie, sondern auch für ihren neuen Glauben. Der Teufel, der sich durch die Wiederkunft Christi bedroht fühlte, versuchte den neuen Glauben zu vernichten, solange dieser noch schwach war.

»Die Elfenfrau war wunderschön«, sagte Athelric und blickte auf das Gesicht seines sterbenden Bruders hinab. »So schön – geradezu unheimlich schön. Wenn man sie anblickte, lief es einem kalt über den Rücken.«

»Hast du je ihren Rücken gesehen?«, fragte Unwin und Hunting lachte. Die Waldgeister – man behauptete das jedenfalls, ganz gleich, ob man sie Elfen oder Teufel nannte – vermochten sich nie ganz als Menschen zu verkleiden. Deshalb wandten sie einem nie den Rücken zu, denn, wie schön sie auch zu sein schienen, von hinten sahen sie wie gespaltene, verfaulte, ausgehöhlte Bäume aus.

»Was weißt du schon!«, sagte Athelric. »Du hast sie nie gesehen. Du hast ja ständig mit deiner Mutter auf den Knien gelegen.« Höhnisch lächelnd winkte er ab und deutete auf Vater Fillan und den mit Juwelen geschmückten Leichnam.

Unwins großer Mund schmollte noch mehr, als er die vollen Lippen fest zusammenpresste und sich eine Antwort verbiss. Er verstand die Schmähung. Laut Athelrics Meinung war jeder Mann, der zu einem Friedensfürsten betete, welcher seine Anhänger aufforderte, auch die andere Wange hinzuhalten, wenn jemand sie schlug, ein Feigling und ein Schwächling.

»Das Geschöpf war eine Teufelin«, erklärte Vater Fillan mit fester Stimme. »Beweis ist, dass sie bei der Geburt des Sohns des Königs starb. Sie vermochte nicht den Funken von Gottes Schöpfung zu ertragen, nicht einmal in einem halbsterblichen Kind.«

Athelric wollte gerade fragen, ob jede Frau, die im Kindbett starb, demnach eine Teufelin sei, als der König hustete und erneut die Aufmerksamkeit aller auf sich zog. »Ich muss ihm die Letzte Ölung verabreichen«, sagte Vater Fillan.

Athelric hielt mit ausgestrecktem Arm den Priester zurück. »Du bleibst fern von ihm! Solltest du dich nähern und auch nur ein einziges Wort deiner üblen Zaubersprüche von dir geben, schlag ich dich nieder!« Dann beugte Athelric sich über den König und küsste ihn auf die Stirn. »Geh, mein Bruder! Geh deinen Weg sicher zu Wodens Halle.«

Leise begann Vater Fillan ein Totengebet zu sprechen. Der rasselnde Atem des Königs verstummte. Man hörte nur das geflüsterte Gebet. Wulfweard rang hörbar nach Luft, ansonsten herrschte Schweigen. Unwin drückte den Jungen an die Brust. Das Kerzenlicht waberte über dem Leichnam, der so zerbrechlich war, dass er sich kaum unter der Bettdecke über der Matratze abzeichnete.

Das Gebet war zu Ende. Tiefe Stille herrschte im Gemach. Unwin räusperte sich, ehe er sprach. »Der Rat darf nie und nimmer den Bastard wählen.« Er hustete abermals. »Es gibt keinen Grund zu erwähnen, dass unser Vater je –«

»Ich werde den Ältesten seine letzten Worte vortragen«, unterbrach ihn Athelric. Er und Unwin wechselten Blicke über das Bett. Als Antwort auf Unwins unausgesprochene Frage fuhr Athelric fort: »Mein Bruder, der König, hat Elfling zum Nachfolger benannt. Es ist meine Pflicht, seinen Namen vor dem Rat bekannt zu geben, und das werde ich tun.« Er trat ans Fußende des Betts, machte eine Pause und blickte den Priester an. »Mein Bruder wird *geziemend* bestattet. In einem Schiff, mit den kostbaren Beigaben für einen König.« Mit diesen Worten verließ Athelric den Raum.

Wieder breitete sich Schweigen aus. Wulfweard lehnte den Kopf an Unwins Schulter, welcher die Arme um den Bruder geschlungen hatte. Hunting, der geringfügig größer war als Unwin, stellte sich Schulter an Schulter mit ihm. »Das Halb-Ding ist womöglich gar nicht mehr am Leben«, sagte Hunting.

»Ich fürchte doch, edle Herren«, erklärte Vater Fillan. Hunting und Unwin blickten ihn an. Wie viele Christus-Priester konnte auch Vater Fillan lesen und schreiben und wusste oft verblüffende Dinge. »Als es geboren wurde und die Teufelin starb, übergab euer Vater das Ding einer Amme – einer Frau von niederer Geburt. Aber er übereignete ihr ein Stück Land, um dem Ding den Lebensunterhalt zu sichern. Ich habe die Urkunde gesehen. Das Land war in Hornsdale.«

»Das bedeutet aber nicht, dass es noch lebt«, meinte Hunting.

»Nein, Herr, aber vor einiger Zeit – vielleicht vor einem Jahr oder länger – hörte ich Gerüchte über einen Heiler in Hornsdale. Und dieser Heiler sei angeblich – nun ja – unheimlich. Nicht ganz menschlich. Das hat mir zu denken gegeben.«

»Der Teufel ist Heiler geworden?«, fragte Unwin.

»Der Teufel scheint oft Gutes zu tun, um uns hinters Licht zu führen und zur Sünde zu verleiten. Seine Berührung vermag vielleicht die Schmerzen des Körpers zu lindern, doch verdammt und vernichtet sie die Seele.«

»Hornsdale«, wiederholte Unwin, und der Priester nickte.

Die Tür öffnete sich. Dienerinnen kamen herein. Die Frauen brachten Leintücher und Schüsseln mit Wasser, um den Leichnam des Königs zu waschen und ihn für die Aufbahrung vorzubereiten. Vater Fillan sah, wie Unwin Hunting anblickte und ihm mit den Augen das Zeichen gab, ihm zu folgen. Unwin führte Wulfweard mit sich und verließ das Gemach. Hunting folgte ihnen.

Fillan nahm seinen Platz hinter dem Sessel seiner toten heiligen Königin ein und stimmte Gebete für den toten König an. Er hatte den Mann getauft und fühlte sich daher für seine Seele verantwortlich. Und falls es ihm gelänge, würde der König auch ein christliches Begräbnis bekommen.

Unwin hatte seine eigenen Gemächer innerhalb der Gebäude, aus denen die Königsburg bestand. Doch führte er die Brüder nicht dorthin, auch nicht zu deren Gemächern. Er führte sie in den Teil der Burg, wo die königlichen Schweinekoben, Hühnerställe und Schafpferche waren. Selbst hier hielt er großen Abstand zu den Stallungen, wo Schweinehirten oder Hühnerfrauen wach sein konnten. Einen ungestörten Ort zu finden, wo man nicht belauscht wurde, war in einer Königsburg sehr schwierig. Selbst in den Privatgemächern, wo man sich allein wähnte, war man nie sicher, wer draußen unter dem niedrigen Ried der Dachvorsprünge stand und lauschte.

Unwin legte die Arme um seine Brüder und zog sie an sich, sodass er sich flüsternd mit ihnen verständigen konnte. »Hunting, ich will, dass du eine Schar Männer zusammenstellst. Zehn dürften mehr als genug sein. Bei Tagesanbruch macht ihr euch auf nach –«

»Hornsdale«, unterbrach ihn Hunting.

In der Dunkelheit konnte man Unwins Gesicht kaum sehen, als er nickte.

Wulfweard fragte: »Warum?« Da die Bestattung ihres Vaters so kurz bevorstand, hielt er es nicht für richtig, dass Hunting mit einem Auftrag davonritt.

Beide Brüder lachten. Hunting beugte sich hinüber und küsste ihm die Wange. »Deshalb hat er nicht dich gebeten loszureiten, sondern mich.«

Unwin schüttelte den Umhang aus und warf ihn halb um Wulfweard. Eng beisammen standen sie in der Wärme, unter einem Umhang als Schutz gegen die feuchte Kühle der Nacht.

»Denk mal nach!«, befahl Unwin.

»Dieser Elfling ist für euch keine Gefahr«, sagte Wulfweard. »Er ist doch nur ein Bastard – er zählt nicht einmal zu den Zwölfhundert. Er kann nicht zum König gewählt werden.«

»Aber unser Vater hat ihn als Nachfolger benannt«, erklärte Unwin. »Und Athelric wird für ihn vor dem Rat sprechen.«

»Aber das spielt doch keine Rolle. Der Rat entscheidet, und der Rat –« Wulfweard brach ab, als er spürte, wie Unwins Arm ihn enger umschloss.

»Warum?«, fragte Unwin. »Warum spricht Athelric für diesen Bastard, diesen hergelaufenen Elfenbalg? Athelric will

König werden. Warum bringt er den Namen dieses Bastards vor den Rat?«

Unwin neigte den Kopf und schaute Wulfweard an, als erwarte er eine Antwort. Hunting stand mit verschränkten Armen daneben.

»Ich weiß es nicht«, sagte der Junge.

Unwin schüttelte ihn sanft. »Denk mal genau nach. Athelrics Sohn ist tot. Er hat nur Töchter. Er ist ein alter Mann. Er kann nicht hoffen, lang zu herrschen. Wen wird der Rat nach ihm erwählen?«

»Dich«, flüsterte Wulfweard.

»Und ich bin für Christus. Ich erkläre dir, was Athelric plant. Er will dem Rat sagen, dass unser Vater Elfling als Nachfolger benannt hat, und er wird das Ding vor die Zwölfhundert bringen. Sie werden ihn trotzdem zum König machen. Da ist er sicher. Er wird eine seiner Töchter mit dem Ding verheiraten. Und dann, wenn die Zeit gekommen ist, dass er stirbt, wird er alle so bearbeitet haben, dass sie nach ihm den Bastard zum König wählen – einen *heidnischen* König. Aus einem heidnischen Geschlecht.« Aus der Ferne hörte man plötzlich von den Mauern des Königssitzes wie eine Wache laut in der Dunkelheit hustete.

»Und lange vor Athelrics Tod liegen wir alle in unseren Gräbern«, fügte Hunting hinzu.

»Du brichst dir auf einer Jagd den Hals, Hunting«, sagte Unwin.

»Du wirst etwas Verdorbenes essen und dich zu Tode kotzen.«

»Und unser kleiner Wolf«, sagte Unwin und drückte den jüngeren Bruder, »wird vielleicht von einem tollwütigen Hund gebissen.«

»Was für eine Schande – nicht ein christlicher Atheling bleibt übrig«, sagte Hunting.

»Niemand, den man wählen kann – außer Elfling.«

Verstört sagte Wulfweard: »Das würde Vatersbruder Athelric niemals tun!«

Hunting stieß ein kurzes Lachen aus. »Dummkopf!«

»Nein«, widersprach Unwin, der den Unterschied zwischen Dummheit und Unschuld kannte. Er drückte Wulfweard noch fester an sich und blickte Hunting über den Kopf des Knaben an. »Viel Glück bei deiner Jagd in Hornsdale – dann währen unsere Leben noch ein Weilchen länger.«

Er sah trotz der Dunkelheit, wie Hunting nickte. Dann verschwand die Gestalt des Bruders schnell in der Nacht. Er küsste Wulfweard auf den Kopf und ging mit ihm zurück zu ihren Gemächern. Er ging davon aus, dass er seinen Brüdern noch trauen konnte, solange es unwahrscheinlich war, dass der Rat einen von ihnen zum König wählte. Es würde ihm ja furchtbar, ja, ganz furchtbar leidtun, falls Wulfweard für ihn je zu einer Bedrohung werden sollte ... Aber er wäre ein Schwachkopf, diese Möglichkeit auf Dauer auszuschließen.

ZWEITES KAPITEL

DER ELFENGEBORENE

Jeden Tag gab es Brot zu backen. Getreide wurde zu grobem Mehl zermahlen, mit Wasser und einer Prise Salz gemischt und zu ungesäuertem Brotteig geknetet. Der Teig wurde zu flachen, dünnen Fladen geformt, damit er die Hitze schneller aufnahm, und auf einem heißen Stein am Feuer gebacken. Man brauchte viel davon, um den Hunger von allen zu stillen, und es war eine zeitraubende, langweilige Arbeit. Man musste das Getreide aus dem Vorratsspeicher auf der anderen Seite des Hofes holen und die schwere Last zum Haus schleppen. Die Steinmühle war im Haupthaus hinter der Tür. Hild sagte stets, sie hätten Glück, eine solche Drehmühle zu haben: Zwei große Mahlsteine, einer auf dem anderen, mit einem starken Holzgriff, um den oberen zu drehen. Aber Hild musste die Mühle auch nie bedienen.

Mit der hohlen Hand wurde das Getreide aus dem Korb in das Loch in der Mitte des oberen Steins geschüttet. Danach packte man den hölzernen, senkrechten Griff mit beiden Händen und drehte – mit viel Kraftaufwand – den Stein, was ein schabendes Geräusch verursachte. Stein- und Mehlstaub stiegen auf. Das zermalmte und zu Pulver gemahlene Getreide, das zwischen den Steinen als Mehl herausdrang, fiel auf eine glatte

Lederplane unter der Mühle. Das Knien und die Anstrengung, den schweren Stein zu bewegen, verursachte Krämpfe in den Beinen und Schmerzen in Schultern, Armen und im Rücken. Hin und wieder gab es eine Pause, ein kurzes Ausruhen, wenn das Mehl von der Plane in eine Schüssel geschaufelt wurde.

Die Arbeit hatte kein Ende. Mehl hielt sich nicht so gut wie Getreide, daher musste man jeden Tag mühsam aufs Neue mahlen. Tag für Tag der gleiche langweilige Gang zum Vorratsspeicher, denselben schweren Korb über den Hof schleppen, die gleiche eintönige Schufterei an der Mühle, bei der die Beine verkrampften und der Rücken schmerzte. Und da es so eine ermüdende und langweilige Arbeit war, oblag sie dem Mitglied des Haushalts, das auf der untersten Stufe der Rangleiter stand, der blonden Leibeigenen Ebba. Tagtäglich die Mühle zu drehen war ihr gesamter Lebenszweck.

Ebba war nicht so verwegen zu glauben, sie könne je dieser Arbeit entrinnen. Hätte sie sich geweigert, eine ihrer täglichen Arbeiten zu verrichten, wäre ihre Herrin Hild so verblüfft gewesen, als hätte der Türpfosten gesprochen – und danach wäre sie furchtbar zornig geworden. Ebba hatte Angst vor Hilds Wutausbrüchen. Daher erduldete sie die tägliche Schinderei und bemühte sich, während der Arbeit an andere Dinge zu denken. Sie konzentrierte sich auf die Bilder in ihrem Kopf und bemühte sich, nicht darauf zu achten, was sie gerade tat, nicht das monotone Geräusch der Mahlsteine zu hören und die Schmerzen im Rücken nicht zu fühlen. Zuweilen erzählte sie sich Geschichten oder sang leise Lieder, doch meistens dachte sie an Elfling, da sie ohnehin eigentlich immer an ihn dachte. Gedanken an ihn tauchten in ihrem Kopf auch dann auf, wenn sie gerade beschlossen hatte, dass er ihr nichts mehr bedeutete. Sie liebte ihn. Beim Mahlen hatte sie ihn so oft angeschaut, dass sie seine Gestalt mit offenen Augen deutlich vor sich sehen konnte. Wenn der Schein des Feuers und die Schatten seine schönen Gesichtszüge betonten. Sie sah sein dichtes Haar, braun im Schatten, aber wie goldene Bronze leuchtend, wenn er vom Haus in den hellen Hof trat. Runde um Runde drehte sich der schwere Mühlstein, während Elfling vor ihrem inneren Auge dahinschritt und lächelte. Er war größer als alle anderen und breitschultrig, doch wenn er sich zur Seite drehte, glich er einem schlanken Jagdhund. Und sein Lächeln!

»Schwachsinnige Träumerin!« würde Hild sagen, die wusste, woran Ebba dachte. »Vergeudest deine Zeit mit sinnlosen Gedanken an ihn. Warum sollte er dich dürres, komisch aussehendes Ding mögen? Warum sollte überhaupt ein Mann dich begehren, wenn ich mir's recht überlege. Kein Fleisch an dir, keine Rundung. Er würdigt dich nicht mal eines Blickes.«

Aber da irrst du dich *gewaltig*, dachte Ebba und drehte mit aller Kraft am Mahlstein. Elfling hatte mehr getan, als sie nur anzuschauen – und das *drei Mal*! Einmal hatte er einfach ihre Hand ergriffen, als sie alle ums Feuer saßen, sie auf die Beine gezogen und auf den Hof geführt. Von dort aus waren sie in das kleine Haus gegangen, das er allein für sich gebaut hatte und wo er zuweilen allein aß und schlief. Aber nicht in jener Nacht! Beim zweiten Mal hatte er sie zu sich gerufen und ihr gewunken, als sie über den Hof ging, und sie war zu ihm gegangen. Beim dritten Mal hatte er einen der Knechte geschickt, um ihr auszurichten, sie solle in sein kleines Haus kommen. Sie war gerannt! Jedes Mal hatte sie gedacht: Jetzt wird er sagen, dass er mich liebt. Jetzt wird mein Glück beginnen. Er wird mich heiraten und ich werde seine Frau sein und keine Leibeigene mehr. Dann müssten alle mich ganz anders behandeln als jetzt.

Doch nichts von alledem war geschehen. Er hatte nicht

gesagt, dass er sie liebte – er hatte überhaupt nicht viel mit ihr gesprochen. Er hatte ihr nicht wehgetan und war auch nicht unfreundlich zu ihr gewesen – aber freundlich auch nicht. Sie hatte ihn so sehr geliebt, war so begierig gewesen, ihm zu gefallen, dass es schmerzte – aber er hatte ihr nicht mehr und nicht weniger Beachtung geschenkt als zuvor. Sie war und blieb Ebba, die Magd, die das Mehl mahlte und all die schmutzigen und schweren Arbeiten verrichtete, zu der Hild keine Lust hatte. Gelegentlich lächelte er sie an, aber für gewöhnlich schritt er an ihr vorbei, als sähe er sie überhaupt nicht. Wochen und Monate waren vergangen, ehe er sich zum zweiten und zum dritten Mal an sie erinnerte. Es war besonders hart zu ertragen gewesen, weil sie genau wusste, wie tief sich ihre Hand in sein Haar vergraben konnte und wie dicht und weich es war. Sie wusste, wie samten die Haut auf seinem Rücken und seiner Brust war – doch nie konnte sie die Hand ausstrecken und sein Haar oder seine Haut berühren. Sie konnte sich nur danach verzehren, ihn zu berühren. Wenn sie die Tränen zurückhielt, schwoll ihr Hals an und schmerzte, doch sie konnte nicht weinen, sonst hätte Hild das bemerkt. Außerdem musste sich der Mahlstein ständig drehen.

In Augenblicken klarer Einsicht war sie sich bewusst, dass sie unmöglich für Elfling irgendeine Bedeutung haben konnte. Er war frei geboren, und der Hof und alles, was dazugehörte, war sein. Owen, der Großknecht, und alle Männer, die auf den Feldern arbeiteten und das Vieh versorgten, auch die beiden anderen Frauen auf dem Hof – alle waren sie seine Leibeigenen. Sogar Hild, die ihn von Kindesbeinen an aufgezogen hatte und sich seine Mutter nannte, war in Wirklichkeit nur eine seiner Leibeigenen, und wenn sie ihn verärgerte, konnte er sie das spüren lassen. Ebba erinnerte sich an etliche Gelegenheiten, wenn Hilds Gesicht hochrot angelaufen war, weil

Elfling ihre Nörgelei nicht mehr ertragen konnte und sie vor allen anderen scharf zurechtgewiesen hatte. Einmal hatte er sogar gefragt, ob sie Prügel wolle, wozu er als ihr Besitzer das Recht hatte. Es war eine furchtbare Erniedrigung für Hild gewesen, die gern wie eine Königin über den Haushalt herrschte. Insgeheim war Ebba entzückt gewesen, obgleich ihr unwillkürlich die arme Hild auch ein wenig leidgetan hatte. Zudem hatte es ihr Angst eingeflößt. Wenn Elfling Hild so übel behandeln konnte, was hatte sie dann zu erwarten, als das wertloseste und unwichtigste seiner Besitztümer?

Aber sie würde ihn *zwingen*, sie zu lieben. Das musste sie; denn wenn sie das nicht tat, gab es keinen Grund zu leben. Dann wäre ihr Leben ebenso eintönig wie das tägliche Mahlen des Getreides. Sie hielt das Schluchzen zurück, doch Tränen fielen auf den Mahlstein, und ihr Hals schmerzte noch mehr. Drei Mal hatte er mit ihr das Lager geteilt, also musste er sie doch ein klein bisschen mögen. Das war ein Anfang. Sie würde ihm zeigen, wie sehr sie ihn liebte. Bei den Mahlzeiten würde sie ihm alles reichen, was er begehrte, noch ehe er danach fragte. Sollte das Mahl kärglich sein, würde sie ihm ihren Anteil geben. Sie würde – sie würde – alles für ihn tun. Irgendwann würde er sehen, dass sie ihn wahrhaftig liebte, und dann würde er sie lieben, und es würde ihm gleichgültig sein, dass sie dürr war und komisch aussah. Er würde sie lieben. Wenn er sah, wie sehr sie ihn liebte, dann *musste* er sie lieben.

»Liebe!«, sagte Hild. »Du denkst zu viel an die Liebe – und er weiß nicht, was Liebe ist! Er liebt nicht einmal mich, und sieh, was ich für ihn getan habe, seit der Zeit, als er noch ein Säugling war. Das Volk seiner Mutter kennt keine ...«

Das war es: Elflings Mutter war eine Elfenfrau aus dem Wald gewesen. Von ihr hatte er seine große Schönheit und seine Gabe zu heilen, außerdem das Talent, etwas zu wissen, was geschehen würde, noch ehe dies Ereignis geschah. Aber von ihr kam auch seine besondere Art. An einem Tag pflegte er das kranke Kind einer Bettlerin hingebungsvoll, welche ihn weder mit Gütern noch Gunst bezahlen konnte, und dann wies er einen reichen Landbesitzer schroff ab, der nur eine Warze entfernt haben wollte – was er locker hätte tun können. Zuweilen sagte er armen Leuten, die ihn um Hilfe baten, weil sie gehört hatten, dass er anderen geholfen hatte, sie sollten sich fortscheren, ehe er seine Männer auf sie hetze. Ihn schien weder Mitleid noch Besitzstreben oder Angst vor Missbilligung zu leiten.

Manchmal fütterte er eine der Hofkatzen mit Leckerbissen, streichelte ihren Kopf und kraulte sie hinter den Ohren und auf dem Rücken, bis das Tier den Kopf an ihn lehnte und so laut schnurrte, dass man es im ganzen Haus hören konnte. Es kam aber auch vor, dass er das Tier, wenn es beim nächsten Mal in seine Nähe kam, verärgert beiseitestieß oder schlichtweg übersah. Ebenso behandelte er Ebba. Wenn er zärtlich war, war er sehr zärtlich, und sie reagierte ebenso prompt wie die gestreichelte Katze. Doch wenn seine Laune sich änderte, änderte seine Haltung sich vollkommen, und dann hatte er keine Verwendung mehr für sie.

»Oder wenn er Liebe empfindet«, fuhr Hild fort, »ist es nicht, was wir unter Liebe verstehen. Sei froh, dass er dich nicht liebt. Das wäre nicht gut für dich. Ihn zu lieben bringt kein Glück.«

Aber Hild war eifersüchtig auf Elfling und wollte nicht, dass er eine Frau liebte oder heiratete; denn dann würde sie ihren Platz als Haushaltsvorstand auf dem Hof einbüßen. Trotzdem wird er *mich* heiraten, dachte Ebba und zerrte so hart am Mühlstein, dass ihr Rücken schmerzte. Dann werde ich keine Leibeigene mehr sein und über Hild stehen. Dann kann ich *ihr* einen Tritt geben, wenn ich dazu Lust habe. Doch insgeheim wusste sie, dass sie nie den Mut aufbringen würde, Hild zu treten, selbst wenn sie Elflings Frau wäre.

Sie hörte Hilds laute Stimme im Hof. Der Klang ihrer Stimme ließ sie aufhorchen. Hilds Stimme klang zornig und dringlich. Etwas Ungewöhnliches musste draußen vor sich gehen. Ebba merkte immer sehr schnell, wenn sich etwas außer der Reihe ereignete.

Hild stampfte ins Haus, wobei sie den Kopf unter dem niedrigen Türsturz einziehen musste.

»Diese verdammten Leute«, schimpfte sie. »Ständig kommen sie her, schnüffeln herum und belästigen uns. Keiner hat sie hergebeten!«

Ebba ließ den Kopf wieder sinken und drehte weiter den Mühlstein, ohne nachzufragen. Wenn man Hild Fragen stellte, wurde sie sauer. Sagte man nichts, rückte sie früher oder später mit allem heraus, was es zu erfahren gab.

Hild schaute sich in dem düsteren Haus um. Es war trocken, warm und gemütlich, aber keineswegs schön oder ordentlich aufgeräumt. Zum Schlafen gab es Strohschütten auf Bänken mit darübergeworfenen Decken, dazwischen lagen verstreut Teller und Schüsseln. »Ja, das wird wohl reichen müssen«, sagte sie. »Wenn Leute ohne Voranmeldung kommen, müssen sie damit vorliebnehmen, wie es ist.« Ebba sagte immer noch nichts, sondern drehte weiter den Mühlstein. »Owen wird nicht begeistert sein«, fuhr Hild fort, »wenn man ihn um diese Tageszeit von der Arbeit wegholt. Ich schätze, Elfling wird überhaupt nicht kommen. Und das ist *seine* Schuld.« Danach ging Hild wieder hinaus auf den Hof.

Ebba wusste alles, was sie wissen wollte, und arbeitete mit frischer Kraft und besserer Laune weiter. Bald würde es eine Pause geben. Bald würde Owen kommen, dann die Besucher, und niemand würde von ihr erwarten, dass sie weitermahlte, nicht einmal Hild.

Seit die Gerüchte über Elfling sich im Land verbreitet hatten, waren immer mehr Besucher zum Hof gekommen, ohne Ankündigung oder Einladung. Immer waren die Menschen wegen Elfling neugierig gewesen, vor allem wegen der Geschichten, die man sich über seine Eltern erzählte. Die Leute fanden irgendwelche Vorwände, um herüberzukommen und sich ihn anzuschauen. Doch oft waren sie enttäuscht, weil er keine grünen Haare oder Pferdeohren oder Ziegenaugen oder Hörner auf dem Kopf hatte. Sie zogen von dannen und berichteten, dass er ungewöhnlich gut aussah, und so tauchte immer wieder jemand mit einer fadenscheinigen Ausrede auf und lungerte herum, in der klaren Erwartung, einen Blick auf Elfling werfen zu können. Das war nicht leicht, weil Elfling es nicht mochte, wenn man ihn begaffte.

Die Besucher waren noch schlimmer geworden, als sich die Nachricht verbreitet hatte, dass Elfling heilen konnte. Zuerst waren es nur die ärmeren Menschen aus den Tälern und Bergen der Umgebung. Sie tauchten nach dem langen Marsch erschöpft auf, brachten ein krankes Kind oder eines, das ins Feuer gefallen oder mit einer Missbildung geboren worden war. Manchmal hatten sie auch eine kranke Frau in einer Decke herangeschleppt oder jemanden mit einer tiefen Schnittwunde oder einen, der sich bei einer Schlägerei oder einem Sturz den Kopf verletzt hatte. Was dann geschah, hing einzig und allein von Elfling ab. Gewöhnlich warf er zumindest einen Blick auf den Kranken. Manchmal linderte oder heilte er mit großer Sanftmut und Freundlichkeit, ja sogar liebevoller Güte. Was immer er tat, stets nahmen die Besucher eine gute Geschichte mit nach Hause, was dazu führte, dass noch mehr Menschen kamen – sogar von noch weiter weg. Es schien keine Rolle zu spielen, dass er manchen Menschen die Heilung verweigert oder ihnen brüsk gesagt hatte, dass sie in wenigen Tagen sterben würden. Manche brachten sogar kranke Tiere. Elfling heilte diese ebenso wie die Menschen.

»Am liebsten wär mir, er würd sie alle wegschicken«, sagte Hild. »Wenn sich das erst herumspricht, würde das Gerenne bald aufhören. Aber solange er einigen hilft – und ich so blöd bin, sie durchzufüttern, und wir alle zusammenrücken, um ihnen einen Platz am Feuer zu gewähren –, ja, so lange kommen sie *natürlich* weiter her. Eine Plage!«

Die von weiter her kamen, waren in der Regel wohlhabender als die aus der näheren Umgebung. Sonst hätten sie sich die Reise nicht leisten können. Hild hasste sie, weil sie sich so offensichtlich für etwas Besseres als sie hielten und weil sie erwarteten, dass alle auf dem Hof die Arbeit stehen und liegen ließen und sich um sie kümmerten. Jedenfalls behauptete das Hild stets. Ebba fand einige ganz nett. Und wenn Elfling ihnen half, ließen sie für gewöhnlich ein Geschenk zurück. »Sie kommen her«, klagte Hild, »bringen ein ganzes Rudel mit, fressen unsere Vorräte auf, verbrennen unsere Kerzen und halten uns von der Arbeit ab – und dann geben sie dir irgendeinen nutzlosen Tand und tun dabei so, als würden sie dir das ganze Land und den Himmel darüber schenken! Diese Reichen sind längst nicht so großzügig, wie sie glauben.«

Aufgrund von Hilds Verärgerung vermutete Ebba, dass eine Gruppe von reichen Reisenden auf den Hof kam. Hild hatte einen Bauernjungen losgeschickt, um die Männer vom Feld zu holen. Nun los, mach schon, dachte Ebba und drehte die Mühle schneller als zuvor. Schnell, schnell! Sie wollte die Ankömmlinge sehen. Vielleicht trugen sie prächtige Kleidung. Vielleicht brachten sie etwas Gutes zu essen mit, um es mit ihnen zu teilen. So sehr war sie von der Aussicht, die Reisenden zu sehen, begeistert, dass sie ein paar Minuten fast Elfling vergaß. Aber nicht ganz. Gewiss brachte die Reisegruppe jemanden mit, der krank war – wahrscheinlich ein kleines Kind. Und Elfling würde diesmal freundlich sein und das Kind heilen. Dann würden die Eltern furchtbar dankbar sein. Und sie, Ebba, würde stolz auf Elfling sein. Sie genoss es immer, wenn andere Menschen ihn bewunderten. Und wenn alle in so guter Stimmung waren, würde Elfling sich ihr zuwenden und erklären: »Und ich werde Ebba heiraten …«

Sie hielt in der Arbeit inne, als sie eine andere Stimme im Hof hörte. Es war Owen. Er beklagte sich, dass man ihn von der Arbeit geholt hatte: Die Äcker mussten gepflügt, eingesät und gedüngt werden.

»Kommt er?«, fragte Hild. »Die sind gleich hier.«

Owen lachte, und Ebba erriet vom Tonfall seines Lachens, dass Elfling nicht kommen würde, um die Gäste zu begrüßen. Nur wenige Augenblicke später brach der Lärm der Ankunft herein: Pferdehufe trappelten, die Zuggeschirre klirrten, Wagen quietschten, Menschen schrien – ein gewaltiger, aufregender Lärm. Das mussten in der Tat reiche Leute sein. Ebba sprang auf, wischte sich den Mehlstaub von ihrem schlichten grauen Kittel und lief in den Hof. Niemand beachtete sie. Sie war klein und unwichtig, und die Aufmerksamkeit aller war auf anderes gerichtet.

Vor allem auf die Pferde mit den Männern in Rüstung, die durch die schnatternden, auseinanderlaufenden Gänse in den schlammigen Hof trabten. Jeder Mann trug ein mit Metallringen benähtes Lederwams und eine lederne Kappe. Einer der Männer hatte einen Speer, ein anderer einen Köcher mit Pfeilen und einen Bogen über den Rücken geschlungen. Außerhalb der Dornenhecke um das Gehöft war ein Wagen vorgefahren, auf dem Wagen saßen noch weitere Bewaffnete. Das war wirklich eine reiche Gruppe, möglicherweise die reichste, die je hierhergekommen war. Ebba war begeistert. Was sie nicht alles sehen würde!

Ein weiteres Pferd kam durchs Hoftor, und ein Mann schwang sich aus dem Sattel. Er trug einen Umhang aus feinem blauem Tuch über einem Untergewand mit grau-grünem Karomuster. An den Handgelenken und Fingern glänzten goldene Ringe. Was für ein Reichtum war allein der Stoff! Wochen und Monate mussten Frauen dafür arbeiten, spinnen und weben. Der Mann musterte die Hofgebäude, die Vorratsspeicher, die kleinen Hütten für das Geflügel, die Kuhställe und Schweinekoben und auch das kleine Haupthaus. Offensichtlich hielt er nicht viel davon. Auch Hild und Owen schienen ihn nicht zu beeindrucken. Ebba freute sich, dass er Hild verachtete, zugleich ärgerte es sie aber auch ein wenig. Schließlich gehörte der gesamte Hof, Hild und alles andere, Elfling und niemand hatte das Recht, irgendetwas zu verachten, das Elfling gehörte.

»Ist das das Haus des Heilers?«, fragte der reiche Fremde. »Des Elfengeborenen?«

Hild und Owen versicherten ihm, dass dem so sei, und wollten ihm eben erklären, dass Elfling gerade nicht zu Hause sei, als der Fremde sie rüde unterbrach.

»Ich werde eine Zeitlang hierbleiben, bis der Heiler meinem Weib geholfen hat. Ich bin Morcar Sweynssen, ein Händler aus dem Danelaw –« Während er sprach, drehte er sich um und blickte zu dem Wagen, wo einer der Bewaffneten seiner zierlichen Frau beim Heruntersteigen half. Ihr Haar war von einem schmucken weißen Leinenkopfputz bedeckt, und dazu trug sie einen leuchtend roten Umhang. Ebba schlich ein Stückchen weiter vom Haus, um alles besser sehen zu können. Der Umhang hatte Armschlitze, und als die Frau zu ihrem

Mann geführt wurde, sah man, dass er vorn mit kleinen Silberknöpfen geschlossen war. Ebbas Neid war ebenso groß wie ihre Bewunderung. Sie wollte auch so einen schönen warmen Umhang haben, wünschte sich ihn so sehr, dass es wehtat – aber sie wusste, dass sie nie und nimmer einen besitzen würde.

»Meine Frau, Aldgytha«, sagte Morcar und nahm sie bei der Hand. Wieder schaute er umher. »Ich hoffe, es gibt hier einen Ort, wo wir bleiben können.«

Owen trat einen halben Schritt zurück und sank in sich zusammen, um klarzumachen, dass er nichts zu sagen hatte. Das ließ Hild das Sagen, aber selbst sie war vom Reichtum der Leute eingeschüchtert. Sie zeigte aufs Haus und setzte sich gleichzeitig in Bewegung. »Bitte«, sagte sie, »tretet ein!« Aldgytha lüpfte den Umhang und den Rock, damit sie nicht schmutzig wurden, und trippelte mit kleinen Schritten los, um den schlimmsten Schlamm und Dreck zu vermeiden. Morcar legte den Arm um sie, um ihr zu helfen.

Ebba war in Panik und rannte schnell vor ihnen ins Haus. Dann huschte sie über die Decken und Strohmatratzen bis ans andere Ende. So sah sie sie hereinkommen. Sie zogen den Kopf tiefer ein, als es nötig gewesen wäre, und blickten dann um sich. Auf ihren Gesichtern mischten sich in gleichem Maß Höflichkeit und Abscheu.

Auch Ebba blickte sich um. Keines der Hofgebäude war viel höher, nämlich so, dass man aufrecht stehen konnte, und alle hatten niedrige Türen, weil es einfacher war, sie so zu bauen. Aber alle waren daran gewöhnt. Erst als Ebba sah, wie diese reichen Leute sich so tief duckten und beim Aufrichten so überrascht waren, kam ihr der Gedanke, dass es vielleicht bequemer wäre, höhere Häuser mit höheren Türen zu haben.

Auch hatte bisher immer ein Raum für alle ausgereicht, bis sie sah, wie Morcar und Aldgytha alles mit so ausdruckslos höflichen Mienen musterten. Da fiel auch ihr der grobe Verputz an den niedrigen Wänden auf und wie Rauch und Ruß im Laufe der Jahre die Wände, die dürren Dachsparren und das Stroh darauf geschwärzt hatten, sodass jede Berührung einen schwarzen Schmierfleck hinterließ. Aldgythas schöner Leinenkopfputz und der scharlachrote Umhang würde allein davon schmutzig werden, dass sie in diesem Haus Platz nahm. Kein Wunder, dass sie so bestürzt dreinschaute.

Die Gäste standen im Mittelgang, der sich durchs gesamte Haus zog. Vor ihnen war der Raum, wo alle lebten, aßen und schliefen. Hinter ihnen auf der anderen Seite war ein Stall, in dem man nachts Tiere unterbringen konnte. Von dort drang der starke Geruch nach Dung und Schweiß herein. Morcar blickte über die Schulter nach dem Stall und sagte zu Hild: »Habt ihr nichts Besseres als das hier?«

Genau das hasste Hild an solchen Leuten am meisten. Und auch Ebba war aufgebracht, obgleich sie es üblicherweise genoss, wenn Hild in Verlegenheit war; denn es war Elflings Haus, das diese Menschen kritisierten.

»Tut mir leid, Herr«, sagte Hild. »Das ist unser Haus. So leben wir nun einmal.«

Morcar nickte. Dann führte er seine Frau über die auf dem Boden verstreuten Decken und Strohsäcke und fand für sie ein warmes Plätzchen beim Feuer. »Hast du Hunger?«, fragte er sie. »Oder Durst?« Sie antwortete irgendwas. »Hab einen Augenblick Geduld«, sagte er. »Ich sorge dafür, dass alles ausgepackt wird.«

Ohne Hild einen weiteren Blick zu gönnen – Ebba hatte er überhaupt noch nicht bemerkt –, ging Morcar in den Hof und erteilte seinen Leuten barsch Befehle. Dinge wurden vom Wagen abgeladen und ins Haus gebracht. Felle, Kissen, Becher, Teller, Lederbeutel mit Getränken und kleine Päckchen mit

Essbarem. Mit Kissen machte man es Aldgytha bequem, und einer von Morcars Männern bereitete ein kleines Mahl für sie zu. Ebba versuchte von ihrem Versteck hinten im Haus zu sehen, was Aldgytha aß, doch ohne Erfolg. Sie hatte aber Angst, diesen Platz zu verlassen, weil sie dachte, dass Morcar böse werden würde, wenn er sie sah.

Morcar wandte sich an Hild, die immer noch außer sich vor Zorn im Mittelgang stand, und sagte zu ihr ganz freundlich: »Ich habe gesehen, dass in den Außengebäuden noch viel Platz ist.«

Hild funkelte ihn an. »Du meinst in den Ställen, Herr?«

»Für deine Leute«, erklärte er und deutete auf seine Frau am Feuer. »Wir nehmen diesen Raum. Deine Leute können eine oder zwei Nächte in den Ställen schlafen. Nur bis wir mit dem Heiler gesprochen haben.«

Hild stand der Mund offen. Sie starrte ihn sprachlos an.

»Also, wo ist der Heiler?«, fragte Morcar.

»Draußen, Herr«, brachte Hild hervor.

»Draußen?« wiederholte er, als sei das für ihn eine Überraschung.

»Auf den Feldern, Herr«, fuhr Hild fort. »Um diese Jahreszeit wird gepflügt. Und gesät und gedüngt. Es gibt viel zu tun, Herr.« Und ihr haltet uns von der Arbeit ab, ließ ihr Tonfall verstehen.

»Natürlich«, meinte er. »Nun, je früher wir ihn sehen, desto besser.« Er schaute sie an und schien auf etwas zu warten. »Nun?«

»Was, Herr?«, fragte Hild.

»Lass den Heiler herholen.«

Mit gewisser Befriedigung erklärte Hild: »Er weiß, dass ihr hier seid, Herr. Das haben wir ihm schon gesagt. Aber er kommt nicht.«

Morcar traute seinen Ohren nicht. »Er kommt nicht?« Vielleicht erinnerte er sich jetzt daran, dass der Heiler frei geboren war, und sagte: »Zeig mir, wo er ist. Dann kann ich zu ihm gehen und mit ihm sprechen.«

Hild ging in den Hof, und Morcar folgte ihr. Da Ebba Hild sehr gut kannte, sah sie an der Art, wie diese sich bewegte, dass sie entzückt war, dem Mann Anweisungen zu geben, wo er Elfling finden konnte. Sie wusste, was für eine Antwort er erhalten würde, sobald er von Elfling forderte, alles stehen und liegen zu lassen und zum Haus zurückzugehen, welches er dann für die Besucher räumen und in den Stallungen schlafen sollte.

Von draußen rief Hild Ebbas Namen. Diese vergaß jede Angst und stürzte zurück zur Mühle. Aldgytha sah überrascht von ihrem Mahl, einem kleinen Bier und einem Stück Weißbrot, auf, als das Mädchen aus dem Nichts auftauchte und weiter den knirschenden Mühlstein drehte.

Hild kam zurück ins Haus und meinte: »Ach, da bist du. Wann ist das Mehl fertig? Es ist dir doch recht, wenn das Mädchen weitermahlt, Herrin? Wir müssen Brot backen, und die Mühlsteine sind zu schwer, um sie nach draußen in einen Stall zu tragen.«

»Oh nein, nein!« antwortete Aldgytha leise.

Ebba hielt den Kopf gesenkt und mahlte weiter, während Hild übellaunig eine Suppe aus gekochtem Hafer und Gemüse in einem eisernen Topf anrührte. Auf diesen Topf war Hild stolz. Aber Ebba sah aus dem Augenwinkel den schockierten Blick, den Aldgytha auf die alten, am Rande angetrockneten Essensreste warf. Aldgytha hatte den roten Umhang nicht abgelegt. Ebba betrachtete voller Bewunderung die mit Stickerei gesäumten Armschlitze und die kleinen Silberknöpfe. Ihr entging auch nicht, wie Aldgytha dasaß, mit angelegten

Armen, als wolle sie von der Umgebung so wenig wie möglich berühren.

Morcar kam zurück, als Ebba das Mehl, das schließlich fertig gemahlen war, mit Wasser vermengte, um Brot daraus zu bereiten. Er beachtete auch das Mädchen nicht, sondern setzte sich neben seine Frau und nahm von ihr eine Scheibe Weißbrot entgegen, das sie mitgebracht hatten. Es war nicht richtig weiß, aber das hellste Braun, das Ebba je gesehen hatte. »Er kommt«, teilte er seiner Frau mit. »Ich habe mit ihm geredet, und er kommt.«

Ja, dachte Ebba, er wird kommen, aber zusammen mit den anderen Männern am Ende des Tages, um zu essen, wie immer – nicht vorher. Sie wartete noch sehnlicher auf seine Rückkehr als sonst.

Die Männer kamen spät nach Hause, als es bereits dunkelte. Sie traten geduckt ins Haus; im Feuerschein sah man sie wie Schattengestalten. Sie trugen Kittel aus grauem, ungefärbtem grobem Wollstoff, die so alt waren, dass sie wie Säcke herabhingen. Sie brachten einen Geruch mit, der schnell das Haus füllte: ein starker, salziger Geruch von Schweiß, der sich in ihrer Kleidung festgesetzt hatte, ein Geruch von Erde und Dung. Aldgytha hielt sich ihre zarte Hand vor die Nase.

»Was?«, fragte Morcar. »Warum kommt ihr herein? Hat mein Diener euch nicht Bescheid gegeben?«

Die Männer blieben an der Tür stehen und beäugten scheu die Neuankömmlinge. Hinter ihnen trat Elfling ein. Er war größer als alle anderen und konnte nur direkt unter dem Dachfirst aufrecht stehen. Das letzte Licht, das durch die Tür hereinschien, ließ sein Haar rotgolden aufleuchten. Er schob sich durch seine Knechte, beugte sich hinab und ergriff eines von

Morcas Kissen. Dann schleuderte er dieses durchs ganze Haus. Es traf einen Diener des Dänen, der aufschrie. Doch da hatte Elfling bereits ein Fell ergriffen und warf es hinterher – es folgten noch ein Fell und ein Kissen.

Morcar hatte es die Sprache verschlagen. Dann schrie Hild: »Elf! Das Feuer!« Sie hatte ständig Angst, dass etwas ins Feuer fallen könnte. Im nächsten Augenblick würde das ganze Haus in Flammen stehen, und alle müssten in den Außengebäuden schlafen.

Elfling kümmerte sich nicht um sie. Weitere Kissen und Felle flogen durch die Luft. Eines traf das dünne Dach und fiel auf Aldgytha. Sie quietschte. Morcar stand mühsam auf, was in dem engen Haus mit den vielen Fellen und Kissen auf dem Boden nicht einfach war.

Elfling schaute ihn an. Als Morcar etwas sagen wollte, schnitt er ihm das Wort ab. »Dies ist mein Haus. Meine Leute schlafen hier, wo sie immer schlafen. Aber ich bin großzügig; sie können den Raum mit euch teilen.« Danach wandte Elfling Morcar den Rücken zu und verließ mit eingezogenem Kopf das Haus.

Morcar wollte ihm folgen, doch Owen stellte sich ihm in den Weg. »Ich würde ihn in Ruhe lassen, Herr.« Morcar versuchte sich an ihm vorbeizudrängen, aber Owen fuhr fort: »Heiler können ebenso verwunden wie heilen, Herr.« Morcar zeigte Einsicht und ging zurück zu seiner Frau. Er befahl seinen Dienern, ihre Sachen in den hinteren Teil des Hauses zu schaffen, um für Elflings Leute Platz an der Tür zu machen. Er setzte sich neben Aldgytha, legte den Arm um sie und sagte ihr, sie brauche keine Angst zu haben. Ebba bot ihnen von dem noch warmen Brot an. Da hörte sie, wie er sagte: »Schau, der Mann ist schlichtweg ein Flegel und weiß nicht, wie man sich benimmt. Aber ich werde ihn schon überreden. Du wirst schon sehen.«

Ebba ging zu Hild zurück und sagte: »Ich werde Elfling sein Essen bringen.«

Hild blickte sie scheel an. »Du lässt auch keine Gelegenheit aus, was?« Aber sie füllte eine Schale mit dem Eintopf, fügte ein paar Stücke Brot hinzu und gab alles Ebba, die es nach draußen trug.

Hinter dem Haupthaus war Elflings kleines Haus, das eigentlich nur eine Hütte war. Ebba stapfte durch den Schlamm und hielt Schüssel und Brot dabei krampfhaft fest. Bei der Hütte klemmte sie beides in die Armbeuge und klopfte mit der anderen Hand an die Tür. Dann hob sie den Riegel und stieß die Tür auf.

Drinnen war es dunkel, sodass sie kaum etwas sah. Es brannte kein Feuer.

»Ich habe dir etwas zu essen gebracht, Herr.« Die kleine Hütte hatte eine Schlafbank aus festgestampfter Erde. Sie stellte die Schüssel an ein Ende und legte das Brot daneben.

Sie wartete auf eine Aufforderung, doch erst nach geraumer Zeit ertönte Elflings Stimme aus der Dunkelheit. »Danke, Ebba! Das ist sehr freundlich von dir.«

Ebba errötete und sehnte sich danach, noch mehr Lob zu hören. »Es ist kalt, Herr. Ich könnte dir Feuer aus dem Haus holen. Soll ich?«

»Geh jetzt, Ebba.«

»Soll ich nun Feuer holen, Herr?«

»Ebba. Geh!«

Ebba zog die Tür zu und ging über den Hof zurück ins Haus, aber sie beschloss, ihm Feuer zu bringen, ob er es wollte oder nicht. Das würde ihm zeigen, wie sehr sie ihn liebte, selbst wenn er zornig wurde.

Im Haus sagte sie zu Hild, Elfling wolle Feuer.

»Und warum hat er keines mitgenommen, verflucht noch

mal?«, meinte Hild. Aber sie sammelte aus der Feuerstelle Glut ein und ein paar brennende Scheite, legte alles in einen Topf und schickte Ebba damit über den Hof.

Draußen zitterte Ebba im kalten Wind und klopfte wieder an die Tür der Hütte. »Ich bringe dir Feuer, Herr.«

Von drinnen war ein Geräusch zu hören, dann öffnete sich die Tür. Ebba konnte Elfling nicht sehen, weil es zu dunkel war. Sie ging mit dem Feuertopf hinein. Elfling schloss die Tür hinter ihr. Im Herd war bereits Holz aufgeschichtet – wie immer –, und sie kniete nieder und entzündete es mit der Glut aus ihrem Topf. Als das Feuer brannte und den kleinen Raum erhellte, wollte sie gehen; aber Elfling lehnte, von einem goldenen Lichtschein umgeben, am Türrahmen.

»Soll ich bleiben?«, fragte sie und lächelte ein wenig einfältig.

Sie sollte bleiben. Das war alles, was sie in der Welt wollte.

Ebba war glücklich.

Drüben im Haupthaus schliefen die Knechte und Mägde, satt und nach einem langen Tag erschöpft, schnell ein. Sie hatten sich unter den Decken aneinandergedrängt und schnarchten seelenruhig vor sich hin.

Für Morcar, Aldgytha und Begleitung war die Nacht nicht so gut. Das elende kleine Haus war nicht das, was sie gewohnt waren, und ihr Besitzer schien ein jähzorniges Gemüt zu haben. Kein Wunder, dass sie sich in ihrer Haut nicht wohlfühlten. Außerdem waren die Flöhe im Haus des Heilers viel aktiver als ihre eigenen und schienen den Geschmack neuen Bluts ausgesprochen zu mögen.

Morcar schwor sich, morgen den Heiler dazu zu zwingen, seine Frau zu heilen. Danach würden sie diesen Ort so schnell wie möglich verlassen. Heute hatte ihn der Heiler überrumpelt, doch morgen würde er darauf gefasst sein und wissen, wie man mit einem solchen Kerl umzugehen hatte.

Erst in den kühlen Morgenstunden schliefen auch Morcar und Aldgytha ein und waren deshalb keineswegs ausgeschlafen, als sie der Lärm weckte, den die Hausbewohner beim Aufstehen machten. Durch die offene Tür kam ein eisiger Windzug herein und klärte den Dunst der Nacht. Ringsum wurde gehustet, gefurzt und sich mit langen Nägeln der Schorf am Grind gekratzt. Mit Rufen und Pfeifen trieb man die laut trampelnden Tiere hinaus. Im Hof herrschte auch viel unnötiger Lärm.

Drinnen kümmerte sich Hild derweilen ums Feuer, entfachte es neu. Bei jeder Bewegung stöhnte sie laut und seufzte tief. Sie stapfte zwischen Feuer und Hof hin und her und begann, den Eisentopf zu füllen. Dann setzte auch das teuflische Quietschen der Steinmühle wieder ein.

Morcars Diener erhoben sich schließlich und fingen mit Hild einen Streit darüber an, wie und wo sie für ihre Herrschaft das Frühstück auftischen sollten. Herr und Herrin konnten bei all dem Lärm nicht weiterschlafen.

Morcar setzte sich mit verquollenen Augen auf und Aldgytha lugte unter ihrer Decke hervor und kratzte sich heftig.

»Wo ist der Heiler?«, fragte Morcar barsch. »Er muss sich heute noch meine Frau anschauen.«

Die alte Frau am Feuer musterte ihn mit zusammengekniffenen Augen durch den Rauch, der eine weitere Rußschicht auf Wände und Dach legte. »Du hast ihn verpasst, Herr. Er ist bereits aufs Feld gegangen.« Das Mädchen, das hinter der Tür kniete und den Mahlstein drehte, warf Morcar über die Schulter einen Blick zu, den er schlichtweg als unverschämt empfand. Was ging diesen Trampel sein Gespräch an?

»Aber gewiss kommt er zum Frühstück zurück. Dann kann ich mit ihm sprechen.«

»Wie du meinst, Herr«, sagte Hild und bereitete weiter den Brei zu, der mit dem von gestern übrig gebliebenen Brot das Frühstück darstellte.

Morcar und Aldgytha aßen ihr eigenes Frühstück: helles braunes Brot, Käse und ein wenig Bier. Nachdem sie etliche Stunden gewartet hatten und es heller Tag war, kamen die Leute von der Arbeit zum Frühstück. Als Letzter trat der Elfengeborene ein und blieb unter dem Dachfirst stehen, während sich die anderen die Schüsseln füllen ließen. Jeder Mann und jede Frau holte sich den eigenen Löffel aus einem Gestell an der Wand und suchte sich auf dem Boden einen Sitzplatz. Nach dem Essen leckten sie die Löffel sauber und steckten sie zurück ins Gestell.

Der Heiler drehte mit absichtlicher Unhöflichkeit den Gästen den Rücken zu. Trotzdem war Aldgytha von seiner Größe, seinen breiten Schultern und dem langen Hals beeindruckt. Sein dichtes Haar war mit einem Messer auf Schulterlänge gestutzt und leuchtete golden im Türrahmen. Aldgytha senkte die Augen in den Schoß und widmete sich ausschließlich ihrem Frühstück.

Das Mädchen, das die Mühle betätigt hatte, sammelte das letzte Mehl von der Lederplane ein und holte sich von Hild eine Schüssel mit Brei, welche sie zum Heiler hintrug. Der Heiler nahm sie und ging, sich unter dem Türsturz hindurchduckend, hinaus auf den Hof.

Morcar machte eine unwirsche Bemerkung, kam mühsam auf die Beine und ging ihm nach, wobei er das Mädchen auf dem Gang grob aus dem Weg stieß.

Der Heiler stand mit dem Rücken zum Haus auf dem Hof und löffelte sein Frühstück aus der Schüssel. Morcar trat hinter ihn und sagte laut:« Meine Frau braucht deine Hilfe.« Der Heiler drehte sich nicht einmal um. Morcar trat vor ihn. »Du bist doch der Heiler, oder?«

Der junge Mann – eigentlich war er noch ein Junge, was seine Unhöflichkeit noch aufreizender machte – drehte den Kopf zur Seite.

»Zehn Jahre und kein Anzeichen für ein Kind«, erklärte Morcar. »Du bist ein Heiler. Du kannst ihr helfen.«

Einen Augenblick lang blickte der Heiler zum Haus. Morcar glaubte, das zeige ein gewisses Interesse, und er sagte eindringlich: »Es macht sie unglücklich. Ich gebe dir Gold, wenn du ihr hilfst.«

Der Heiler aß weiter, trat aber einige Schritte von Morcar weg und sagte dabei: »*Du* machst sie unglücklich.«

Diese unverschämten Worte versetzten Morcar in Wut. »Was fällt dir ein, so mit mir zu sprechen! Ich bin nicht hergekommen, um deine Meinung zu hören, wie ich meine Frau behandele, sondern um Hilfe für sie zu bekommen. Was ist mit dir los, Elfengeborener? Behandelst du nur Wesen, die wie du sind?«

Elfling, der bisher die Schultern hochgezogen hatte, wandte den Kopf und blickte Morcar ins Gesicht. Ebba, die vom Haus aus zuschaute, sah, wie Morcar verblüfft vor der Kraft dieses Blickes zurückwich, als hätte man ihm einen Stoß gegen die Brust versetzt. Sie bedeckte den Mund mit einer Hand und lächelte. Sie kannte die Kraft dieses Blickes.

Morcar trat einen Schritt vor, doch dann hatte er sich wieder im Griff und blieb stehen. Er vermochte es nicht zu begreifen, was ihn so aus der Fassung gebracht hatte. Aber eigentlich kannte er den Grund genau. Als sich der junge Mann umdrehte, sich aufrichtete und Morcar mit den Augen fixierte, war dieser ob so viel Schönheit geschockt gewesen. Aber das allein konnte es nicht sein ... Nie im ganzen Leben hatte Morcar bei einem Mann nach Schönheit gesucht, das entsprach nicht seiner Neigung. Nein, es musste noch etwas anderes sein ... Aber für jetzt wusste er lediglich, dass diese Schönheit ihn so getroffen hatte.

Der Kopf des Elfengeborenen saß auf einem langen, schlanken Hals. Sein Anblick glich dem eines prächtigen Rehs. Die Züge des Gesichts waren perfekt angeordnet und ausgeprägt. Das schlecht geschnittene Haar leuchtete hell an den Rändern, wo das Licht hindurchschien. Ansonsten glänzte es mit der warmen Farbe rötlichen Bernsteins.

Doch am auffälligsten waren die Augen. Sie waren schöner als die Augen irgendeiner Frau, die Morcar je gesehen hatte. Laut aufstöhnend trat er noch einen Schritt zurück, als er sich dies eingestand. Die Augen waren klar wie Glas, wechselten jedoch die Farbe, ja nachdem wie das Licht sie traf. Aber nie war es eine Farbe, die man eindeutig hätte benennen können. Zu viel Blau oder sogar Violett, um sie grau zu nennen, aber zu viel Grün, um sie als blau zu bezeichnen, und zu viel Grau, um grün zu sein. Als Morcar nach festem Halt suchte und Elfling ihn nicht aus seinem zwingenden Blick entließ, traf das Licht aus einem anderen Winkel darauf und entzündete gelbe Fünkchen wie bei ockerfarbenen Flechten auf Felsen.

Der Böse Blick, dachte Morcar und fühlte, wie sein Herz schneller schlug und hämmerte. Und der Böse Blick bedeutet, dass er mich damit töten will. Er wird mein Herz zerbersten lassen ...

Doch da entließ ihn Elfling unvermittelt aus dem Bann seines Blicks und ging zurück zum Haus. Er schob Ebba am Eingang beiseite und verschwand drinnen. Morcar hatte Angst um seine Frau, rang nach Luft und eilte ihm hinterher.

Der Innenraum lag im Dunkeln, nur teilweise erhellt durch das Herdfeuer und die wenigen Lichtstrahlen, die, vorbei an den Leuten, die dort im Weg standen, durch die offene Tür drangen. Doch vermochte das Licht kaum die dichten Rauchschwaden zu durchdringen, sodass man nur undeutlich sah, was vor sich ging. Elfling stand aufrecht unter dem Dachfirst. Sein Haar glänzte in einem Lichtstrahl, als Aldgytha die Arme ausbreitete, sie ihm entgegenstreckte und lächelte.

Ehe Morcar ein Wort herausbrachte oder sich durch die Knechte einen Weg bahnen konnte, erhob sich Aldgytha schon und ging zu dem Elfengeborenen – und in seine Arme –, schneller, als es Morcar gefiel. Und alle schauten zu, nicht nur die Knechte und Mägde vom Hof, sondern auch Morcars eigene Dienerschaft. Er spürte, wie sein Gesicht vor Wut und Angst weiß wurde und sich versteinerte.

Elfling schloss Aldgytha in die Arme, legte sein Kinn auf ihre Schulter und grinste Morcar an. Dann wiegte er sich hin und her, wobei er Aldgytha dabei wie ein Kind in den Armen hielt. In Morcar stieg eine stille Wut auf, welche nur durch das laute Hämmern seines Herzens unterbrochen wurde. Elfling stimmte ein lautes, fröhliches Gelächter an, so natürlich, als habe er soeben einen sehr lustigen Witz erzählt. Er hob Aldgytha in die Luft. »Morcar! Nicht deine Frau braucht meine Hilfe!«

Morcar verschlug es die Sprache.

Elfling stellte Aldgytha auf die Beine und ließ sie los. Mit völlig verdutztem Gesicht schaute sie ihren Mann an. »Zumindest weißt du, dass sie dir treu gewesen ist«, sagte Elfling. Einige der Knechte lachten, und – Morcar glaubte es jedenfalls – sogar seine Diener kicherten leise.

»Zehn Jahre?«, fuhr Elfling fort. »Mit jedem anderen Ehemann hätte sie inzwischen zehn Kinder!«

Elflings unirdische Schönheit und seine Verachtung trafen Morcar tief. Mit Abscheu in der Stimme sagte er: »Du solltest tot sein!« Während dieser Worte zog er sein Messer aus dem Gürtel, um die Worte in die Tat umzusetzen.

Im Haus gab es wenig Raum, weder für Verteidigung noch für Angriff. Morcar prallte gegen die Leute, die sich am Feuer versammelt hatten. Schreiend schlugen sie zurück. Elfling war gleichermaßen behindert, dem Messer auszuweichen. Aldgytha schrie, und Hild übertönte alle: »Das Feuer! Das Feuer!«

Morcar packte den Stoff von Elflings Kittel und versuchte, Elfling in Richtung seiner Messerklinge zu ziehen, doch hatte er nicht so viel Bewegungsfreiheit, wie er es sich gewünscht hätte. Ebba drängelte sich durch die Menschen, drückte sich an der Mauer vorbei – wodurch sie eine Lawine aus Schlammverputz auslöste –, packte Morcars Messerhand und hängte sich mit ihrem gesamten Gewicht daran.

Jetzt waren noch mehr Leute auf den Beinen und brüllten und schrien wegen des Feuers. Morcar ließ Elfling los, um sich mit Ebba zu befassen. Sie war schwer genug, seine Messerhand zu behindern, aber sobald er beide Arme benutzen konnte, war ihr dürres Gestell keine Mühe. Während sie noch an seinem Arm hing, hob er diesen und schleuderte sie in die Mitte des Raums. Fast gleichzeitig drängte Elfling nach vorn, um sich auf Morcar zu stürzen. Einige Männer hielten ihn von hinten zurück. Ebbas Griff löste sich, sie segelte durch die Luft – und landete direkt im Feuer.

Innerhalb von Sekunden krabbelte sie heraus, aber ihr Kleid brannte schon lichterloh, und ihre Haut war voller Brandwunden. Ihre Schreie, aus Angst und Schmerz geboren, waren entsetzlich, aber sie beendeten den Kampf. Morcar stand fassungslos da, mit offenem Mund. Aldgytha verbarg ihr Gesicht. Andere schienen ebenfalls noch nicht begriffen zu haben, was geschehen war, oder schrien, während sie Flammen austrampelten, die durch die herausgeschleuderte Glut vom Herd entkommen waren. Hild schließlich warf Ebba zu Boden und schlug mit bloßen Händen auf deren brennendes Kleid ein. Dabei rief sie: »Elf! Elf!«

Elfling lief zu den beiden Frauen, seiner alten Amme und der jungen Leibeigenen. Mit seiner Kraft fiel es ihm leicht, Ebba auf dem Boden zu rollen, bis sämtliche Flammen erloschen waren. Dann nahm er ihren kleinen, verbrannten Körper auf die Arme. Als sie vor Schmerzen aufschrie, flüsterte er ihr tröstend zu: »Liebling, Liebling!«, und drückte seinen Kopf gegen ihren.

Alle im Haus sahen staunend zu, selbst Aldgytha wagte den Blick zu heben, wie er Ebba, deren Kleid verbrannt war und deren bloße Haut tiefrote Brandwunden zeigte, hochhob, was ihr mit Sicherheit große Schmerzen bereitete. Schnell ebbten Ebbas Schreie zu Schluchzen und Wimmern ab, bis sie schließlich ganz still war. Alle hielten den Atem an, als sie sahen, wie Elfling mit geschlossenen Augen das Mädchen hielt, als konzentrierte er sich angespannt. Eine Ewigkeit schien vergangen, in der Ebba still in seinen Armen lag, als er die Augen wieder öffnete und begann, behutsam über die Wunden des Mädchens an der Hüfte und im Rücken zu streichen. Dabei flüsterte er ohne Unterlass unverständliche Worte, immer noch äußerst konzentriert.

Ebba war sich kaum bewusst, was mit ihr geschehen war. Erst die Angst um Elfling, dann der Kampf mit Morcar und die freudige Erregung, dass sie kämpfte, um ihren Geliebten zu retten – und dann plötzlich die schrecklichen Schmerzen, unerträglich, Hitze und Flammen ringsum. Ihre Panik war durch

Hilds Schreie und Schläge noch gesteigert worden. Sie hatte geglaubt, Hild wolle sie bestrafen. Als Elfling sie hochgehoben hatte, waren die Schmerzen entsetzlich gewesen. Es war ihr gleich gewesen, dass es Elfling war; ja, sie hatte nicht einmal gewusst, dass er es war – nur, dass es unsäglich wehtat. Doch dann hatten die Schmerzen sehr schnell nachgelassen. Kühle hatte sich auf die Brandwunden gelegt, als hätte jemand kaltes Wasser darübergegossen. Und dann hörte sie Elfling sagen: »Liebling, Liebling ...« Das hatte die größte Linderung gebracht. Eine wohlige Wärme hatte sie eingehüllt, nicht die sengende, brennende, schmerzliche Hitze der Feuerzungen, sondern eine sanfte Wärme, welche sie an Elflings Schulter friedvoll einlullte.

Morcar stand an der Hausmauer, den Kopf unter den mit Stroh gedeckten Dachvorsprung geduckt. Eine Magd kümmerte sich schweigend um das Feuer und sammelte die verstreute Glut ein. Sie bemühte sich, die Konzentration des Elfengeborenen nicht zu stören. Als Morcar sich umschaute, sah er, dass das Gesinde über die Handlungen seines Herrn nicht übermäßig erstaunt war. Seinen eigenen Dienern hing die Kinnlade herab. Er blickte zu Elfling, der immer noch das junge Mädchen hielt, aber auch die Hände der alten Frau, welche sie sich verbrannt hatte, als sie die Flammen ausschlug. Elfling zog die alte Frau an sich, küsste ihre Hände, richtete sie gerade und strich sanft darüber. Schließlich schloss er sie in die Umarmung mit dem Mädchen ein.

Morcar spürte, wie sein eigener Zorn verflog. Er schämte sich sogar und steckte das Messer zurück in die Scheide. Der Heiler hatte ihn beleidigt – das war wahr, aber was konnte ein Mann gegen eine solche Macht ausrichten? Er musste die Beleidigung herunterschlucken und demütig um Hilfe bitten.

Elfling ließ Hild los und legte Ebba behutsam auf eine der unordentlichen Schlafstellen im Haus. Er deckte sie zu, kniete neben ihr nieder und betrachtete sie. Das Mädchen schien zu schlafen.

Hild zeigte Owen ihre Hände, schloss und öffnete sie, um ihm vorzuführen, wie mühelos die Finger sich bewegten. Keine Spur mehr von den schweren Brandwunden. Ein Wunder, dachte Morcar.

Als Elfling aufstand, trat Morcar vor. Auch die Knechte bewegten sich nach vorn, doch Morcar hielt die Hand hoch, um seine friedlichen Absichten kundzutun. »Herr«, sagte er zu Elfling. »Ich gestehe offen, dass mir alles leidtut, was ich gesagt und getan habe, das dich kränken musste. Ich habe mich schwer geirrt und falsch gehandelt. Ich hoffe, du kannst mir verzeihen.«

Die Entschuldigung war überaus höflich und hätte eine ebenso höfliche Antwort verdient, mit der Elfling die Verzeihung und Freundschaft annahm. Der Elfengeborene blickte ihn jedoch nur mit diesen durchdringenden, sich stets verändernden Augen an, mit denen er jegliche Macht hätte ausüben können, wenn er gewollt hätte.

»Ich gebe meinen Fehler zu«, fuhr Morcar fort. »Und ich bitte dich als Heiler um Hilfe für mich, sollte ich diese brauchen, nicht für meine Frau.«

Elfling griff zu den dünnen Dachsparren aus Zweigen hinauf, welche das Stroh stützten, und holte einen Langbogen und ein Bündel Pfeile heraus. Dann erklärte er: »Ich gehe auf die Jagd. Pack deine Sachen und verschwinde von meinem Land. Ich möchte dich hier nicht mehr sehen, wenn ich zurückkomme. Scher dich weg und suche anderswo nach Heilung.« Er steckte die Pfeile in den Gürtel und ging zur Tür. Morcar starrte ihn sprachlos an. Elfling schwankte ein wenig, als sei ihm schwindlig. Sofort packte ihn einer seiner Knechte, um ihm Halt zu geben. »Wenn irgendjemand kommt und um Heilung bittet, sagt ihm – sagt ihm, ich sei mit den Elfen unterwegs«, sagte er zu dem Mann.

Nachdem er fort war, blickten die beiden Parteien – auf der einen Seite das Gesinde des Hofs, auf der anderen die Dienerschaft Morcars – einander unsicher an.

»Er ändert seine Meinung nicht«, erklärte Hild nach einer Weile. »Hat er mal gegen jemanden eine Abneigung gefasst, ändert sich das nie.«

»Wir werden morgen aufbrechen«, sagte Morcar. »Ich danke dir für deine Gastfreundschaft, Herrin.«

Hild nickte.

»Es gibt noch ein paar andere Sachen, die du ausprobieren kannst«, sagte sie. »Brennnesseln. Mit Brennnesseln schlagen soll gut sein, habe ich gehört.«

Danach trennten sich die beiden Gruppen. Morcar befahl seinen Leuten, alles zu packen, und die Knechte und Mägde gingen wieder aufs Feld. Hild fragte sich, ob sie selbst mit dem Mahlen beginnen oder Ebba wecken sollte. Sie beschloss, das Mädchen für den Rest des Tages schlafen zu lassen.

Als Morcars Männer den Wagen beluden, sichteten sie als Erste die Schar Bewaffneter, die auf den Hof zugeritten kam. Schnell holten sie Morcar, und dieser zögerte nicht, Hild und die Knechte zu alarmieren. Die Bewaffneten glitzerten im Sonnenschein, als sie näher ritten. Sie trugen nicht nur lederne Wämser. Offenbar waren sie keine Schutztruppe für einen Handelsreisenden. Morcars Erfahrung nach bedeuteten Männer wie diese Ärger.

DRITTES KAPITEL
DIE WALKÜRE

Die bewaffneten Reiter näherten sich in leichtem Trab. Ihre Rosse waren groß, wertvolle Tiere, und jeder Mann trug einen Helm mit Metallplatten, Nasenschiene und Wangenschutz. Keine einfachen Lederkappen. An jeder Schulter hing ein Schild, und die Hälfte der Männer hatte einen Speer in der Hand, welche nicht den Zügel hielt. Alle trugen Wämser aus dickem Leder, auf das Metallringe aufgenäht waren, dazu ein besticktes Wehrgehänge, an dem ein Schwert hing. Die Brosche auf der Schulter eines jeden Umhangs glänzte in der Sonne.

Was ist denn das, wunderte sich Morcar. Mit Sicherheit ritt ein Reicher mit seiner Garde, aber ... Obgleich er noch nie einen König gesehen hatte, kam ihm der Gedanke, dass diese so vortrefflich berittene und bewaffnete Leibgarde einem König gehören musste.

Aber was wollten sie hier? Bei diesem Gedanken lief es ihm kalt über den Rücken. Nein, gewiss machte er sich unnötig Sorgen, versuchte er sich einzureden. Es war sicher nur jemand, der herkam, um sich heilen zu lassen – wie auch er –, ein reicher Mann oder eine reiche Edelfrau, sicherheitshalber von einer starken Leibgarde begleitet. Aber es beschlich ihn ein ungutes Gefühl. Die Art, wie diese Männer ritten und wie sie aus dem Schatten unter dem Helm umherblickten, machte ihm Angst. Die Knechte waren eilends vom Feld hergekommen, nachdem er sie hatte rufen lassen. Sie hatten Werkzeuge als Waffen: Äxte und Sicheln. Seine Männer waren etwas besser bewaffnet. Aber diese Reiter, die näher kamen … Es bedurfte mehr als ein paar großer Kerle mit unhandlichen Schwertern und ein paar Knechten mit Werkzeug, um mit denen fertig zu werden. Seine Gedanken gingen zu Aldgytha … Wie konnte er sie in Sicherheit bringen?

Als die Reiter näher kamen, konnten sie über die Hecke in den Hof hineinschauen. Das Pferd an der Spitze stieß Morcar beiseite und trabte in den Hof. Das Gesinde lief sofort auseinander, um ihm Platz zu machen. Einige duckten sich in den fragwürdigen Schutz der niedrigen Außengebäude. Morcar erblickte Aldgytha in der Tür des Hauses und gab ihr ein Zeichen wegzulaufen, damit man sie nicht mehr sah.

Der Führer der Reiterschar trug einen Helm, welcher seinen Kopf vollständig mit glänzendem Metall bedeckte. Eine brünierte Maske verbarg das Gesicht bis auf den Kinnbart. Dicke silberne Brauen überschatteten die Augen, ein goldener Schnurrbart hing über einem goldenen, grimmigen Mund. Ein zähnefletschender Drache mit gekrümmtem Rücken und Rubinaugen zierte den Helmkamm. In den tiefen Schatten der Augenhöhlen sah man gelegentlich das Glitzern der Augen, ansonsten blieb das Gesicht des Mannes verborgen. Es war unmöglich festzustellen, ob er einen anschaute oder welchen Gesichtsausdruck er trug. Die Kälte, die Morcar über den Rücken gelaufen war, verwandelte sich in einen Magenkrampf.

Hunting, hoch zu Ross, blickte durch die Helmschlitze auf den Haufen schmuddeliger, kleiner Hütten, in denen er nicht einmal seine Hunde halten würde. Und das Wesen, das hier lebte, behauptete, sein Halbbruder zu sein? Die niedrige Dornenhecke war für ihn fast eine Beleidigung, da sie für ihn den Anschein erweckte, er würde diesen Misthaufen ernsthaft angreifen wollen oder dass sie ihn vom Eindringen abhalten könnte.

Neben dem Eingangstor stand ein Mann, der sich von den Menschen, die im Hof auseinandergelaufen waren, unterschied. Ein großer Mann mit Kleidung aus gutem, glattem Tuch, wenngleich ein wenig in Unordnung. Der Mann trug eine Goldkette um den Hals und Ringe an den Fingern.

Die Maske wandte sich an ihn. »Wie heißt du?« Die Stimme hinter den goldenen Lippen klang unmenschlich und eisig.

»Morcar Sweynssen, Jarl.«

Die Augen hinter der Maske funkelten. Nach kurzer Pause sprach die hallende Stimme wieder. »Ein Däne.«

»Aus Northanhymbre, Jarl. Ich treibe Handel – in diesem Lande genieße ich den Schutz des Lehnsherrn Alnoth, Jarl.«

Die Maske schwieg längere Zeit und schien ihn nur anzustarren, doch genau wusste er das nicht. Das glatte Gold des Gesichtes schimmerte, die Silberbrauen waren zusammengezogen, der Drache mit den Rubinaugen fletschte die Zähne. Hinter der Maske überlegte Hunting. »Treibst du hier Handel?«

»Nein, Jarl, nein! Ich bin mit meiner Frau hergekommen, wegen ihrer Krankheit. Hier lebt ein Heiler.« Es war so frustrierend, so untertänig sein zu müssen und diese gleißende Maske anzustarren, die keinerlei Hinweis auf das Gesicht dahinter gab.

Hunting erwog, den Mann zu töten. Niemand würde sich einen Dreck darum scheren, wenn er das ganze Volk auf dem Hof über die Klinge springen ließ. Doch dieser Mann könnte Probleme bereiten, auch wenn er ein ausländischer Händler war. Wenn seine Verwandten erfuhren, wie er gestorben war, könnten sie sich bei diesem Lehnsherrn Alnoth beschweren, und dieser beim Ältestenrat und dem König ... Doch wie sollten die Verwandten des Fremden je etwas erfahren, wenn er an diesem verlassenen Ort starb? Besser, keinen am Leben zu lassen.

»Wo ist der Elfengeborene?«, fragte Hunting.

Morcar blickte umher, ob jemand die Frage beantworten würde, doch die meisten der Knechte und Mägde hatten sich außer Sicht versteckt. Nur ein Mann stand auf dem Hof, der älteste, der Owen hieß, aber außer Hörweite. Wieder blickte Morcar zu dem berittenen Jarl empor, der von oben auf ihn herabsah, und überlegte, was er am besten antworten sollte. Der Jarl wollte den Heiler. Würde er fortreiten, wenn er ihm sagte, dass der Elfengeborene nicht hier sei? Beinahe musste Morcar lachen. Ein Mann kam nicht mit einer solchen Reiterschar her, um wieder abzuziehen. Aber würde er –? Morcar gestand sich ein, dass er genau das befürchtete. Würde der Jarl alle sofort umbringen, sobald er hörte, dass der Heiler nicht hier war, oder –?

»Antworte!« herrschte Hunting ihn an.

Nein. Er würde abwarten. Und wie jeder Jäger wollte er seine Beute nicht alarmieren. Er wünschte nicht, dass der armselige Hof anders als immer aussah.

»Der Heiler ist nicht hier, Jarl. Er ist auf die Jagd gegangen. Heute morgen erst. Er kommt vielleicht erst in ein paar ... Tagen zurück.«

Hunting saß schweigend auf seinem Pferd, das unruhig mit den Hufen scharrte. Morcar dachte: Vielleicht lässt er mich und meine Leute fortgehen.

Hunting wandte sich an den Reiter, der ihm am nächsten war, und sagte: »Treib alle zusammen!«

Etliche Reiter saßen ab. Einer packte mit seiner großen Hand Morcars Arm, um ihn auf den Hof zu stoßen. »Jarl!«, schrie Morcar. Ein zweiter Reiter kam seinem Kameraden zu Hilfe, und gemeinsam schleppten sie Morcar mitten auf den Hof.

Die Bewaffnetenschar stieg aus dem Sattel, zückte die Schwerter. Beim Klang des Klirrens von Metall gegen Metall durchlief Morcar eine Welle der Angst. Sie gingen über den Hof, duckten sich in die kleinen Hütten und holten die Leute in ihren armseligen Kitteln heraus und stießen sie in die Mitte des Hofs. Morcar sah, wie etliche seiner Männer mit den billigen Schwertern, mit denen er sie ausgestattet hatte, aus dem Haupthaus auftauchten. »Legt die Schwerter nieder!«, brüllte er. »Legt sie nieder. Kämpft nicht! Thor schützt uns, kämpft nicht!«

Die Männer schauten verblüfft von ihm auf die Bewaffneten. Doch auf erneuten Befehl Morcars ließen sie die Schwerter fallen. Alle Männer Morcars kamen aus dem Haus, legten die Schwerter nieder und ließen sich widerstandslos in die Mitte des Hofs treiben. Morcar wurde von Übelkeit erfasst, ja, von einem regelrechten Brechreiz. Die Schmerzen waren wie eine Kolik und rührten daher, dass er bezweifelte, das Richtige getan zu haben. Vielleicht hätten sie kämpfen sollen? Aber jetzt war es zu spät, und überhaupt Waffen erheben gegen solche ... Jetzt wurde vor seinen Augen Aldgytha von einem Bewaffneten aus dem Haus geführt. Ohne nachzudenken, drängte er sich an ihre Seite und wollte sie wegbringen.

»Alles in Ordnung, wirklich!«, erklärte er dem behelmten Krieger, der fluchte, und legte den Arm um Aldgytha. Er führte sie in die Hofmitte. »Alles ist in Ordnung, Liebling«, sagte er. »Alles wird gut.« Er spürte, wie sie zitterte. Auch er zitterte am ganzen Leibe. »Ich spreche mit dem Jarl«, sagte er.

Alle, die zum Hof gehörten, und Morcars Männer wurden in

der Mitte des Hofs zusammengetrieben und von Huntings Bewaffneten umringt. Sie standen so eng beieinander, dass sie ihre Arme nicht bewegen konnten und kaum Platz zum Atmen hatten. Das ist nicht gut, dachte Morcar. »Jarl«, sagte er. »Darf ich etwas sagen – ?«

Plötzlich begann die eng zusammengepresste kleine Gruppe, zu der er gehörte, zu schwanken. Stöhnen wurde laut, dann verzweifeltes Schluchzen. Und wieder dieses Zittern. Aldgytha drückte sich noch enger an Morcar und bebte vor Angst. Es hatte begonnen! Morcar bekam eine Gänsehaut, sein Gesicht erstarrte, als ihm klar wurde, was dieses Beben und Schluchzen der Gruppe bedeutete. Die Bewaffneten hatten angefangen zu töten! Sie stießen die Schwerter den Menschen in die Leiber und rissen sie wieder heraus. Die Toten fielen zu Boden. Als die Menschen fliehen wollten, behinderten sie sich gegenseitig, oder Huntings Schergen standen vor ihnen und bildeten eine feste Mauer von Schilden – und davor waren ihre Schwerter.

Morcar presste Aldgytha an sich und schrie verzweifelt: »Jarl! Jarl!«

Huntings Antwort lautete: »Ihn!« Er zeigte auf Morcar. Dieser wurde durch ein Schwert zum Schweigen gebracht; eine scharfe Klinge aus Stahl bohrte sich in seinen Leib. Nach Luft ringend sank er auf die Knie, wobei er Aldgytha mitriss, die seinen Namen murmelte.

»*Und* das Weib!«, befahl Hunting. Bei dieser Mission konnte man keine Zeit wegen eines Weibs verschwenden. Aldgytha wurde niedergemacht.

Morcar, auf dem Rücken liegend und zum Himmel hinauf blickend und Aldgythas Gewicht auf ihm, dachte: Falsche Entscheidung. Wir hätten kämpfen sollen.

»Und jetzt beendet die Sache«, befahl Hunting. »Und

schafft die Kadaver irgendwohin, wo man sie nicht sieht, und versteckt auch die Pferde.«

Ein Teil seiner Gewappneten zückte die Dolche und schlitzte denen, die noch nicht tot waren, die Kehlen auf. Der andere Teil trieb die Pferde in die Ställe. Ein paar Männer blieben bei ihnen, um sie ruhig zu halten.

Nachdem das Gemetzel vorbei war, schleppten die Männer die Leichen ins Haus.

Ebba lag, unter Decken versteckt, an der Mauer und hörte sie hereinkommen. Endlose Minuten hatte sie die schrecklichen Schreie draußen hören müssen, die so verzweifelt geklungen hatten, dass sie ganz verzagt wurde. Sie konnte sich auch nicht einreden, dass es Schreie vor Freude oder Überraschung gewesen waren. Als einer sie aus dem Schlaf riss, hatte sie sofort gewusst, dass etwas Schreckliches geschah. Sie hatte die Knie angezogen und den Kopf zugedeckt. Mit den geballten Händen vorm Mund hatte sie mucksmäuschenstill verharrt. Jemand wurde verletzt, jemand war völlig verzweifelt. Das wusste sie. Doch nicht, weshalb.

Dann war es verhältnismäßig still geworden. Sie lag in ihrem Versteck und atmete nur flach, um die Decken über ihrem Kopf nicht zu bewegen. Sie ließ die Augen in der kleinen dunklen und warmen Höhle umherschweifen, die sie sich gemacht hatte, als könne sie etwas sehen. Brachte Elfling Morcar und dessen Männer um? Tötete Morcar Elfling? Sollte sie hinauslaufen und versuchen zu helfen? Die Schreie, die sie gehört hatte, ließen nicht auf ein Handgemenge schließen, wo sie sich an den Arm eines Mannes hängen und so einen Schlag verhindern konnte. Obgleich ihr wegen ihrer Feigheit richtig schlecht war, blieb sie, wo sie war.

Dann war der Lärm ins Haupthaus gekommen. Ihre Gliedmaßen hatten vor Angst wild gezuckt, ehe sie sich zwang, wieder still zu sein. Männer schnauften und fluchten. Schwere Lasten fielen nur wenige Schritte vor ihr zu Boden. Jemand trampelte über die Strohsäcke und setzte sich mit einem Plumps hin. Die Füße traten direkt neben ihr auf den Saum ihrer Decken. O Eostre, Göttin, lass sie nicht die Decken wegreißen! O Eostre, rette mich!

Wieder wurden schwere Lasten auf den Boden geworfen. Sie spürte den Aufprall durch den Boden und hörte, wie ein Mann stöhnte, als machte er mitten in einer schweren Arbeit eine Pause. Dann trat ein Fuß auf sie.

Sie unterdrückte den Schrei, indem sie die Hand auf den Mund presste. Mit angehaltenem Atem wartete sie. O Eostre, Eostre ...

Es wurde hell. Jemand hatte die Decken von ihrem Kopf genommen. O Eostre ...

Ohne den Kopf zu bewegen, rollte sie die Augen nach oben und sah einen Mann, der sich vornüber beugte. Im düsteren Haus war er ein riesiger dunkler Schemen. Von seinem Gesicht konnte sie nicht viel sehen; es wurde von dem Helm, den er trug, überschattet. Sie war so verängstigt, dass sie die Angst gar nicht mehr spürte. Mit angehaltenem Atem lag sie reglos da und starrte ihn nur an.

Und er grinste sie an. Sie sah, dass sich die Schatten seines Gesichts zu einem breiten Grinsen verzogen. Dann lüpfte er die Decken über ihr noch weiter und betrachtete ihren Körper. Sie war nackt, da ihr Kleid ja verbrannt war. Der Mann hielt die Finger vor die Lippen und warf die Decken wieder über sie, um sie zu verstecken. Dann hörte sie ihn fortgehen.

O Eostre, danke! Der Soldat würde sie nicht töten – jedenfalls nicht gleich. Sie hatte eine Chance. Danke, Eostre, danke! Nur Eostre, die Göttin der Lust und der Liebe, konnte sie gerettet haben.

Als sämtliche Leichen ins Haus geschleppt und am hinteren Ende aufgestapelt waren, endete das Getrampel rein und raus. Hunting betrat das Haus und machte es sich so bequem, wie es in dieser Flohfalle möglich war. Die Männer, welche er nicht als Wachen hinausgeschickt hatte, warfen sich auf den Boden und reinigten die Waffen. Dann begannen sie zu essen.

Ebba lag in ihrem Versteck und lauschte den Gesprächen und dem Gelächter. Sie war in den Zustand ständiger, stiller Angst verfallen. Arme und Beine waren steif, jeder Muskel angespannt. Plötzlich lehnte sich ein schwerer Körper gegen sie. Es war ein Mann, der sich neben ihr niederließ. Da er keinerlei Überraschung zeigte, war es wohl der Mann, der sie bereits gefunden hatte. Eine Hand betatschte sie besitzergreifend, vielleicht tröstend. Nach einer Zeitspanne, die sie nicht einschätzen konnte, während sie nur wartete und lauschte, wurde eine Ecke ihrer Decke hochgeschlagen, und ein Stück Brot flog ihr entgegen. Sie nahm es und verzehrte es dankbar in der Dunkelheit ihrer warmen Höhle. Ihr war bewusst, dass der Soldat als Dank für diese Freundlichkeit beabsichtigte, ihren Körper zu benutzen, und sie war mehr als bereit, ja sogar glücklich, diesen Preis zu zahlen, wenn es bedeutete, dass sie diesen Ort unversehrt und lebendig verlassen würde.

Hunting blickte von der Türschwelle aus auf den Hof, wo Gänse und Hühner umherflatterten und nach Nahrung suchten. Die mit Blut getränkte Erde störte sie nicht. Vom Kamin stieg Rauch auf. Aus der Entfernung würde der Hof wie immer aussehen, dachte er. Lediglich die verlassenen Felder konnten die Anwesenheit seiner Truppe verraten.

Elfling hatte Pfeile und Bogen genommen und war in den Wald gelaufen. Allmählich verfiel er in einen ruhigen Schritt, dann rannte er wieder, bis er am Ende des am weitesten entfernten Feldes tief im Wald war, und man ihn vom Hof aus nicht mehr sehen konnte. Ohne echte Absicht, ein Wild zu erlegen, schlenderte er zwischen den Bäumen dahin, stets bergauf, bis er vom höchsten Punkt der bewaldeten Hügel aus in die Täler schauen konnte. Er sah den Rauch von seinem Gehöft aufsteigen und hielt sich von da an auf der Seite des Berges, wo keine Möglichkeit bestand, den Hof zu sehen.

Irgendwann am Nachmittag, als das Licht bereits schwächer wurde und sich in den dichtesten Teilen des Waldes die Abenddämmerung ausbreitete, fühlte er plötzlich, dass etwas nicht stimmte. Er vermochte es nicht klar zu deuten. Es war kein Schmerz in einem Teil seines Körpers, sondern eher eine Unruhe, die er überall verspürte, ein dumpfer Schmerz des Geistes oder der Seele. Er war in seinem Kopf, den Schultern und den Knien. Er setzte sich am Hang nieder und beschloss zu warten, bis die Tiere ringsum vergaßen, dass er hier war ... aber das Sitzen, selbst das Liegen befreite ihn nicht von diesem dumpfen Schmerz. So etwas hatte er schon früher erlebt. Sobald er aufhörte, dieses Gefühl zu ignorieren, und zuließ, dass es sein Bewusstsein erfüllte, kristallisierten sich Worte heraus: etwas sehr Schlimmes.

So eine Warnung hatte er schon früher erhalten. Er fragte sich: Was? Was ist es?

Zurück kam die Antwort: Ein stärkerer Schmerz. Etwas sehr Schlimmes. In ihm war ein Ziehen heimzukehren, das der Kraft eines Magneten glich, der das Eisen anzog.

Er stand auf und wollte einen Schritt in die Richtung seines Gehöfts tun. Doch dann verharrte er. Er wollte nicht heimkehren, und er hatte keine Möglichkeit herauszufinden, wie schlimm »etwas sehr Schlimmes« war. In der Vergangenheit hatte ihm dieses Gefühl angezeigt, dass eine Gans von einem

Fuchs gerissen worden war oder dass ein plötzlicher Schneesturm aufkam oder eine Krankheit auf einem Hof in der Nachbarschaft. Erst wenn das angezeigte Ereignis geschehen war und die Spannung wie Kopfschmerzen nach einem Gewitter wich, wusste er genau, wovor er gewarnt worden war.

Er wollte nicht nach Hause. Daheim fühlte er sich oft, als würde er mit dem Geflügel auf dem Hof leben: umgeben von ständigem Gegacker, Raufen, Picken, bis er sich wie ein Huhn vorkam, dem man die Federn so ausgerupft hatte, dass auch die leiseste Berührung schmerzte. Alle fassten ihn an – ständig –, alle wandten sich an ihn: Schlichte diesen Streit, sag uns, was wir tun sollen, mach, dass sie damit aufhört, mach, dass er aufhört, das zu sagen, sag ihnen, dass ich recht habe, sag ihnen, dass sie unrecht haben. Teilweise war das, weil er der Besitzer und Herr des Hofes war, aber auch, weil er das Unglück hatte, ein Elfengeborener zu sein – jedenfalls sagten sie ihm das. Sie schienen zu erwarten, dass er die Lösung für jedes Problem, die Antwort auf jede Frage hatte. Und das waren nur die Menschen, die ihn sein gesamtes Leben kannten und an ihn gewöhnt waren. Schlimmer waren die Besucher.

Einige kamen lediglich, um ihn anzugaffen und Locken seines Haares mitzunehmen. Warum? Mit verschlagenem, spöttischem Ausdruck stellten sie ihm ganz einfache Fragen und taten völlig überrascht, wenn er diese in der Tat beantworten konnte. Offenbar hielten sie ihn für eine Art oberschlaues Tier, wie ein Schwein oder ein Pferd, das so abgerichtet war, dass es Fragen mit den Klopfen des Hufs beantworten konnte. Diese Besucher hasste er; oft erschreckte es ihn, wie sehr er sie hasste. Nachdem er größer als die meisten von ihnen war und auch stärker – Elfen waren angeblich viel stärker als normale Menschen –, war er durchaus imstande, ihnen körperlichen Schaden zuzufügen.

Noch schlimmer waren die Besucher, die Kranke anschleppten. Es war eine Erleichterung, jemanden mit einem Fieber zu finden, das er herausziehen, oder mit einer Schnitt- oder Brandwunde, die er dazu bewegen konnte, sich selbst zu heilen. Allerdings waren diese Bemühungen oft anstrengender als die Arbeit auf dem Feld. Allzu oft brachten sie ihm jemanden, der bereits im Sterben lag: eine Frau mit bösartigen Geschwülsten in der Brust, ein Kind, dessen Krankheit schon zu weit fortgeschritten war, einen Mann, dessen vergiftetes Blut ihn erstickte. Elfling vermochte das Grau des Todes zu sehen, das in ihre Haut kroch, und die wachsende Dunkelheit in ihren Augen. Er konnte nicht verstehen, warum niemand sonst das sehen konnte. Aber sie konnten es nicht. Sie erwarteten dennoch, dass er ihr Kind, ihr Weib, ihren Freund rettete. Sie starrten ihn an, lehnten sich an ihn wie Spürhunde, und flehten ihn stumm an, ihnen diesen schlimmsten aller Verluste zu ersparen. Wenn er erklärte, dass man nichts tun könne, weigerten sie sich, ihm zu glauben. Sie flehten ihn an, beschimpften ihn, beteten zu ihm, als sei er ein Gott, boten ihm Geld, Dienste, Geschenke, Gefälligkeiten – und wenn er trotzdem erklärte, er könne nichts tun, erklärten sie ihn für nicht menschlich. »Elfengeborener« nannten sie ihn, anfangs lobend, staunend, sogar anbetend, doch zum Schluss beleidigten und verachteten sie ihn mit demselben Wort: »Elfengeborener«.

Es war leichter, jemanden von vornherein abzuweisen. Jedoch wurde er dann den Gedanken nicht los, es hätte eine einfache Krankheit sein können, welche er hätte heilen und die Schmerzen hätte lindern, oder ein Leben, das er hätte retten können.

Aber es waren nicht nur die Besucher. Jedes Mitglied seines Haushalts bedrängte ihn mit seinem alltäglichen Schmerz. Sie waren alle so traurig, und es gab kein Heilmittel gegen ihre

Traurigkeit. Sogar ihre Hoffnungen, selbst die kleinen Vergnügungen, führten nur zu mehr Schmerzen – und das würde ewig so bleiben. Owen, der auch als alter Mann die Mägde betatschte und traurig war, weil sie ihm einen Korb gaben. Das stolze Kind, das zur Mutter rannte, um ihr das Ei zu zeigen, das es gefunden hatte, hinfiel und es in der Faust zerdrückte, worauf es ausgelacht und beschämt wurde. Und Hild und Ebba.

Hild litt unter dem Gedanken, alt zu sein, und fürchtete um ihr Ansehen als erste Frau auf dem Hof. Sie sog ihre Kraft aus ihm und war ständig darauf bedacht, dass er sie stärkte und ihr die Zuneigung entgegenbrachte, welche allen verdeutlichte, dass sie – nach ihm – als Erste kam. Sie begriff nie, dass sie so handelte, als würde man vor einer Katze einen Strohhalm hin und her wedeln: Es irritierte ihn und weckte in ihm eine naturgegebene Grausamkeit, die sich – beinahe unfreiwillig – mit Klauen und Zähnen wehrte.

Und was Ebba betraf: Sie war wie eine warme, lebende Maus, die über den Boden huschte. Die Katze konnte dem Drang nicht widerstehen, sich auf sie zu stürzen, zu kratzen und zu beißen. Das taten Katzen nun einmal, sobald sie sahen, dass etwas sich bewegte, und sie die Maus witterten. Er würde Ebba, die ihn anbetete, ihn einfältig anlächelte und sich alberne Hoffnungen machte, sehr wehtun. Das war das Schicksal von Mäusen, die sich in Katzen verliebten.

In Wahrheit hegte er durchaus Gefühle für Hild und Ebba, aber gleichzeitig waren sie ihm auch völlig gleichgültig. Er liebte beide, und es tat ihm weh zu sehen, dass sie verletzt wurden. Er wollte ihnen Schmerzen ersparen. Aber er blickte durch sie hindurch und sah mit düsterer Klarheit, dass sie unwichtig waren. Ihre Schmerzen gingen unter in dem Morast von Schmerzen, der überall existierte – die Schmerzen der Hühner mit den gestutzten Flügeln im Hof, die gereizten, gezähmten Pferde auf der Weide, die Mäuse, die im Wald gejagt wurden, die Menschen in den Dörfern mit ihrem kurzen Leben. Ringsum, überall, gab es beinahe greifbar Hoffnung, welche nur zu Enttäuschungen führte, Freude, die immer in Verzweiflung, Angst, Schmerzen und Verlust endete. So unwichtig wie ein Grassamen war es, ob Ebba oder Hild litten oder nicht, ob sie lebten oder starben, ob sich ihre Hoffnungen erfüllten oder nicht.

Nie vermochte er seine Liebe und Sorge für sie von dem kalten Wissen trennen, dass sie nicht wichtig waren. Er ebenso wenig. Oder sonst irgendetwas. So kämpfte er mit seiner eigenen Natur und wünschte, er könnte allein sein – immer.

Anstatt heimzugehen, schlug er die andere Richtung ein und kletterte den steilen Berghang ins Tal hinab. Bei jedem Schritt pochten die Schmerzen in ihm, vor allem in seinem Blut, und wurden schlimmer. Etwas Schlimmes. Das zehrte an ihm. Etwas sehr Schlimmes zu Hause.

In dieser Nacht schlief er im Freien. Es war eine kalte Nacht mit Reif auf jedem Blatt und Halm, aber er spürte die Kälte weniger als die meisten Menschen. Und er fand ein schützendes Dickicht, wo er sich in seinen Umhang aus geöltem Leder einrollte. Die Schmerzen waren vergangen. Was immer sie angekündigt hatten, war inzwischen geschehen, und es war sinnlos, sich weiterhin Sorgen darüber zu machen. Zweifellos war es eine Nichtigkeit gewesen.

Die Kälte weckte ihn schon früh am Morgen. Das erste dünne graue Licht zeichnete sich am Himmel ab, und die Vögel sangen am Waldrand. Er setzte sich auf und erschrak, als neben ihm eine andere Person, ein dunkler Schemen, hockte. Verblüfft saß er reglos da und starrte den Fremden an.

Er hielt ihn für einen Mann, da er den schwachen Schimmer der Metallringe sehen konnte, die auf das Wams genäht waren. Zudem hielt er in der Hand einen langen Speerschaft. Doch bei genauerem Hinsehen, stellte er fest, dass es ein weibliches Gesicht war. Das Wams war so dünn, dass es wie Stoff auf ihren Brüsten lag. Das rote Haar war zu einem langen Zopf geflochten, mit grauen und weißen Strähnen, der über eine Schulter fiel. Neben der Frau lag auf dem Boden ein Helm.

Elfling starrte sie stumm vor Staunen an, während seine Seele sie, vor Freude hüpfend, begrüßte, wie die Flammen eines Feuers emporlodern, wenn man eine Tür öffnet und ein Luftzug hereindringt. Kein sterbliches Weib durchstreifte allein und noch dazu nachts mit einer solchen Bewaffnung das Land. Ihm kamen die Sagen über Wodens Walküren in den Sinn, Elfinnen, welche auf Rossen auf den Windstraßen ritten und auf dem Schlachtfeld Panik verbreiteten oder Mut machten, je nachdem, was ihr Gebieter wollte. Sie trugen Namen wie Hlokk, die Töterin, Goll, die Schreiende, und Skogul, die Wüterin. Ihre Lust und Laune bestimmte, wer die Schlacht überlebte und wer starb. Doch war diese Frau wirklich eine Elfin, eine vom Volk seiner Mutter? Er sagte: »Guten Tag, edle Frau. Mit Freuden teile ich alles, was ich habe, mit dir.« Die Sagen warnten, dass es klug sei, überaus höflich mit Elfen zu sprechen, wenn diese erschienen. »Warum bist du zu mir gekommen, edle Frau?«

Sie erwiderte seinen gebannten Blick ruhig und sprach mit einer Stimme, welche für eine Frau tief war: »Um dich zu wecken, Elfling, und dich in die Schlacht zu führen. Deine Heimstatt ist gefallen.«

»Gefallen?« Sein Hof war klein und ärmlich. Niemand interessierte sich besonders dafür.

»Denke an Hild«, sagte die Walküre.

Als sie den Namen aussprach, musste er an Hild denken. Das Bild wurde schärfer und deutlicher. Hild lag hingestreckt da, ein tiefer Schnitt in ihrer Kehle, ringsum alles rot. Ein lauter Schrei entrang sich seiner Brust, und er sprang auf. Von ihren Nestern aufgeschreckt, flatterten unzählige Holztauben lautstark durch die dunklen Bäume.

Die Walküre streckte ihren Speerschaft zwischen seine Beine und brachte ihn zu Fall.

»Ehe wir in den Kampf stürmen, sollten wir die Pfeile in unseren Köchern zählen«, sagte sie.

Der Pfad zu Elflings Hof wurde an etlichen Stellen von Rotdorn, Haselbüschen und Brombeerdickichten gesäumt. Elfling und die Walküre suchten in einem solchen Dickicht Schutz und spähten auf die Dornenhecke und die Gebäude und den sich emporkräuselnden Rauch. Man sah niemanden, was allein schon eigenartig war.

»Warum sind sie hergekommen?«, fragte Elfling flüsternd. Der Eilmarsch über den Berg, wobei sie ständig auf Deckung bedacht gewesen waren, hatte ihm keine Zeit gelassen, Fragen zu stellen. »Es gibt viel reichere Höfe.«

»Sie sind hergekommen, um dich zu töten.«

Das ließ Elfling verstummen. Er drehte sich um und setzte sich ins kalte, nasse Gras und überließ der Walküre die Wache.

»Dann muss der König tot sein«, sagte er.

Die Walküre lachte kurz. »Und hat dich zu seinem Nachfolger ernannt.«

Elfling blickte über das braune, frisch gepflügte Feld zum grauen Himmel empor und auf das graue Flechtwerk der kahlen Ulmenäste davor. Wie betäubt saß er da, während in seinem Kopf tausend Gedanken umherwirbelten. Das Staunen, dass der Vater, welchen er nie kennengelernt hatte, ausgerechnet ihn benannt hatte … Die Gewissheit der Gefahr, welche ihm von der königlichen Sippe drohte, die das nie zulassen würde … Eine leichte freudige Erregung bei der Aussicht: König! Er könnte König werden! Und Furcht. König zu sein, wie sollte das überhaupt gehen? Die Königssippe –

»Bist du ein guter Schütze?«, fragte die Walküre.

»In der Tat, edle Frau.«

»Dann rufe ich sie heraus, und wenn sie auf den Hof kommen, erschießt du sie.«

Sie erhob sich von den Knien und stand auf, aber immer noch im Schutz des Dickichts. Ihre mit Metall beschlagene Schwertscheide klirrte gegen ihre Rüstung, als sie sich hinabbeugte, um den Helm aufzuheben. Sie stülpte ihn über das rote Haar. Elfling sah ihr zu und spürte, wie Wut und Angst seine Brustmuskeln anspannten und ihm das Atmen und Schlucken erschwerten. »Sie werden nicht auf deinen Zuruf herauskommen, edle Frau.«

Sie lächelte. »Ich werde den Schlachtruf ausstoßen. Ich werde auf dem Dachfirst reiten und die Schlachtfesseln anlegen. Ich entscheide, wer stirbt.«

Die Walküre trat aus dem Schutz des dichten Dickichts heraus. Vom Hof konnte sie jetzt jeder sehen. Während Elfling auf die Beine kam und die Sehne seines Langbogens spannte, schritt sie durch das Tor in der Dornenhecke auf den Hof. Elfling legte einen Pfeil auf die Sehne, ging an den Rand des Dickichts und stellte sich nach Art der Bogenschützen mit gespreizten Beinen, seitlich zum Ziel, auf.

Jetzt konnte er die Walküre nicht mehr sehen, nur ein Stück des schlammigen Hofs und die Lehmwände und schmutzigen Strohdächer der einzelnen kleinen Gebäude. Dann erschrak er so, dass er auf dem unebenen Gelände den Halt verlor und ins Stolpern geriet, als ein Schrei die Luft erschütterte. Dieser Schrei war so wild und frohlockend, dass jeder Laut auf dem

Land ringsum erstarb. Jeder Vogel, jedes kleine Tier, Jäger und Beute, erstarrte bei diesem Schrei.

Es war die Walküre. Sie saß rittlings auf dem Hausdach, auf dem First, und schlug mit der Schwertklinge gegen die Speerspitze. Dann warf sie den Kopf mit dem Helm in den Nacken zurück und schrie wieder und lachte und schrie erneut frohlockend den Schlachtruf.

Irgendwann während der langen Nacht hob ein Mann Ebbas Decken und kroch zu ihr. Sie verlor ein wenig von der Angst, welche ihre Nerven wie die Sehne eines mächtigen übergespannten Bogens gedehnt hatte. Diese Situation war vertraut, und sie konnte sicher sein, die nächsten Minuten zu überleben. Der Soldat war groß, schwer und heiß und stank unter der Decke wie ein Fuchs. Er tat ihr ein wenig weh, aber nur, weil er so schwer und ungeschickt war und es eilig hatte. Es war keine Bosheit dabei – nicht wie bei dem alten Owen, der sie gemein kniff, wenn sie nicht so viel Begeisterung zeigte, wie ihm vorschwebte. Ebba war erleichtert, als der Soldat von ihr abließ, sich vergewisserte, dass sie versteckt blieb, und neben ihr einschlief und schnarchte. Ohne diesen Soldaten – und Eostre – hätte sie nicht überlebt, und es wäre ihr jetzt nicht warm, und sie hätte auch nichts gegessen, sondern wäre jetzt wahrscheinlich tot und kalt. Die ganze Zeit, in der sie unter den Decken gelegen hatte, war keine vertraute Stimme an ihr Ohr gedrungen, und sie konnte die Verzweiflung in den Schreien nicht vergessen, die sie zuvor gehört hatte.

Sie lag wach da, mit zugedecktem Kopf und fragte sich, wie lange sie schon so gelegen hatte und wie viel länger sie noch leben würde. Sie hatte keine Ahnung, ob es Tag war oder Nacht oder ob Stunden oder Tage vergangen waren. Bitte, Eostre, edle

Göttin, lass sie einfach abziehen! Bitte, lass sie mich nicht finden! Wie würde es sein zu sterben? Würde es sehr wehtun – würde es lange dauern? O bitte, Eostre, edle Göttin, wenn du entschieden hast, dass ich sterben muss, dann lass es schnell geschehen und leicht, aber, bitte, Eostre, edle Göttin, lass mich leben …

Hunting schlief wenig und war schon vor Morgengrauen wach. Gelangweilt lag er zwischen Morcars Kissen und hasste seine Umgebung. Dreckig, arm, beengt – wie konnte jemand an einem derartigen Ort leben? Wie konnte jemand, vor allem jemand, der angeblich blutsverwandt mit ihm war, so antriebslos sein und sich mit einer solch armseligen Behausung, in der man mit Dung heizte und mit Tieren zusammenlebte, zufriedengeben? Hinter ihm an der Wand rührte sich einer der Schlafenden und seufzte und stöhnte.

Wie konnte irgendein Mensch, zufrieden sein, das ganze Leben hindurch derartig eintönige, farblose und grobfaserige Kleidung zu tragen? Das fragte Hunting sich. Wie konnten sie sich mit diesem Fraß zufriedengeben? Diesem ungesäuerten Schwarzbrot? Da hätten sie gleich Lehm kauen können. Oder diesem geschmacklosen Brei? Diese Menschen standen wirklich kaum über den Tieren, welche sie hüteten. Völlig ohne Rückgrat. Er hatte ihnen einen Gefallen erwiesen, ihre Existenz auszulöschen.

Und dann stieg der Freudenschrei über seinem Kopf in die Luft. Ihm war, als hätte man ihm mit einem Messer ins Fleisch geschnitten. Unwillkürlich sprang er auf und starrte nach oben. Sein Herz raste. Er vermochte nicht zu atmen.

Das Dach über seinem Kopf erbebte, das Stroh raschelte, die Balken, die es stützten, knarzten und knackten. Etwas trampelte von einem Ende des Daches zum anderen. Unmöglich. Aber er hatte es gehört. Wieder ein Schrei, noch einer, dann ein wildes Gelächter, das fast noch furchteinflößender als der Schrei war.

Wer von seinen Männern mit ihm im Haupthaus war, schrak ebenfalls hoch. Sie starrten ihn an, als wüsste er, was zu tun sei. Dann ertönte ein neuer Klang, einer, den sie kannten, der Schlachtruf, wenn Klinge auf Klinge traf.

Ebba wurde gegen die Hausmauer gedrückt, als der Mann neben ihr aufsprang. Aus Versehen trat er sie dabei. Als Ebba Feuerschein sah, zog sie schnell die Decke wieder über sich, die er beim Aufstehen hochgehoben hatte. Als sie den Schrei hörte, packten sie die Angst und der Schrecken der vergangenen Nacht erneut. Sie rollte sich zu einem Ball zusammen und hielt den Atem an, während ihr Herz laut pochte.

Alle Männer Huntings, denen es erlaubt gewesen war zu schlafen, zogen eilig Brünnen über, stülpten sich Helme auf, ergriffen Speere und gürteten sich mit Schwertern. Hunting zitterte am ganzen Leib. Wie Wellen durchrann es seinen Körper. Sein Herz schlug laut und hart. Beim nächsten Schrei zitterte er noch stärker, doch zugleich verspürte er das dringende Verlangen, hinauszulaufen und sich in den Kampf zu stürzen. Aber die Angst, die ihm in die Magengrube fuhr, schwächte ihn so, dass er sich beinahe in die Hose gemacht hätte. Er stürzte von einer Empfindung in die nächste und war unfähig, einen klaren Gedanken zu fassen.

Weitere Schreie von oben ließen ihre Herzen erzittern und bohrten sich in ihre Köpfe. Der Klang rief sie zur Schlacht und legte ihnen gleichzeitig schreckliche Fesseln panikartiger Angst an, welche die Gliedmaßen lähmten und die Augen blendeten.

Beim nächsten Schrei stürmten Huntings Männer, ohne auf

Befehle zu warten, auf den Hof. Etliche ließen die Panzerhemden zurück, die sie noch nicht angelegt hatten.

Am Hoftor wartete Elfling, einen Pfeil auf der Bogensehne. Die Schreie der Walküre hatten ihn so erregt, dass er jeden Schlag seines Herzens spürte, jede Bewegung seines Haars fühlte. Plötzlich sah und hörte er alles ringsum mit durchdringender Klarheit. Als der erste Mann in voller Bewaffnung auf den Hof stürmte, hob Elfling den Bogen, ohne zu denken. Er spürte, wie seine Muskeln durch die Bewegungen des Ziehens glitten. Er stemmte sich gegen den Bogen und streckte die Finger aus. Seine Fingerspitzen strichen über die Wange, als er den Arm zurücknahm – und der Pfeil flog ins Gesicht des Mannes, riss ihm die Lippen auf, schlug etliche Zähne ein und blieb in der Kehle stecken. Hustend sank er auf die Knie, bereits halb tot.

Als Elfling den nächsten Pfeil aus dem Köcher holen wollte, ließ die Walküre vom Hausdach ihren Speer durch die Luft fliegen. Es war ein Kriegsspeer, mit Widerhaken, sodass man ihn nur mühsam aus dem Körper ziehen konnte. Der Mann, den sie sich als Ziel ausgesucht hatte, stürzte zu Boden. Der Speer hatte ihn von hinten bis in die Brust durchbohrt, mitten durchs Herz. Die anderen Männer, die auf den Hof liefen, erstarrten bei ihrem Triumphschrei. Wie gebannt blickten sie zu ihr hinauf. Elflings zweiter Pfeil erwischte einen am Hals und riss eine Arterie auf. Der Mann versuchte den Blutstrahl abzupressen, doch gelang es ihm nicht.

Wieder stieß die Walküre einen Schrei aus, erhob beide Fäuste über den Kopf und stimmte einen Gesang an – durch ihren Gesang verloren die Männer auf dem Hof völlig den Verstand. Einer rannte zurück ins Haus, die anderen zu den Ställen oder wie Schafe in Panik auf dem Hof hin und her. Einer, dem ein Gefährte in den Weg geriet, machte diesen mit dem Schwert nieder. Elfling erledigte einen weiteren, der sein Panzerhemd im Haus gelassen hatte.

Die Walküre sprang vom Dach und bewegte sich zwischen den verängstigten Männern auf dem Hof, als sei sie unsichtbar. Sie riss ihren Speer aus dem Leib des Mannes, den er getötet hatte, und durchbohrte einen anderen. Elflings Pfeile surrten durch die Luft. Und dann stand, abgesehen von der Walküre, niemand mehr auf dem Hof. Die Walküre hörte auf zu singen und lachte mit der Heftigkeit und Ausgelassenheit eines kleinen Kindes oder einer Verrückten.

Elfling zitterte zwar noch, stimmte aber in das Lachen ein. Dann lief er zu ihr auf den Hof und sammelte seine Pfeile ein.

Drinnen im Haus stand Hunting, voll bewaffnet, am linken Arm den Schild, das gezückte Schwert in der Rechten. Sein Herz schlug unregelmäßig und schnell, und wenn er einen Schritt vorwärts tat, ging er sofort wieder einen zurück. Nie zuvor hatte er derartig gegensätzliche Impulse gefühlt: in den Kampf stürmen und fliehen. Die Eigenartigkeit dieser Panik in seinem Inneren schwächte ihn noch mehr. Bei ihm waren drei Mann. Mehr war von seiner Schar nicht übrig, und diese waren ebenso gelähmt durch die Panik wie er.

»Wer ist das?« wollte Hunting wissen. »Athelric?« Sein Vatersbruder war der einzige Mann, der ihm einfiel, der eine derartige Macht gegen ihn aufbringen konnte.

Die drei Männer rangen nach Luft, antworteten jedoch nicht.

Hunting hielt den Schild vor sich und schlich zur Tür. Er rechnete damit, dass ihm Pfeile über den Schildrand ins Gesicht fliegen würden. Doch dann biss er die Zähne zusammen und zwang sich, über den eisernen Rand des Schildes in den Hof zu spähen. Er brüllte: »Hier spricht Hunting, Königssohn! Wer ist dort?«

Elfling hatte Schutz hinter der bröckelnden Wand des Schweinestalls gesucht. Er schwieg.

»Antworte mir!« ertönte es vom Haus. »Ich bin Hunting Eadmundssohn, ein Atheling! Wer bist du?«

Die Walküre stand hinter Elfling und stieß ihn mit der Schulter an. »Antworte ihm!«

Elfling schaute sie an. »Warum denn? Soll er sich doch die Seele aus dem Leib brüllen.«

»Antworte ihm!«

Da rief Elfling: »Kennst du mich nicht, Bruder? Ich bin Elfling Königssohn – nein! Ich bin Elfling Hildssohn und bin auf Rache aus. Komm heraus, Bruder, dann sende ich dir als Geschenk einen Pfeil!« Die Walküre hinter ihm lachte.

Hunting ging von der Tür weg, lehnte sich an die Wand und dachte über diese Antwort nach. Einer seiner Männer nahm seinen Platz ein und bezog mit hocherhobenem Schild an der Tür Wache.

Der Elfengeborene, dachte Hunting. Aber die einzige Streitmacht, die dieser zusammenbringen konnte, bestand aus armen Dorftrotteln wie jenen, die am Ende des Hauses aufgestapelt waren. Sie würden vor seinen Gewappneten die Flucht ergreifen, nicht aber sie töten. Er füllte die Lungen mit Luft und brüllte: »Wer ist bei dir?«

»Komm heraus und sieh selbst, Bruder!«

Es folgte ein langes Schweigen. Als Elfling einen Blick um die Ecke des Schweinestalls wagte, blockierte ein Schild den schmalen Zugang zum Haus, und ein Mann mit einem Helm stand dahinter. Er blickte zu der Walküre, als wollte er sie um Rat fragen. Doch sie lächelte nur.

Dann schrie Hunting vom Haus: »Elfenbalg! Hier ist ein Geschenk für dich!« Ein schwerer Gegenstand landete auf der Erde. »Schau dir mein Geschenk genau an, Elfenbalg! Gefällt es dir?«

Elfling riskierte einen hastigen Blick um die Ecke, so schnell, dass er den Hof nur verschwommen sah und auch Hunting hinter dem Schild in der Tür nur undeutlich wahrnahm. Solange der Schild die Tür blockierte, war es schwierig, irgendeine Waffe nach draußen zu schleudern, deshalb riskierte Elfling noch einen, diesmal längeren Blick. Er sah auf dem Hof runde Dinger mit Wuschelfell herumliegen. Er hätte nie erraten, was diese waren, hätte nicht zufällig ein blasses Gesicht in seine Richtung geschaut. Die abgeschnittenen Köpfe seiner Knechte.

»Und die Weiber hab ich hier drinnen, Elfenbalg. Willst du deren Köpfe auch, oder kommst du zu mir heraus?«

Die überschäumende Freude, die sich bei Elfling in lautem Gelächter gelöst hatte, war mit einem Mal verflogen. Er bebte am ganzen Leib vor Angst und Wut. Als er an der knarrenden Wand aus Lehm und Weidengeflecht lehnte, sagte die Walküre hinter ihm: »Biete ihm einen Zweikampf an. Vor seinen Männern kann er den nicht ablehnen.«

Elfling drehte sich um und schaute sie an. »Er wird mich töten. Er hat eine Rüstung – ich nicht. Er hat das ganze Leben lang den Umgang mit Waffen gelernt – ich bin nur gut mit dem Bogen. Es sei denn, du beabsichtigst, dass ich ihn niederschießen soll, wenn er herauskommt?«

»Nein«, erwiderte die Walküre. »Du vergisst. Ich bin auf deiner Seite. Ich entscheide über den Ausgang des Kampfes.«

»Aber –« Elfling spähte noch einmal um die Ecke des Schweinestalls. »Er ist der Sohn eines Königs und ein Krieger – er gehört Woden.«

»Du bist der Sohn eines Königs und einer Elfin. *Er* ist ein Christus-Anhänger.«

Elfling schaute sie verblüfft an.

»Ich leihe dir meine Rüstung«, sagte die Walküre. »Wir haben ungefähr die gleiche Größe. Meine Brünne dürfte dir passen.« Sie nahm den Helm ab und setzte ihn Elfling auf. Er passte gut genug, um seinen Schädel vor einem Schlag zu schützen. »Ich leihe dir auch meinen Schild und mein Schwert.«

»Ich weiß aber nicht damit umzugehen.«

Sie nahm ihn bei den Schultern und drückte ihm ihre Daumen in die Mulden über den Schlüsselbeinen. Ihre Nase berührte beinahe die seine, als sie ihm tief in die Augen blickte. Ihre waren so kalt wie grauer Winterhimmel, mit einem dunklen Rand um die Iris. Sie schüttelte ihn leicht und sagte: »Ich entscheide über Leben und Tod!«

Elfling spürte, wie sein Rücken und seine Gliedmaßen stärker wurden, und sein Mut stieg. Es war, als würde man an ein warmes Feuer kommen, nachdem man im kalten Regen gefroren hatte, als würde man nach einem Tag des Hungerns essen. Die Walküre sah die Veränderung über ihn kommen und nahm schnell das Gehänge ab, an dem ihr Schwert hing, dann ihr Kettenhemd. Es war so fein gearbeitet, dass sie es wie ein Leinenhemd zusammenrollte und ihm über den Kopf streifte – aber das Gewicht auf den Schultern glich dem von Eisen. Sie nahm den Schild von der Wand, wo sie ihn angelehnt hatte, und zeigte ihm, wie man den Arm durch die Schlaufe steckte und wie man den Griff hielt. Dann zog sie das Schwert aus der Scheide – auf der Klinge war das Muster einer Schlangenhaut eingraviert – und bot ihm das Heft. Der Griff war ein wenig klein für seine Hand und presste die Finger zusammen.

»Umso besser«, erklärte sie. »Dann lässt du es nicht so leicht fallen.« Ohne Rüstung wirkte die Walküre in der dunkelblauen

Tunika schmächtig. »Jetzt ruf ihn und biete ihm den Zweikampf an.«

Der schnelle Herzschlag ließ Elflings Körper erbeben. Die Walküre hatte zwar irgendwie seinen Mut gestärkt, aber er wusste, dass Hunting ihn töten würde – trotz allem. Aber vor der Walküre wollte er nicht feige davonlaufen. Er holte tief Luft und rief: »Bruder! Königssohn!« Er war überrascht, dass seine Stimme nicht versagte oder heiser klang. »Weshalb sollten die Frauen sterben? Weshalb sollten noch mehr Männer sterben? Der Streit ist zwischen dir und mir. Lass ihn uns austragen. Der Tod von einem von uns soll ihn beenden.«

»Ich kämpfe nicht gegen Bauerntrampel«, höhnte Hunting zurück.

»Hast du Angst? Du bist doch hergekommen, um mich zu töten – dann komm und töte mich.«

»Ich bin auch kein Metzger«, rief Hunting. »Und töte keine kleinen, zahmen Hoftiere. Aber ich habe meine Metzger mitgebracht, kleines Schwein, und sie haben mir bereits etliche Schweineköpfe serviert. Und sie werden noch mehr auftragen, wenn du nicht zu mir kommst! Weiberköpfe! Kinderköpfe! Los, du kannst nur ein Mal sterben.«

»Zeig dich ihm!«, sagte die Walküre. »Tu, was ich dir sage.«

Elfling trat hinter dem Schweinestall auf den Hof, wo ihn jeder, der in der Tür des Haupthauses stand, sehen konnte. Er rief: »Wenn du kein Feigling bist, Bruder, dann komm heraus und kämpfe mit mir!«

Obgleich Elfling jetzt die Rüstung und den Helm, sowie Schild und Schwert der Walküre trug, schien er für die, welche aus dem Haus spähten, gänzlich unbewaffnet zu sein. Für sie stand er mit bloßen Händen und ohne Waffen da, gekleidet in den schmuddeligen Kittel aus Wolle, Beinlinge und die gebundenen Schuhe eines armen Bauern.

Trotzdem vermochten die Männer aus dem Haus den Anblick kaum zu fassen. Sie bekreuzigten sich und murmelten etwas vor sich hin. Hunting starrte über den Schildrand hinweg mit offenem Mund auf Elfling.

Auf dem Hof stand Wulfweard. Auf den ersten und zweiten Blick war Hunting sich ganz sicher. Wulfweards Gesichtsfarbe, seine Größe und schlanke Gestalt, Wulfweards Antlitz. Erst bei weiterem Hinschauen sah er die Unterschiede. Statt des langen Haares, das bis zum Gürtel reichte, hatte dieser Bursche das Haar struppig kurz geschnitten. Es fiel ihm nur auf die Schultern. Und dieser Bursche war größer als Wulfweard; ja – Hunting nahm es als Beleidigung –, dieses Halbding war größer als alle anderen Mitglieder der Königssippe. Aber es war Wulfweards Gesicht – einfach perfekt –, und in Hunting stieg erneut Wut auf, als er sehen musste, dass dieses Ding das Wort »Bruder« nicht einfach so verwendet hatte. Es war der lebende Beweis für ihre Verwandtschaft. Die Vaterschaft Eadmunds war bei ihm so eindeutig ausgeprägt wie bei Wulfweard oder Unwin und – noch mehr Wut – weitaus deutlicher als bei ihm selbst. Es verschlug ihm den Atem. Das Schwert in seiner Hand lockerte sich, als sich Schweiß auf seiner Handfläche bildete.

Dieses Etwas, welches ein Ungeheuer war, ein Halbwesen, ein Teufel, verbarg sich in so schöner Gestalt und behauptete lautstark, sein Bruder zu sein.

Hunting rannte los. Er würde keinen unbewaffneten Burschen niedermachen, sondern eine Ratte erschlagen.

Da Hunting an seinem Gegner keine Rüstung sah, führte er seinen stärksten Schwerthieb ohne die gebotene Vorsicht. Elfling wusste genug, um seinen Schild hochzuheben – aber der Hieb, der mit aller Wucht den Schild traf, war so mächtig, dass er den Halt verlor, seine Beine einknickten und er zu Boden fiel.

Von den Männern bei der Tür ertönte lautes Geschrei. Sie hatten gesehen, wie ein Schild am Arm des zu Boden gestürzten Burschen erschienen war, auch den Helm auf seinem Kopf. Hunting wich verblüfft einen Schritt zurück. Dann griff er wieder an – und sah Wulfweards Gesicht unter dem Schildrand. Er zauderte lang genug, dass Elfling ihm einen Fußtritt in die Kniekehlen versetzen konnte und ihn damit zu Fall brachte. Klirrend schlug die Rüstung auf den Boden. Hörbar entwich die Luft seinen Lungen.

Auch Elfling keuchte, kroch ein Stück weiter und kam trotz der Behinderung durch Schild und Schwert wieder auf die Beine. Er drehte sich, um sich erneut Hunting zu stellen, der mit lang eingeübter Schnelligkeit aufsprang.

Die Walküre stieß einen Schrei aus. Schreierin und Wüterin hießen ihre Schwestern.

Der Ton, scharf wie eine gezahnte Säge, durchbohrte Huntings Kopf, und Angst lähmte seine Gliedmaßen. Elfling hingegen verlieh er neue Kraft und Stärke. Er schoss vorwärts und schwang das Schwert, das die Walküre ihm geliehen hatte. Das Schwert schien seinen Arm zu führen, als es auf das von ihm gewählte Ziel zusprang. Es biss tief in Huntings Schenkel, knapp unter der Hüfte, und durchschnitt mühelos den Rockschoß seines Kettenhemdes. Als Elfling das Schwert herausriss, stürzte Hunting zu Boden. Die Männer an der Tür stießen einen Schrei aus. Als der erste herbeilief, um Hunting zu rächen, tötete die Walküre – die nur Elfling sehen konnte – ihn mit ihrem Speer. Der Rest wich danach angstvoll zurück.

Hunting lag auf dem Boden. Blitzschnell stellte Elfling seinen Fuß auf den Schwertarm des Gegners und drückte ihn nieder. Aber Hunting schwang den Schildarm und brachte mit der Schwere des Schildes und dessen Metallbeschlag Elfling ins Stolpern. Trotz der schrecklichen Wunde im Schenkel mühte sich Hunting aufzustehen. Seine Männer jubelten. Vielleicht würde ihr Herr doch noch diesen Rotzjungen töten. Das hofften sie.

Doch Hunting konnte nicht mehr stehen, und Elfling schwang seinerseits den Schild, traf ihn mit dem Buckel voll ins Gesicht und schlug ihn nieder. Dann trieb die Walküre den Speer durch Hunting und nagelte den Toten an dem Boden fest. »Lass uns die Sache hier beenden«, sagte sie. »Deinen Bogen!«

Elfling ließ Schwert und Schild fallen und lief zurück zum Schweinestall, wo er seinen Bogen zurückgelassen hatte. Daneben lagen einige Pfeile. Er spürte, dass er sich ungeschickt anstellte, als er den Bogen nahm und die Pfeile in den Gürtel steckte. Aus solch geringer Entfernung hörte er die wütenden Schreie deutlich. Ein Mann tauchte an der Ecke des Stalls auf. Elfling lief in großen Sprüngen fort, um sich die Zeit und die Distanz zu verschaffen, den Pfeil auf die Sehne zu legen. Der Mann war beinahe bei ihm, als er den Pfeil losschickte. Er durchdrang ihn vollständig, doch das hielt ihn nicht auf. Der Axthieb, mit dem er nach Elfling zielte, hätte diesem den Arm abgeschlagen, wenn nicht die Rüstung das verhindert hätte – kein gewöhnliches Kettenhemd hätte diesen Schlag abhalten können. Elfling sprang beiseite, und der Mann stürzte zu Boden. Elfling hielt sich den geprellten Arm und schaute auf den Mann hinunter. Die Walküre gab dem Mann mit dem Schwert den Rest, ehe sie sich zu Elfling wandte.

Ihre Tunika war blutbefleckt, und Blut war um ihren Mund. »Sie sind alle tot«, erklärte sie.

»Du hast alle getötet?«

Sie lächelte ihn an. Blut drang durch ihre Zähne und lief über das Kinn. »Ich wähle die aus, welche getötet werden.«

Elfling rannte um den Schweinestall zum Haus. Bei der Tür

lagen die Männer. Er näherte sich ihnen vorsichtig, falls sie doch nicht tot waren und ihn verletzen konnten. Doch keiner rührte sich. Er stieg über sie und betrat das Haus.

Die Walküre folgte und fand ihn unter dem Dachfirst stehend in dem dämmerigen Raum, der nur vom Feuerschein kärglich erhellt wurde. Er starrte auf den Berg von Leichen, der das Ende des Hauses füllte. Langsam trat er näher und beugte sich darüber. Alle tot, Kehlen durchgeschnitten, alle seine Leute. Alle? Er richtete sich auf, blickte zurück und rief: »Hild! Hild!« Hunting hatte behauptet, die Frauen seien noch am Leben, oder etwa nicht? Wo konnten sie sein? Im Stall? »Hild! Wo bist du?«

Dicht bei der Wand hörte er einen leisen Laut, ein Quieken. Elfling sprang vorwärts, riss die Decken und Kissen hoch und schleuderte sie fort. In dem düsteren Lichtschein lag ein Mädchen. Es war nackt und verängstigt und hatte sich zu einem Ball zusammengerollt. Das schwache Licht fiel auf eine knochige Hüfte und auf den Arm, mit dem sie den Kopf bedeckte.

»Ebba!« Elfling nahm ihren Arm vom Gesicht. »Ist ja gut. Ich bin es – bist du verletzt? Liebling, haben sie dir wehgetan?«

Ebba, endlich von ihrer Angst erlöst, brach in Schluchzen aus. Sie hatte unter den Decken die schrecklichen, frohlockenden Schreie gehört, auch den Lärm des erneuten Kampfes. Sie hatte keine Ahnung gehabt, wer kämpfte oder weshalb oder wer siegte. Sie hatte nur den einen Gedanken: Schon bald, schon sehr bald würde man sie finden und einen Atemzug später töten. Ihr fiel kein Grund ein, weshalb nicht.

Und dann – nach der Stille, die alles noch schlimmer machte – hatte sie Elflings Stimme gehört. Sie war sicher, dass es seine Stimme war, wagte es jedoch kaum zu glauben. Wie konnte er im Haus sein? Und wenn er war, dann gewiss als Gefangener. Sie hatte sich nicht gerührt. Doch dann hatte er wieder nach Hild gerufen, so laut, als brauche er vor niemandem Angst zu haben. Unwillkürlich hatte sie ihn da gerufen, allerdings nur ein Quieken herausbekommen. Im selben Augenblick glaubte sie, einen Fehler begangen zu haben, indem sie ihr Versteck preisgab, ja es war ausgesprochen töricht, und sie hatte gleich wieder den Mund zugemacht.

Eine Sekunde später wurde sie gefunden, genau wie sie befürchtet hatte, aber es war Elfling gewesen. Sie fragte sich, ob sie den Verstand verloren hatte oder nur träumte. »Oh, ich danke dir, Eostre!«, stieß sie hervor. »Danke« Dann schluchzte sie.

»Wo ist Hild?«, fragte Elfling. »Ebba? Kannst du mir das sagen? Und die anderen Frauen? Sind sie –«

Die Walküre hatte die Leichen herausgezogen und auf dem Boden ausgebreitet, auf Morcars Pelze und teure Kissen. Da lag Morcar, mit starrem Blick, tot. Und seine kleine Frau. Da war Owen. Und da war Hild. Alle Leute Elflings lagen hier: Die Pflegeeltern, die ihn aufgezogen und für ihn gesorgt, die Knechte und Mägde, die so geduldig gearbeitet hatten, Jahr für Jahr, für so wenig Lohn. Einigen fehlte der Kopf. Alle Menschen waren verletzt, verstümmelt, getötet von Männern, die sie überhaupt nicht gekannt hatten und die sie weitaus geringer schätzten als die Waffen, welche sie zu diesem Massenmord verwendet hatten.

Elfling stand auf und zog Ebba mit sich in die Höhe. Immer noch schluchzend lag sie in seinen Armen, während er die Leichen betrachtete. Ein Mischung aus Traurigkeit und unbändiger Wut erfüllte ihn. Eine heiße, brennende Traurigkeit, die an ihm zehrte und schmerzte; eine eiskalte, betäubende Wut.

Er hatte nicht bemerkt, dass die Walküre das Haus verlassen

hatte. Er war sich kaum bewusst, dass er immer noch Ebba in den Armen hielt. Jetzt kehrte die Walküre zurück und legte behutsam die Köpfe, welche Hunting aus der Tür geworfen hatte, zu den entsprechenden Leichen. Sie richtete sich auf und sagte: »Wir werden das Haus in Brand stecken und alle auf ihren Weg schicken. Die anderen lassen wir im Freien als Futter für die Wölfe und Raben.« Als Elfling sich nicht rührte, beugte sie sich hinab und zerrte eine Decke unter einem Leichnam hervor. »Komm!«, sagte sie. »Wickle das Mädchen in die Decke und komm!«

Sie standen auf dem Hof, neben Morcars Wagen, und blickten zurück auf das brennende Haus. Das Stroh loderte mit hellen Flammen. Das Feuer griff mit lautem Getöse auf die Wände über. Das Vieh, das vor Angst weggelaufen war, kam jetzt zurück und blökte. Der Rauch stieg kerzengerade nach oben und bildete für die Toten im Haus eine gerade Straße in die Anderswelt. Ebba schien sich beruhigt zu haben. Sie hielt selbst die Decke und betrachtete das Schauspiel mit ernster Miene. Elfling schwieg. Seine Züge waren hart. Immer noch kämpften in ihm Trauer und Wut.

»Willst du dich rächen?«, fragte die Walküre Elfling.

Er nickte.

»Dann musst du mit mir kommen«, erklärte sie.

Man hörte Hufschlag, und ein weißes Ross erschien, ein Ross, so weiß wie Salz, abgesehen von den Ohren, welche rot waren. Es kam aus dem Nichts. Es war zwischen der Brise und dem Wind hergetrabt und trat an die Seite der Walküre. Sie sagte: »Komm mit mir. Ich lehre dich, so zu kämpfen, wie das Volk deiner Mutter kämpft. Danach benötigst du meine Hilfe nicht mehr.« Sie wandte sich zum Ross und sprang mit Hilfe des Speers auf seinen Rücken. Dann streckte sie Elfling die Hand entgegen. »Komm, schwing dich hinter mich.«

Er wollte ihr gehorchen, stieß aber mit Ebba zusammen, die sich ihm den Weg stellte. Er blickte hinab in Ebbas spitzes, schmales Gesichtchen, das mit riesigen, angstvollen Augen zu ihm heraufstarrte. Ebba musste nichts sagen. Das arme kleine Ding hatte Todesangst, hier allein zurückgelassen zu werden. Sie machte keinen Versuch, Haltung zu bewahren, und die Angst floss aus ihr heraus, aus ihren Augen, aus ihrem angespannten Gesicht, so wie sie dastand. Elfling schämte sich für sie, und sie tat ihm so leid, dass es schmerzte. Er sagte: »Das Mädchen –«

»Bleibt hier!«, unterbrach ihn die Walküre.

Ebba schlang die Arme um Elfling und hängte sich an ihn. Sie war verzweifelt und wollte unter keinen Umständen allein bei dem brennenden Haus, den Leichen und den Wölfen zurückbleiben, die fraglos bald kommen und sie fressen würden. Elfling tätschelte sie auf den Rücken. Er hatte das Gefühl, als hätte jemand ihm einen seiner eigenen drei Fuß langen Pfeile durchs Herz geschossen.

»Wenn du Rache willst, musst du mit mir kommen«, sagte die Walküre. »Wenn du mit der flennenden Ebba hierbleibst, wird jegliche Chance auf Rache vertan sein. Entscheide dich! Schnell!«

Es war bitter und eiskalt, aber ihm war klar, dass die Walküre die Wahrheit sprach. Ebbas Angst, Ebbas Schmerz waren nicht wichtig. Ihre Schmerzen waren geringer als die, welche die Menschen gefühlt hatten, die an diesem Ort gestorben waren und jetzt nichts waren. Die Pferde, die Schafe, das Geflügel – alle litten, und sie hatten weniger Verstand als Ebba und waren in ihrer Angst völlig kopflos. Sollte er jede Henne und jedes Schaf lieben? Und was war mit den Mäusen, die im Strohdach verkohlten?

Es war, als würden er und die Walküre eine gemeinsame Sprache haben, welche Ebba nicht kannte, und die Walküre hatte darin mit ihm gesprochen. Schließlich war sie vom Volk seiner Mutter. Er schob Ebba beiseite und hob seinen Bogen auf. Ebba zerrte an seinem Arm. In einem Anflug von Wut stieß er sie so heftig von sich, dass sie zu Boden fiel. Im Dreck liegend sah sie, wie er seinen Fuß auf den der Walküre stellte, deren Hand ergriff und sich hinter ihr aufs weiße Ross schwang.

Zum ersten Mal richtete die Walküre das Wort an Ebba. »Eostre ist mit dir«, sagte sie.

Dann wendete sie ihr Reittier. Noch in der Wendung verschwanden die Walküre und Elfling mitsamt dem Ross.

Hinter Ebba knisterte das brennende Haus, und sie spürte die Hitze. Das Vieh schrie und blökte. Und die Raben, Wodens Vögel, ließen sich in den kahlen Bäumen nieder.

VIERTES KAPITEL

THANE ALNOTH

Alle Gebäude standen lichterloh in Flammen. Es knisterte und krachte. Rauch stieg empor und stank nach verbranntem Fleisch. Die Raben krächzten in den Bäumen. Ebba spürte die Hitze des Feuers, wo sie stand. Es war ein kalter Tag, und es würde ein kurzer Tag werden. Die Wölfe kamen vielleicht nicht so nahe ans Feuer; aber sie würden kommen. Du musst fort von hier, sagte sie sich immer wieder. Du kannst hier nicht bleiben.

Aber sie blieb. Sie hatte Angst. Sie konnte sich nicht erinnern, jemals nicht auf diesem Hof gelebt zu haben, wo sie Essen und Kleidung bekam und Hild ihr sagte, was sie zu tun hatte. Obgleich sie den Leichnam gesehen hatte, fiel es ihr schwer zu glauben, dass Hild tot war. Noch schwerer war es zu begreifen, dass Elfling sie verlassen hatte.

Am liebsten hätte sie sich einfach auf den Boden gesetzt oder gelegt und getrauert. Die Trauerlast auf ihrem Rücken war zu schwer für sie, um sie irgendwohin zu tragen. Elfling war fort, hatte sich hinter der fremden Frau aufs Ross geschwungen und war verschwunden. Und Hild war tot. Ebba erinnerte sich, wie Hilds Leiche vom Haufen geglitten war, und fühlte mit der Hand, ob ihr eigenes Herz noch pochte. Nie zuvor war ihr so klar gewesen, wie schnell dieses Pochen beendet werden konnte. Sie hatte nichts. Kein Heim, keine Familie, keine Sicherheit. Es gab nirgendwo mehr Sicherheit – abgesehen vielleicht vom Feuer. Sie sollte sich ins Feuer stürzen und verbrennen. Das war besser, als allein und unerwünscht zu sein – und besser, als in ständiger Angst zu leben.

Sie stand da, starrte in die Flammen und bemühte sich, den Mut aufzubringen, sich hineinzustürzen. Aber sie war nie tapfer gewesen, deshalb wich sie auch jetzt ein weiteres Stück von dem brennenden Haus zurück.

Als die Männer aus Brierly kamen, fanden sie Ebba auf dem Boden liegend, gerade am Rand des Feuerhauchs. Sie hielten sie für tot, bis sie sich plötzlich aufsetzte, als die Männer näher kamen. Dann umringten sie das Mädchen und fragten: Was ist geschehen? Bist du verletzt? Wie hat das Feuer angefangen? Wo waren alle anderen?

Ebba saß da, immer noch in die alte Decke gewickelt, und bemühte sich zu antworten, aber ihr Mund brachte nichts Zusammenhängendes hervor. Was war geschehen? Das wusste sie eigentlich gar nicht.

»Sie haben das Haus angesteckt ...«

»Wer?«

»Sie haben alle umgebracht ...«

»Wer?«

»Elfling ist weg, einfach verschwunden ...«

»Wohin ist er gegangen? Mit wem?«

Addi, der Dorfälteste von Brierly, sah, dass das Mädchen nicht bei klarem Verstand war. »Ist schon gut, meine Liebe«, beschwichtigte er sie. »Jetzt ist ja alles gut.« Krampfhaft versuchte er sich an ihren Namen zu erinnern. Er kannte sie oberflächlich als eine von Elflings Mägden. Er schaute seine Männer an. »Seht euch mal um.« Sofort machten sich die Männer auf die Suche nach etwaigen Überlebenden auf dem Hof, wobei sie sich aus der Reichweite der Flammen und der sengenden Hitze hielten. Ruß und brennendes Stroh flogen umher. Der brennende Hof schrie auf, als die Balken brachen und ein Raub der Flammen wurden.

Addi holte aus einem Beutel an seinem Gürtel ein Stück Seil, das er stets mit sich trug. Er half Ebba auf die Beine und machte aus dem Strick eine Art Gürtel, um die Decke zusammenzuhalten, die sie um sich geschlungen hatte. Dabei blickte er über ihre Schulter in die Feuersbrunst. Alles brannte so lichterloh, dass sie es unmöglich löschen konnten. Sie konnten keine näheren Nachforschungen betreiben, ehe nicht alles ausgebrannt war. Ein Wagen stand außerhalb des Hofs. Eigenartig. Und jetzt hatte der Wagen auch Feuer gefangen, und seine gesamte Ladung war verloren.

Addi lächelte Ebba beruhigend zu, nahm seinen alten Umhang aus gewebtem Gras und legte ihn ihr um die Schultern. Ihm war nach dem Marsch vom Tal warm, und er brauchte den Umhang nicht so notwendig wie dieses arme kleine Ding.

Die anderen Männer kamen zurück. »Es sind noch ein paar Schafe da«, sagte einer. »Und diese Ziege.« Ein Mann hielt die Ziege an der Leine. »Dann sind da noch eine Kuh und ein paar Schweine.«

»Nehmt die Ziege mit«, sagte Addi. »Da wir hier nichts tun können, gehen wir zurück, auch um das arme Mädel an einen warmen Ort zu bringen.«

»Was ist, wenn die Bäume Feuer fangen?«, fragte einer der Männer und blickte in das Flammenmeer.

»Bei diesem Wetter? Viel zu nass. Wir können wiederkommen, wenn alles ausgebrannt ist.«

Auf dem Weg durch das Tal zur kleinen Ansiedlung Brierley

versuchten einige Männer Ebba erneut zu befragen, aber Addi gebot ihnen Schweigen. »Lasst sie in Ruhe. Sie wird uns alles erzählen, sobald sie dazu imstande ist. Gönnt dem armen Mädel ein bisschen Ruhe.«

Ebba wäre am Ende des langen Marsches, nach so viel Angst, für irgendeine Ecke dankbar gewesen, in die sie sich hätte verkriechen können, aber Addi nahm sie mit in sein Haus, das größte und beste aller Häuser in Brierley. Man wies ihr einen warmen Platz dicht am Feuer an, gab ihr eine Schüssel mit Brühe und ein großes Stück Brot. Ihr war es peinlich, so gut behandelt zu werden. Schließlich war sie nur eine Magd.

Sämtliche Bewohner von Brierley hatten sich ins Haus des Dorfältesten gedrängt, und mit dem Herdfeuer und den vielen Menschen war es drinnen heißer als an einem Sommertag in der Sonne. Ebba wurde schläfrig.

»Kannst du uns jetzt erzählen, was geschehen ist?«, fragte Addi. »Fang am Beginn an.«

Der Halbschlaf half. Zu jeder anderen Zeit wäre Ebba zu scheu gewesen, um vor so vielen Menschen zu sprechen. Aber schläfrig, wie sie war, mit vielen Pausen und unterstützt von Addis gelegentlichen Ermunterungen, gab sie die ganze Geschichte wieder, angefangen von Morcars Besuch und seinem Streit mit Elfling und wie sie ins Feuer gefallen war und wie Elfling sie geheilt hatte.

Hier gab es eine lange Unterbrechung in ihrer Geschichte, weil viele andere sich zu Wort meldeten. Viele riefen Elflings Namen und erzählten die Mär, wie König Eadmund die Elfenfrau im Wald gefunden hatte, und berichteten von anderen Heilungen, die Elfling vollbracht hatte. Als alle mit ihren Beiträgen fertig waren, war Ebba fast eingeschlafen und musste angestoßen werden, um mit ihrem Bericht fortzufahren.

Sie war sich ihrer Sache nicht ganz sicher. Sie hatte im Haus geschlafen, als sie Lärm auf dem Hof hörte: Schreie und Fluchen. Und dann waren Menschen – Männer – ins Haus gekommen. Sie erzählte von dem Mann, der sie gefunden hatte, und dass er anscheinend einen Helm getragen hatte. Aber es war dunkel gewesen; deshalb war sie nicht sicher.

Und dann berichtete sie von den Schreien am Morgen. Sie versuchte nicht, den Dörflern zu vermitteln, wie lähmend und furchteinflößend diese Schreie gewesen waren – und das Lachen, das sich darunter gemischt hatte. Danach hatte es wieder Geschrei gegeben, viel Umherrennen und das Klirren von Metall – ein Kampf. Und dann war Elfling im Hause. Sie hatte die Leichen gesehen, die Leichen sämtlicher Bewohner der Hofstatt. Owen, Hild – und auch Morcar. Alle tot. Und auf dem Hof lagen Männer in Rüstungen mit herrlich glänzenden Helmen und prächtigen Schilden – alle tot. Dann hatte Elfling das Haus angezündet und war davongeritten. Mit einer Walküre. Er war verschwunden und hatte sie zurückgelassen. An diesem grauenvollen Ort.

Was sie nicht sagt, meinten die Leute und gaben ihr noch ein Stück Brot, und dann wies Addi ihr eine Stelle zum Schlafen an. »Morgen schaue ich nach, ob ich etwas Ordentliches finde, das du anziehen kannst«, sagte Addis Frau Eaditha.

Viele Bewohner von Brierley saßen noch um das Feuer herum und sprachen über das, was sie soeben gehört hatten. Männer in glänzenden Rüstungen mit prächtigen Schilden? Alle Menschen getötet? Eine Walküre? Sie konnten nur mit Mühe den morgigen Tag erwarten, um zu sehen, ob das Feuer schon ausgebrannt war.

Der folgende Morgen brachte noch mehr Aufregungen. Während der Nacht hatte der Regen das Feuer ausgelöscht, und sobald es hell wurde, sammelten sich die Leute, um zum Berg hinaufzuschauen. Dicker schwarzer Rauch stieg noch auf, aber niemand sah Flammen. Sobald Addi gegessen hatte, machte er sich mit drei Männern auf den Weg zu Elflings Hof.

Kaum hatte er das Dorf verlassen, kam Thane Alnoth, der Lehnsherr, mit einer Schar seiner Männer herbeigeritten. Sie trugen Rüstungen und hatten die Schilde auf dem Rücken. Auch sie hatten den Brand gesehen und waren gekommen, um herauszufinden, was geschehen war. Es war die Pflicht eines Lehnsherrn, in seinem Gebiet für Ordnung zu sorgen. Nachdem er von Eaditha eine Erklärung bekommen hatte, ritten sie hinter Addi her. Ebba schlief noch, und sie könnten das Mädchen befragen, nachdem sie sich den Brandort angeschaut hätten, meinte Thane Alnoth.

Die Berittenen holten Addis Gruppe schnell ein und erreichten den ausgebrannten Hof als Erste. Das Feuer war aus, aber die übereinandergestürzten und geschwärzten Ruinen waren immer noch heiß und schwelten. Die Männer des Lehnsherrn trugen gute, feste Stiefel und konnten sich in dicke Umhänge einwickeln. Daher vermochten sie leichter über die noch glimmende Asche auf den Hof zu gehen und die Hitze von den noch stehenden Wänden besser zu ertragen als die Dorfbewohner, die nach ihnen kamen.

Sie wechselten sich bei der Druchsuchung der Ruinen ab. Sie rissen ein, was von den Wänden noch stand, und stießen so im Haus auf das, was von den Leichen noch übrig war. Im Hof lagen weitere Leichen; sie waren weniger verbrannt, aber vom Feuer nicht verschont geblieben. Bei diesen waren Waffen, welche die Männer des Lehnsherrn mit ihren dicken Lederhandschuhen aufheben und mitnehmen konnten.

In einiger Entfernung sammelten sich die Männer, um die Dinge zu prüfen. Sie drehten einen Helm um. Er war zerbeult und hatte seinen Glanz verloren, aber kein gewöhnlicher Helm besaß eine Maske, auch keine Juwelen, die das Licht einfingen, wenn man die Asche mit dem behandschuhten Daumen wegrieb. Obwohl der Schild teilweise verbrannt war, sah man noch die goldenen Drachen und den mit Gravur versehenen Buckel. »Das ist die Wehr eines Fürsten«, erklärte Thane Alnoth. Und alle schauten zu den Ruinen hinüber und den Leichen, die darin lagen.

Wieder in Brierley, zwangen sie die verängstigte Ebba, ihre Geschichte noch mal zu erzählen. Thane Alnoth hörte aufmerksam zu. Viele erinnerten ihn eifrig an das, was er bereits wusste: Dass der Besitzer des verbrannten Hofs Elfling, bekannt als Hildssohn, ein Königssohn war, wenngleich ein unehelicher. Das Rätsel war nicht allzu schwer: Ein König, gerade verschieden, und ein Angriff auf einen seiner Bastardsöhne durch eine Schar Männer, die wie Königliche ausgestattet und von einem geführt worden waren, dessen Helm und Schild einem Atheling entsprachen ...

Thane Alnoths erster Gedanke war, heimzureiten und so zu tun, als wisse er nichts von dieser Angelegenheit. Wenn ein König starb, folgte unweigerlich Mord und Totschlag innerhalb der Königssippe. Wenn man ein Herr von hohem Stand war, eng mit dem Königshaus verbunden, dann wählte man sorgfältig eine Seite und hoffte, es würde die Siegerpartei sein. War man jedoch nur ein kleiner Lehnsherr über ein paar Dörfer, dann war es am besten, sich still zu verhalten und zu hoffen, der Ärger würde an einem vorbeigehen.

Doch der Ärger war zu ihm gekommen. Wenn seine Annahme richtig war, dass in diesem abgebrannten Hof ein toter Atheling lag, würde früher oder später die überlebende königliche Sippe von ihm eine Erklärung verlangen. Wenn der Verdacht aufkam, dass er etwas zu verbergen hatte, oder auch nur, dass er nichts unternommen hatte, obwohl es seine Pflicht gewesen wäre, dann waren sein Land, vielleicht auch sein

Leben in Gefahr. Deshalb hielt er es für das Beste, wenn er mit all seinem Wissen selbst zum Königshaus ging.

»Ich nehme das Mädchen mit«, erklärte er und wartete nicht einmal, bis Eaditha ein altes Kleid für Ebba herausgesucht hatte. In einem Dorf, das so arm wie Brierley war, konnte das eine Ewigkeit dauern. »Sie kommt mit, wie sie ist«, sagte er. »Ich sorge für Kleidung.«

Man hob Ebba, so wie sie war, immer noch in der mit dem Seil zusammengehaltenen Decke, hinter einem der Männer des Lehnsherrn auf ein Pferd. Das war der Anfang einer Reise, deren Ziel die Königsburg war.

FÜNFTES KAPITEL

ATHELINGSGOLD

Ebba hatte ihr gesamtes Leben auf Elflings Hof verbracht und war nur gelegentlich in ein kleines Dorf wie Brierley gegangen. Die Königsburg, umgeben von einer Palisade und einem Graben, daneben das Götterhaus mit eigener Palisade, war die größte Ansammlung von Menschen und Gebäuden, die sie je gesehen hatte. Sie hätte sich nie vorstellen können, dass man ein so großes Gelände einzäunen konnte oder dass die Gebäude so riesig sein konnten oder dass es überhaupt so viele Menschen gab.

Eine hohe Wand aus Holz, strahlend weiß gekalkt und so gebaut, dass Männer drinnen auf einem Wehrgang umhergehen und Wache halten konnten. Die Sonne schien auf ihre Helme. Ein Damm führte über einen tiefen Graben mit steilen Wänden zu einem riesengroßen Tor, einem Tor, das höher und breiter war als die meisten Häuser, die sie kannte. Und auch auf dem Tor standen Männer und blickten herab.

Thane Alnoths Schar ritt über die Brücke und erhielt von den Wachen die Erlaubnis, das Tor zu passieren. Ebba, die hinter einem der Männer saß, erschauderte, als das Tor über ihnen war, weil sie Angst hatte, es würde auf sie herabfallen. Sie begriff nicht, wie so ein mächtiges Ding sicher sein konnte.

Direkt hinter dem Tor klapperten die Hufe der Pferde laut auf dem Kopfsteinpflaster – der riesige Hof war gepflastert und sauber gefegt. Und auf der anderen Seite des Hofs stand ein Wunder, eine gewaltige Halle, ein so großes Gebäude, dass es Elflings Hof und sämtliche Katen in Brierley hätte in sich aufnehmen können. Wie konnten Menschen so ein Gebäude errichten? Wie konnte es dem eigenen Gewicht standhalten? Die Bäume, welch riesige Bäume hatten dafür fallen müssen! Nur ein König konnte so viel Holz fällen.

Die Halle war lang, so lang, dass Ebba den Kopf von einer auf die andere Seite drehen musste, um beide Enden zu sehen. Und die Wände waren doppelte Mannsgröße. An beiden Dachenden waren Halbmonde aus vergoldeten Tierhörnern, die glänzten. Das Dach bestand nicht aus Stroh, sondern aus Schindeln, und jede Schindel war am Rand vergoldet, sodass das ganze Dach funkelte.

Der Eingang befand sich in der langen Wand ihnen gegenüber, und er war hoch und breit, mit einer Doppeltür, deren Paneele mit sich windenden, ineinander verflochtenen Schlangen verziert waren, und mit Abbildungen von Helden und Göttern, an vielen Stellen vergoldet. Die Türangeln waren kunstvoll mit Gravuren verziert. Ebba konnte nur alles mit offenem Mund bestaunen. So viel Reichtum, so viel Schönheit! Das hätte sie sich in ihren kühnsten Traumen nicht ausmalen können, wenn sie Liedern und Geschichten gelauscht hatte.

Alnoths Gefolge stieg aus dem Sattel. Ebbas Reiter half ihr von dem hohen Ross herunter. Diener, in schlichtes graubraunes Tuch gekleidet, eilten herbei, um die Pferde zu nehmen. Doch Alnoth befahl zweien seiner Männer, mit ihnen zu gehen und dafür zu sorgen, dass die Pferde richtig versorgt wurden. Ein Diener, der sichtbar besser gewandet war, kam aus der glänzenden Halle zu ihnen und trug einen schimmernden

Pokal, den er Alnoth kniend darbot. Dann kamen weitere Diener und brachten der Reiterschar Essen und Trinken. Sogar Ebba bekam ein Stück Brot, da sie offenbar zu Alnoths Schar gehörte. Ein König war anscheinend äußerst großzügig.

Ebba knabberte an ihrem Brot und schaute sich um. Sie sah wenig von der Begrüßungszeremonie, da ihre Blicke von den vielen weiteren Gebäuden der Residenz gefangen waren, die allerdings der Königshalle an Pracht weit unterlegen waren. Sie fragte sich, wofür diese dienten. Staunend sah sie auch die vielen Menschen, die auf dem gepflasterten Platz vor der Halle umherliefen: Ein Trupp Männer ritt in Richtung Tor; eine Schar Diener führte Hunde aus; eine edle Dame, die ein wunderschönes blaues Gewand trug, das von Goldfransen gesäumt und an den Schultern von goldenen Broschen gehalten wurde. Dazu der weiße Kopfputz. Sie wurde von einer Dienerin begleitet, die fast ebenso gut gekleidet war. Und dann gingen noch viele Menschen umher, viele zwischen den Gebäuden in die Ferne. Es gab hier mehr Menschen als sie je an einem anderen Ort gleichzeitig versammelt gesehen hatte. Es war furchteinflößend. Sie hatte keine Ahnung, wie man sich an einem solchen Ort benahm. All diese Menschen würden sie auslachen und verachten.

Nachdem Thane Alnoth eine Zeitlang gewartet hatte, schritt er mit ein paar kostbar gekleideten Männern über den gepflasterten Hof. Seine Schar ging in die Königshalle. Sein Hauptmann gab Ebba ein Zeichen, sich ihnen anzuschließen. Sie erschauderte wieder, als sie durch das riesige Portal gingen, weil sie zum Teil nicht glauben konnte, dass so eine mächtige Menge Holz stehen konnte, sondern einstürzen müsse – und teilweise, weil sie fühlte, dass sie kein Recht hatte, so einen Ort zu betreten.

Drinnen war die Halle noch prächtiger als das Äußere. Was

für eine Höhe! Was für ein riesiger Raum! Die Fenster hoch oben in den Wänden ließen das Licht auf das Strebewerk der Deckenstützen fließen, welche ebenfalls mit Schnitzereien verziert und vergoldet waren. Auf dem Boden lag eine dicke Schicht Stroh, mit duftenden Kräutern vermischt, und die Wände am oberen Ende der Halle waren mit Teppichen behangen, die von der Decke bis zum Fußboden reichten. Die Wolle wie vieler Jahre des Scherens und wie lange Stunden von Frauenarbeit waren wohl nötig gewesen, um diese Wandbehänge herzustellen? Kein normaler Haushalt konnte den Frauen für eine solche Arbeit Zeit gewähren oder so viel Wolle anhäufen.

Am oberen Ende der Halle war ein erhöhtes Podest und darauf ein Tisch, welcher stets gedeckt war – der Hochtisch, wo der König und die königliche Sippe zu sitzen pflegten. Vor diesem Podest loderte ein großes Feuer; kleinere Feuer brannten in Abständen entlang der Längsseiten der Halle. Wiederum, was für ein Reichtum! Wie viel Brennholz war wohl nötig, um all diese Feuer in Gang zu halten und eine so riesige Halle zu erwärmen?

Im Hauptteil der Halle wurden Tische und Bänke aufgestellt. Weitere Bänke reihten sich entlang der Wände. Dort nahmen Alnoths Männer Platz. Ebba hatte Angst, sich zu setzen, weil sie das Gefühl hatte, kein Recht dazu zu haben, und blieb daneben stehen. Sie wagte kaum, den Kopf zu heben und sich umzuschauen, obgleich sie unbedingt alles sehen wollte, was es zu sehen gab. Doch so schielte sie aus den Augenwinkeln auf dieses und dann auf jenes. Ich bin in der Königshalle, dachte sie. Ich bin im Haus von Wodens Sohn! O Eostre!

Thane Alnoth hatte dem Beamten, welcher ihn begrüßt hatte, als er hereingeritten war, mitgeteilt, dass er mit der königlichen Sippe unter vier Augen sprechen wollte, mit den Athelingen Unwin, Hunting und Wulfweard.

»Selbstverständlich. Wenn du mir sagst, in welcher Angelegenheit?« hatte der Beamte gesagt. Alnoth wiederholte, dass es sich um eine Privatangelegenheit handele, und hinzugefügt, dass es dringlich sei. Er deutete auf die Männer seiner Schar, die etwas trugen, das in Stoff eingewickelt war. Er müsse den Athelingen etwas zeigen, erklärte er. Dinge, welche diese zu sehen wünschten. Er brächte ihnen Neuigkeiten.

»Folge mir. Ich bring dich zu Athelrics Gemächern«, sagte der Beamte.

Athelrics Halle war kleiner als die prächtige Königshalle, aber trotzdem viel größer als Alnoths eigene Halle. Er ging mit seinen Männern in den Teil, der für die Öffentlichkeit bestimmt war, und nahm mit anderen Bittstellern auf den Bänken Platz. Athelrics Verwalter, sein höchster Diener, kam auf sie zu, ein Mann mit gekräuseltem Haar bis auf die Schultern, gekleidet in ein langes dunkelblaues Gewand mit Pelzbesatz. Er trug eine schwere Goldkette um den Hals und goldene Armbänder. Er fragte nach ihrem Begehr und versicherte ihnen, dass er Athelric sogleich informieren würde. Dann erkundigte er sich, ob er ihnen etwas zu essen und zu trinken bringen lassen könnte, während sie warteten.

Da Alnoth nicht wusste, wie lang sie wohl würden warten müssten, nahm er das Angebot an.

»Wenn ich dir etwas gebe, könntest du dann dafür sorgen, dass diese Dinge den Athelingen nur ganz persönlich und insgeheim übergeben werden?«, fragte er.

»Ich werde persönlich dafür sorgen, dass das geschieht«, antwortete der Verwalter.

Alnoth beriet sich unter den neugierigen Augen des Verwalters mit seinen Männern. Aus dem Päckchen holte Altnoth vier kleine glitzernde Gegenstände. Einen davon legte er dem Verwalter in die Hand. Es war ein Zierbeschlag, ein zähnefletschender Drache, wunderschön aus Golddraht gearbeitet. Die Einschussstellen zwischen den Drähten waren mit glänzendem rotem Email ausgegossen, und das Auge des Tieres war ein leuchtender Granat. Der Verwalter war sichtlich beeindruckt: Vielleicht erkannte er, dass die Verzierung von einem königlichen Schild stammte. Er streckte die Hand nach den anderen Schmuckstücken aus, welche Alnoth noch hielt, aber Alnoth zog seine Hand zurück.

»Verzeih, aber ich habe meine Meinung geändert«, sagte Alnoth. »Statt hier zu sitzen und mich zu langweilen, werde ich den Athelingen diese Dinge selbst übergeben.«

Der Verwalter, immer noch höflich, doch mit einer Spur Verärgerung, neigte den Kopf und erklärte: »Wie du meinst. Falls du oder deine Männer etwas wünschen, sage Bescheid. Mein Gebieter Athelric würde nicht wollen, dass es seinen Gästen an irgendetwas mangelt.« Mit nochmaliger Verbeugung verließ er sie. Doch auf dem Weg durch die Halle ging er so schnell, als habe er es eilig, die Drachenverzierung zu überbringen.

Alnoth sah ihm nach, presste die Hand über die anderen goldenen Drachen und nickte. Er hatte gut daran getan, sie zurückzuhalten. Dieser Verwalter war Athelrics Mann. Er würde Athelric den Drachenbeschlag pflichtgemäß überbringen, aber die für die anderen Athelinge bestimmten Drachen würden diese aus seinen Händen nie erreichen.

Alnoth wandte sich an seine Männer und gab zweien ein Zeichen mit dem Kopf. Sofort standen diese auf und folgten ihm. Die anderen blieben in Athelrics Halle mit den Resten des Schilds und des Helms, die sie aus der Brandstätte geborgen hatten.

Draußen auf den Wegen, welche zwischen den vielen Gebäuden der Residenz verliefen, erkundigte sich Alnoth, wo die Unterkunft des Athelings Unwin sei. Als er dort angelangt war, ließ er einen weiteren Drachenbeschlag bei dessen Verwalter. »Du kannst mich in den Gemächern des Athelings Athelric finden«, sagte er. Dann ging er weiter zu Huntings und Wulfweards Unterkünften und gab dort den dritten und vierten Beschlag mit gleichlautender Botschaft ab. Danach kehrte er zurück zu Athelrics Halle und setzte sich zu seinen Männern. Er aß und trank mit ihnen und wartete ab, was geschehen würde. Er glaubte, es würde nicht allzu lang dauern, bis man ihn zu einer Audienz bei dem königlichen Verwandten rufen würde.

Vor den Mauern der königlichen Residenz, innerhalb einer Palisade und einem eigenen Graben, stand das Götterhaus. Eine große Halle, in Größe und Pracht mit der königlichen durchaus vergleichbar, barg drei riesige Holzstatuen von Woden, Thunor und Ing. Auf dem Altar vor jeder Figur loderte ein Feuer und warf Licht darauf, aber auch tiefe, dahinhuschende Schatten. Dunkelheit hing in den hohen Dachsparren und in den Ecken, die am weitesten vom Eingang entfernt waren.

Hier, vor den Altären, hatte der Leichnam König Eadmunds tagelang aufgebahrt gelegen, in Linnen gehüllt und auf einem Bett von wohlriechenden Kräutern. Die Menschen waren gekommen, um ihren König zu sehen und sich zu vergewissern, dass er tatsächlich tot war. Hier hatten die Priester und Priesterinnen von Eostre und Woden, von Ing und Thunor Tag und Nacht Wache gehalten und dem König das Lied gesungen, das seine Seele sicher an ihren Ort in der Anderswelt geleiten würde. Ihre klaren Stimmen hatten sich zwischen den geschnitzten Säulen zu den Dachsparren emporgeschwungen.

Doch jetzt war der Leichnam des Königs fort. Man hatte ihn in sein Grab getragen, an den Ort unter der Residenz, wo in der Vergangenheit die Grabhügel seiner Vorfahren errichtet worden waren. Es war eine kleine Zeremonie gewesen. Man hatte den König mit seinen Waffen, Pferden und Hunden zu Grabe getragen, dazu Opfergaben von Essen und Gold. Schließlich hatte man ihn mit genügend Erde bedeckt, um den Körper vor wilden Tieren zu schützen. Es würde jedoch ein Jahr dauern, den ihm zustehenden Tribut einzusammeln. Erst danach war auch der Grabhügel fertiggestellt und würde man ihn mit vollen Ehren bestatten können.

Jetzt sangen der Chor der Priester und Priesterinnen im Götterhaus Hymnen und murmelten Segenssprüche, um die Seele des toten Königs zu trösten und um sicherzustellen, dass er die Lebenden nicht heimsuchte. Ein wenig hinter den Sängern stand Athelric mit den Söhnen seines Bruders, Unwin und Wulfweard. Vor dem Tode ihres Vaters hätten sie sich geweigert, einen heidnischen Tempel zu betreten, doch angesichts der Tatsache, dass ihr Vatersbruder höchstwahrscheinlich der nächste König werden würde, hatte Unwin es für klug gehalten, sich bei ihren Untertanen in gutes Licht zu rücken. Wenn man sah, dass sie ihren Vater vor seinen Göttern so ehrten, wie er es sich gewünscht hätte, würde es ihnen Lob einbringen. Christus würde ihnen vergeben, Vater Fillan wohl nicht so leicht. Aber schließlich standen sie nur im Tempel und brachten den Götzenbildern keine Opfer dar.

Athelrics Verwalter trat leise an die Seite seines Gebieters und zupfte ihn am Gewand. Dann flüsterte er ihm etwas ins Ohr und zog Athelric beiseite, fast bis zum Eingang des Götterhauses. Unwin glaubte, ein einziger verstohlener Blick wäre nicht zu unehrerbietig gegen seinen toten Vater, und schaute über die Schulter zurück. Der Verwalter zeigte Athelric etwas.

Beim nächsten Blick sah er, dass Athelric mit dem Verwalter das Götterhaus verließ. Als die beiden hinausgingen, fiel Licht auf die geschnitzten Säulen. Sobald die Tür wieder geschlossen war, versanken diese erneut im Halbdunkel.

Unwin blickte auf Wulfweard, aber der Junge schaute nur auf den Kreis der Sänger, welcher von Lampen beleuchtet wurde. Hinter ihnen ragten die hölzernen Götterstatuen aus den Schatten auf.

Unwin nahm wieder die Haltung des trauernden Sohnes ein. Mit gesenktem Kopf lauschte er dem eindringlichen Gesang, der in den Rauch hinein- und wieder herausschwebte. Im Inneren zerbrach er sich den Kopf, was Athelric wohl machte und welche Botschaft man ihm gebracht hatte. Die Tür des Götterhauses öffnete sich wieder und ließ helles Tageslicht durch den Rauchschleier der Feuer schneiden und auf die runden, großen Holzsäulen fließen. Jemand zupfte an seinem Ärmel – sein eigener Verwalter.

»Edler Herr, ich hielt es für das Beste, Euch das persönlich zu überbringen.« In der Hand des Mannes lag ein Juwel von erlesener Schönheit: ein Drache aus Golddraht und rotem Email mit glitzerndem Auge aus Granat. »Edler Herr, Thane Alnoth schickt Euch das und –«

»Das ist ein Drache von Huntings Schild«, unterbrach ihn Wulfweard. Er sah seinen Bruder mit angsterfüllten Augen an.

Unwin hatte das Juwel nicht erkannt, bis Wulfweard es aussprach. Dann sah auch er, dass es in der Tat ein Beschlag vom Schild seines Bruders war. Mit gerunzelter Stirn schaute er den Verwalter an.

»Edler Herr, der Thane sagt, er habe Neuigkeiten für dich, und bittet um ein Gespräch. Er sagt, Ihr fändet ihn in der Halle Eures Vatersbruders.«

Unwin blickte sofort zur Tür. Das war es also, was Athelrics Verwalter ihm gezeigt hatte! Etwas, das Hunting gehörte! Wie immer die Neuigkeiten lauten mochten, Athelric kannte sie inzwischen. »Verdammt sei dieser Thane! Warum ist er nicht zuerst zu *mir* gekommen?«

»Was ist denn?«, fragte Wulfweard.

Unwin schritt schnell zur Tür und forderte Wulfweard wütend auf, ihm zu folgen. Der Junge fragte noch einmal: »Was ist geschehen?«

»Wenn ich die Zeichen richtig deute«, sagte Unwin, als sie aus dem Dunkel des Götterhauses ins helle Tageslicht getreten waren, »so ist Hunting tot.«

Nach dem Ritt vom Götterhaus gingen sie die letzten Schritte zu Fuß. Unwin beeilte sich, denn er war sich sicher, dass seine Worte zutrafen. Tief in seinem Inneren fühlte er, wie Wut, eiskalte, rachsüchtige Wut, in ihm aufstieg. Andererseits dachte er: Jetzt muss ich mir nie wieder Gedanken machen, ob ich dir trauen kann, Hunting.

Ein Mann lief ihnen entgegen. Es war Wulfweards Verwalter. Er versuchte, um Entschuldigung bittend, Wulfweard an den Rand des Weges zu ziehen. Doch dann drehten er und Wulfweard sich verblüfft um, denn Unwin lachte schallend. Nur wenige Schritte vor ihnen stand Huntings Verwalter und schaute bestürzt drein, als Unwin auf ihn deutete und lachte.

»Ihr habt auch je einen wie diesen?«, fragte Unwin und hielt seinen Drachen hoch, der im Sonnenlicht glitzerte. »Ihr beide.«

Huntings Verwalter kam, öffnete die Hand und zeigte einen Drachenbeschlag. Wulfweards Verwalter wies einen dritten vor. Beide überbrachten die gleiche Botschaft von Thane Alnoth.

»Kommt«, sagte Unwin. »Wir gehen zu unserem Vatersbruder und leugnen alles mit eiserner Stirn.«

Thane Alnoth war in Athelrics privaten Gemächern, oberhalb der Halle. Er saß auf einem Schemel neben dem eisernen Kohlenbecken und hielt einen wunderschönen Pokal aus grünem Glas, gefüllt mit köstlichem Wein. Er war mehr als nervös. Der Verwalter hatte ihn höflich gebeten, die Waffen in der unteren Halle zu lassen, zusammen mit seinen Reisigen. Jetzt war er hier ohne Unterstützung oder Schutz mit Athelric zusammen, dem Bruder des toten Königs und wahrscheinlich dem designierten neuen König.

Athelric saß ihm gegenüber in einem Armsessel und lächelte, doch dieses Lächeln machte Alnoth keineswegs glücklich. Er war sich allerdings ziemlich sicher, dass ihm keine unmittelbare Gefahr drohte. Schließlich hatte auch er einen gewissen Rang. Nicht einmal ein König konnte einen Thane ermorden, ohne dass es zu einem Schrei der Entrüstung gekommen wäre. Er hatte Athelric die Reste des Schilds und des Helms gebracht. Diese lagen jetzt dem Atheling zu Füßen. Eigentlich müsste ihm das eine Belohnung einbringen, nicht aber ihn gefährden. Tatsächlich lag zu Alnoths Füßen jetzt ein sehr schöner, mit Pelz gefütterter Umhang, den Athelric sofort von seinen eigenen Schultern genommen und dem Lehnsherrn gereicht hatte, als er Alnoths Neuigkeiten gehört hatte. »Als einen kleinen Teil der Belohnung, welche du dafür verdienst.« Aber die Zeiten mussten noch sehr viel ruhiger werden, ehe Alnoth sich in der Gegenwart eines Athelings wohlfühlen würde.

Schritte ertönten auf der Holztreppe vor der Tür. Dann öffnete sich die Tür, und die anderen Athelinge, Unwin und Wulfweard, wurden hereingeleitet. Alnoth stand schnell auf, da er sie aus der Zeit kannte, als er früher in die königliche Residenz gerufen worden war: Unwin, den älteren, hochgewachsen, kräftig, mit harten Gesichtszügen, und den jüngeren, hübschen Wulfweard.

Auch Athelric hatte sich erhoben, um sie zu begrüßen, und streckte ihnen den Drachen entgegen, den Alnoth ihm gebracht hatte. Alnoth sah, wie Unwin und Wulfweard den Schild und den Helm anstarrten, die auf dem hölzernen Fußboden lagen.

»Dieser gute Lehnsherr bringt mir Nachricht von einem Angriff auf einen Hof«, sagte Athelric. »Alle Bewohner tot und mit den Gebäuden verbrannt.«

Unwin drehte sich um und blickte Alnoth an. Im Augenblick, als sich ihre Blicke kreuzten, wusste Alnoth, dass er einen Feind vor sich hatte. Es lief ihm kalt über den Rücken. Jeder gewöhnliche Mann hätte ihm keine Furcht eingeflößt, aber dieser gehörte zu den Zwölfhundert – und noch mehr, er war ein Mitglied der königlichen Sippe. Hinter seinen finsteren Blicken drohten Speere.

Unwin zog einen Goldring vom Finger und hielt ihn dem Thane lächelnd entgegen. »Du hast uns einen Dienst erwiesen.«

Alnoth lächelte, verneigte sich und nahm den Ring ungeschickt entgegen, da er in der anderen Hand den Pokal hielt. »Ich danke Euch, edler Herr.« Und wieder verneigte er sich lächelnd und bedankte sich ebenfalls bei Wulfweard, welcher ihm auch einen Ring schenkte. Dann richtete er sich wieder auf und schaute Athelric an. »Vielleicht, edler Herr, sollte ich jetzt zu meinen Männern zurückgehen.«

»Tu mir einen Gefallen, Thane«, erwiderte Athelric. »Und bring mir das Mädchen her. Jetzt gleich.«

Wieder verbeugte sich Alnoth, stellte den immer noch vollen Pokal auf eine Truhe neben die Tür und verließ den Raum, so schnell er konnte.

Als man seine Schritte auf der Treppe hörte, wandte sich Athelric an seine Neffen und sagte: »Es ist nicht nötig, mir zu erklären, was Hunting mit einer Schar Bewaffneter in Hornsdale wollte.«

»Elfling Eadmundssohn eine sichere Eskorte anbieten«, sagte Unwin. Er hielt Athelrics zornigen Blicken stand. »Ich wundere mich, dass du nicht selbst nach ihm geschickt hast, Vatersbruder – du warst doch so erpicht darauf, dem Rat zu sagen, dass unser Vater ihn als Nachfolger benannt hat.«

Athelric beugte sich hinab und hob den Schild auf. Vom Schlag der Waffen zerbeult, teilweise verbrannt, der prächtige Zierrat zerbrochen oder herabhängend. »Was ist eurer Meinung nach mit dieser sicheren Eskorte geschehen?«

Wulfweard hatte dicht hinter Unwin gestanden. Jetzt trat er vor. »Ist Hunting tot?«

Als Antwort nahm Athelric den Helm auf und warf ihn Wulfweard zu. Dieser fing ihn und drehte ihn in den Händen. Der Helm war verdreckt und von Ruß geschwärzt. In der Höhlung und in den Intarsien hatte sich Schmutz und Blut festgesetzt. »Wer hat ihn getötet?«, fragte Wulfweard.

»Lasst uns warten, bis das Mädchen seine Geschichte erzählt hat«, meinte Athelric. »Vielleicht kann es uns mehr dazu sagen. Setzt euch, nehmt Platz.«

Athelric setzte sich in den Armsessel und schaute zu, wie seine Neffen auf den Schemeln neben dem Kohlenbecken Platz nahmen. Schweigend saßen sie da und warteten. Athelric, bequem in seinem Sessel, genoss es offensichtlich zuzuschauen, wie Unwin sich bemühte, auf dem Schemel ohne Lehne eine entspannte und unbesorgte Haltung zu wahren. Wulfweard hielt den schmutzigen Helm auf dem Knie und zog die Verzierungen mit dem Finger nach.

Auf der Treppe ertönten Schritte. Alnoth trat ein, gefolgt von einem kleinen, dünnen Mädchen in einem langen grauen Gewand, das viel zu groß war, sodass seine schmächtige Gestalt von Hals bis Fuß in Wolle erstickte. Man konnte das Gesicht nicht sehen, da die Kleine den Kopf gesenkt hielt, zu verängstigt, um aufzuschauen; aber ihre Haare waren ordentlich zu einem Zopf geflochten und so dunkelbraun, dass sie fast schwarz aussahen.

Thane Alnoth räusperte sich. »Das ist das Mädchen, edle Herren. Sie heißt Ebba und gehörte Elfling, dem Elfengeborenen. Meine Leute stöberten sie nahe der Brandstelle auf.«

»Gut«, meinte Athelric. »Ebba? Steh gerade, Mädchen, und berichte uns alles, was geschehen ist. Alles.«

Das Mädchen senkte den Kopf noch tiefer. Es krümmte sich fast zu einem Bogen und umfasste die eigenen Ellenbogen.

Alnoth stieß es an und flüsterte: »Nun rede schon!« Als einzige Antwort zitterte das Mädchen.

»Hab keine Angst«, versicherte ihr Athelric. »Wir werden dir nicht wehtun.« Weil du nicht wichtig genug bist, dass man dir etwas antut. Das hörte man deutlich aus seinem Tonfall. »Wir wollen nur hören, was geschehen ist, als der Hof in Flammen aufging.«

An dem Mädchen war keine Veränderung zu erkennen. Es war völlig verstört, weil es mit drei Söhnen Wodens in dem kleinen Raum war. So viel Reichtum, so viel Macht!

»Gütiger Jesus!«, stieß Unwin hervor. »Genauso gut könnte man eine Kuh fragen!« Doch dann erhob er sich von dem Schemel und ging zum Mädchen. Als es seine Nähe fühlte, zuckte es zurück, jedoch ohne den Kopf zu heben. »Nein, nein«, sagte Unwin, plötzlich freundlich. »Hab keine Angst.« Er zog einen goldenen Ring vom Finger und hielt ihn Ebba auf der offenen Handfläche vor die Augen, damit sie ihn sehen konnte. »Erzähl uns, was du weißt, dann bekommst du das – als eine Belohnung für das Überbringen der Mitteilung.«

Ebba starrte den Ring an. Es war alles, was sie sah: der Ring, der im Schein der Lampe rot, gelb und weiß glänzte und auf den dicken Schwielen des Mannes lag. Aber das war ja nicht nur ein Mann, nein, das war einer von Wodens Söhnen. Sie zitterte am ganzen Leib wie im Fieber. Es war ein grausamer Scherz. Nie und nimmer würde man ihr so ein kostbares Kleinod schenken.

»Hier.« Unwin löste einen der dünnen Arme und entfaltete die kleine Hand, welche keinerlei Widerstand leistete, legte den Goldring hinein und schloss die Finger darüber. »Er gehört dir. Und jetzt erzähle uns, was du auf dem Hof gesehen hast.«

Sie hatte den Ring! Sie spürte die Härte in der Hand. Aber man würde ihr nie erlauben, ihn mitzunehmen. Sie spürte eine warme Berührung auf der Schulter, als Wulfweard seine Hand darauf legte. Sie musste etwa sagen. Sie konnte nicht schweigend vor den Söhnen Wodens stehen. Atem zu schöpfen war schwer. Ihre Stimme klang erstickt und bebend. »Bitte, töte mich nicht!«

Unwin lachte und fragte: »Weshalb sollte ich *dich* töten wollen?« Seine Verachtung war tröstlich. Sie stellte sie so tief unter ihn, dass sie außerhalb seiner Reichweite war. Er hatte ihr den Ring gegeben, weil dieser für ihn nichts bedeutete. Das begriff sie. Weshalb sollte er sie töten wollen? Sie bemühte sich, die Gedanken zu ordnen und zu verstehen, was die Männer von ihr wissen wollten. Sie war so verwirrt, dass es ebenso gut darum gehen könnte, wie viele Eier die Hühner auf Elflings Hof legten.

Ruhig, mit einem Hauch von Ungeduld, fragte Unwin wieder: »Wieso ist der Hof in Flammen aufgegangen?«

Sie bemühte sich, diese Frage zu beantworten. Elfling hatte den Hof angesteckt, nachdem ... Es folgten weitere Fragen, und sie beantwortete diese, wobei sie sich verhaspelte und verwirrt wurde; aber sie antwortete, und niemand wurde zornig, niemand schlug sie, obwohl sie jederzeit auf einen Schlag eingestellt war ... Langsam fühlte sie sich sicherer, hob sogar den Kopf ein wenig, und ihre Antworten wurden klarer und geordneter. »Und dann ist Elfling hinter der Frau aufgesessen – auf ihrem Ross –, und sie sind fortgeritten«, endete sie. »Ich meine, nicht fort. In die Luft. Heraus aus dieser Welt.« Ihr Blick streifte flüchtig Unwins harte Züge, sofort schlug sie die Augen wieder nieder. »Das ist alles. Alles, was ich weiß. Ich bin einfach beim Hof geblieben, während er abgebrannt ist.«

Im Raum herrschte Schweigen, und Ebba zitterte wieder, weil sie fürchtete, die Männer würden ihr zürnen. Und in der Tat, einer der Wodengeborenen – nicht der, welcher ihr den Ring gegeben hatte, auch nicht der Alte, sondern der dritte Mann, den sie nur aus dem Augenwinkel gesehen hatte – sagte: »Der Bastard hat Hunting ermordet!« Die Wut in seiner Stimme jagte Ebba Angst ein.

Der alte Mann lachte. »Und das, als Hunting ihm sicheres Geleit anbot!«

Der Hüne neben Ebba sagte: »Der Bastard hat den Sohn deines Bruders getötet!« Die Bedeutung seiner Worte war für alle verständlich, sogar für Ebba. Die Pflicht der Rache für das Leben des Neffen fiel auf den alten Mann: Er musste Elfling töten.

Ebba wurde noch mehr klar: Der Mann, den Elfling getötet hatte, der Mann mit der kostbaren Rüstung, war ein Mitglied der königlichen Sippe gewesen! Jetzt hatte sie zu viel Angst, um zu zittern. Sie war zu Eis erstarrt.

»Hier«, sagte der dritte Mann, und streckte ihr die Hand entgegen, um ihr etwas zu geben. Sie schaute auf in sein Gesicht – und erstarrte mit offenem Mund. Magie, dachte sie. Elfling! Vor ihr im Lampenlicht stand Elfling. Er war aus der Anderswelt zurückgekehrt.

Wulfweard amüsierte sich über ihr verblüfftes Gesicht und lächelte. Da wusste sie, dass er nicht Elfling war – dennoch war sie über die Ähnlichkeit erstaunt. »Hier«, sagte er nochmals und schenkte ihr auch einen Ring. Trotz ihrer Angst und Verwirrung dachte sie: Zwei! Ich habe zwei goldene Ringe!

Thane Alnoth zog sie von hinten am Arm und führte die immer noch mit offenem Mund staunende Ebba aus dem Raum. An der Treppe versetzte er ihr einen leichten Stoß, um sie zum Weitergehen zu ermuntern. Sie hob die Hand und betrachtete die beiden Ringe darin. Zwei goldene Ringe!

»Wenn ich du wäre, Mädchen, würde ich niemanden sehen lassen, dass du sie besitzt«, sagte Alnoth leise.

Schnell schloss sie die Hand über dem Schatz. Ihr Herz schlug schnell. Ihr war speiübel. Zwei goldene Ringe, und was konnte sie damit tun? Sobald jemand wusste, dass sie dergleichen besaß, würde man sie ihr stehlen. Wenn sie versuchte, die Ringe zu verkaufen, würde man sie betrügen.

Am Fuß der Treppe, in Athelrics Halle, sagte Alnoth: »Gib sie mir. Ich werde sie für dich sicher aufbewahren.«

Sie hielt die Ringe fest und sah ihn an.

Lächelnd streckte er die Hand aus. »Sie sind kein Vermögen wert, wenn du das denkst. Du könntest nicht einmal ein Schaf dafür kaufen. Aber sie könnten genügen, um einen freien Mann zu verlocken, dich zu heiraten. Wer weiß? Lass sie mich für dich aufbewahren.«

Ein Ehemann, dachte sie. Elfling!

»Ich will sie behalten«, erklärte sie fest.

»Kannst du, wenn du willst«, sagte Alnoth. Nach einem entnervten Seufzer fuhr er fort: »Glaubst du, ich hätte es nötig, dir zwei dünne Goldringe zu stehlen? Ich bin kein Atheling, aber so schlecht geht es mir nun auch nicht. Unwin und Wulfweard haben dir die Ringe geschenkt, und ich werde dafür sorgen, dass du den entsprechenden Gegenwert dafür bekommst. Wenn du sie behältst, verlierst du sie gewiss.«

»Ich will sie behalten.«

Er ergriff ihr Handgelenk, zwang sie, die Hand zu öffnen, und nahm ihr die Ringe weg.

»Flenn, so viel du willst«, sagte er. »Später – wenn du eine freie, verheiratete Frau bist – wirst du mir dankbar sein.«

Weinend folgte sie ihm durch die lange Halle. Eine freie, verheiratete Frau? Gab es so etwas? Und überhaupt – sie wollte Elfling, nicht irgendeinen Hirten, den Alnoth für sie aussuchte. Obgleich es aussichtslos erschien, wollte sie nur Elfling haben und niemanden sonst.

In dem Gemach über der Halle lehnte sich Athelric in seinem Sessel zurück und lächelte seine Neffen an. »Diese Frau, welche das Mädchen erwähnt hat … diese Frau in Kriegsrüstung, die dem Bastard versprochen hat, ihn zu lehren, wie man kämpft … Ihr beide seid wohl zu vollgestopft mit christlichen Gebeten, um *sie* zu kennen.«

Unwin betrachtete die Stickereien der Wandbehänge, die Schnitzereien, alles alte Götter- und Heldensagen. »Ich müsste schon blind und taub aufgewachsen sein, um nicht eine Walküre zu erkennen, wenn man sie beschreibt.«

»Ich möchte derjenige sein, der ihm den Kopf abschlägt«, sagte Wulfweard. »Ich weiß, dass du der Ältere bist, Unwin, aber ich will es selbst tun. Ich allein.«

»Der Bastard ist in die Anderswelt entschwunden, wo keiner von uns ihn erreichen kann«, meinte Unwin.

»Dem ist keineswegs so«, erklärte Athelric. Erstaunt schauten sie ihn an. »Eure Priester sind an diese Welt gebunden, aber die Priester Eostres und Ings Frauen – und auch Wodens Priester – können alle in andere Welten reisen. Sie können den Bastard finden. Vielleicht sind sie so sogar imstande, ihn für uns zu töten. Wir sollten sie befragen.«

»Ich will nicht Teil daran haben, mit Geistern zu sprechen!«, sagte Unwin.

Wulfweard erhob sich mit weißem Gesicht vom Schemel und baute sich vor seinem Bruder auf. »Um Huntings Mörder zu finden – ja!« Er wandte sich an seinen Onkel. »*Ich* will Elfling töten. Ich will nicht, dass ein Priester dies für mich erledigt.«

Auch Athelric stand auf und legte den Arm um Wulfweards Schultern. Beide standen da und blickten auf Unwin herab, plötzlich gegen ihn verbündet. »Du wirst dem Bastard den Kopf abschlagen. Das verspreche ich.« Er küsste den Jungen auf die Stirn. »Ich bin stolz, dass du so entschlossen bist.« Zu Unwin sagte er: »Vielleicht würdest du lieber für den Mörder deines Bruders beten, wie ein guter Christ.«

Bei dieser Beleidigung sprang Unwin auf und ging zur Tür. Doch zuvor warf er Wulfweard noch einen Blick zu, worauf sich dieser von seinem Onkel löste und ihm folgte. Athelric hielt ihn am Arm fest. Wulfweard wandte sich um.

»Ich werde dich holen lassen, sobald ich mit den Priesterinnen gesprochen habe«, sagte Athelric. »Wir werden eine Geisterbeschwörung abhalten.«

Wulfweard entwand ihm den Arm und folgte seinem Bruder die Treppe hinunter.

SECHSTES KAPITEL

EBBAS PROPHEZEIUNG

Da Thane Alnoth sich ohnehin in der Königsburg aufhielt, hatte er beschlossen, so lange zu bleiben, bis der neue König zum Schreienden Stein ging. Ebba stellte fest, dass das Leben in der Königsburg recht gut sein konnte. Man musste sich wegen eines Schlafplatzes oder Essens keine Sorgen machen: Die königliche Halle war für alle offen. Alnoth musste allerdings die Mühe auf sich nehmen, passende Geschenke für königliche Bedienstete zu finden, die ständig herumlungerten und auf kleine Zuwendungen äußerst erpicht waren, um dem Geber eine gute, warme Schlafstelle, einen guten Platz bei einem Fest und so weiter zu besorgen … Alnoth murrte, zahlte jedoch. Den König zum Stein gehen zu sehen, war es wert. Da Ebba keinerlei Stellung im Leben zu wahren hatte, blieben ihr derartige Sorgen erspart.

Doch nachts, wenn sie auf dem Boden einer Gästehalle schlief, träumte sie von ihrer Todesangst unter der Decke und den Mördern auf Elflings Hof. Sie träumte von den Leichen Owens und Hilds und wachte dann niedergeschlagen auf. Doch je länger der Tag wurde, je mehr es von dem Leben ringsum zu schauen und zu hören gab, desto mehr vergaß sie die alten Freunde, zumindest eine Zeitlang. Wenn sie sich wieder an sie erinnerte, fühlte sie sich schuldig, aber das Leben ging weiter, und sie war jung – sie konnte nichts dafür, dass sie die Freunde vergaß. Wie das alte Sprichwort sagt: »Nach Leid musst du nicht weit suchen, es findet dich selbst.«

Soweit Ebba sich erinnern konnte, hatte sie zum ersten Mal im Leben keine Arbeit, und sie war froh darüber. Keine schweren Wassereimer schleppen, kein Mahlen, kein Ausmisten bei den Tieren, kein Eiersuchen. Sie hatte den ganzen Tag nichts, rein gar nichts zu tun, außer zu bummeln, zu staunen, zu bewundern, zu tratschen und zu essen. Es war, als sei sie ins Gesegnete Land gekommen.

Zum ersten Mal in ihrem Leben konnte sie so viel essen, wie sie wollte. Jeden Tag wurde zur Mittagszeit in der großen Halle für alle, die kommen und essen wollten, ein Mahl aufgetischt: Brot mit Butter und Käse, dazu Ale. Besonders vom Brot gab es Berge. Und abends wurde in der Halle noch eine Mahlzeit serviert, und wieder war jeder willkommen, mit Ausnahme, wenn ein Fest gefeiert wurde. Obwohl nur Adlige zum Fest zugelassen wurden, gab es für die Armen und die Dienerschaft der anderen Hallen der Königsburg jede Menge zu essen. Zu den niedrigeren Tischen, wo Ebba saß, wurde reichlich Brot und Ale gebracht, aber auch eine Brühe aus Knochen mit ein paar Fleischstücken darin, zuweilen auch Bohnen oder Eier. Für jemanden wie Ebba, die sich zwischen den Gebäuden frei bewegen konnte, gab es noch mehr Essbares: Eier aus den Hühnerhäusern, Milch aus den Kuhställen, eine Ecke Käse, aus der Meierei stibitzt, ein Kuchen aus den Küchen. Sehr schnell wurde sie fülliger. Ihre Knochen ragten nicht mehr so hervor. Die Brüste rundeten sich, die Hüften wurden ein wenig ausladender. Darüber freute sie sich ungemein, auch wenn das graue Kleid, das man ihr gegeben hatte, immer noch zu groß war. Mit dem guten Essen im Bauch fühlte sie sich trotzdem lebendiger und stärker als je zuvor. Und jeden Tag dachte sie an Elfling. Er würde zurückkommen, und sie würde hier sein und auf ihn warten.

Nachts schlief Ebba in einer der kleineren Hallen der Burg, nahe Alnoth und dessen Männern. Auch eine Frau schlief dort, die Wilburga hieß. Sie kämmte Ebbas langes Haar, flocht ihr einen Zopf und schenkte ihr den hölzernen Kamm. Ebba steckte ihn in den Gürtel, damit sie ihn stets bei sich hatte. Wilburga hatte über ihre Freude über das Geschenk gelacht. Es war doch nur ein billiger Holzkamm. Sie lachte oft über Ebbas Unwissenheit, war aber immer freundlich.

»Ich hatte eine Tochter wie dich«, sagte sie. »Mit ebenso dunklen Haaren.«

»Ich wünschte, meine Haare wären hell«, sagte Ebba und dachte, hell wie Elflings und in der Sonne glänzend. Wenn sie ihm ähnlicher wäre, würde er sie vielleicht mehr schätzen. Auf alle Fälle wäre sie glücklich, wenn sie ein bisschen mehr wie er aussähe.

»Nein, nein«, widersprach Wilburga. »Meine Hosanna hatte genau solche Haare wie du.«

Wilburga nahm Ebba mit in eines der Badehäuser der Burg. Ebba hatte noch nie davon gehört. »Jeder sollte einmal in der Woche baden«, erklärte Wilburga. Und Wilburga hatte kleine Töpfe mit schwarzem und rotem Zeug. Sie zeigte Ebba, wie man sich damit die Wimpern schwärzte und die Wangen und Lippen rötete. »Du bist ein komisches kleines Ding«, sagte Wilburga. »Aber irgendwie hübsch – auf eine komische Art.«

Offensichtlich dachten auch andere Menschen so. Die Männer aus Alnoths Schar begannen sie zu rufen und ihr Komplimente zu machen – aber nicht nur diese, sondern auch Fremde. In der königlichen Burg waren Hunderte von Männern: Bedienstete des Königs, Jäger, Falkner, Hundebetreuer,

Hirten, dazu noch das Gefolge der edlen Herren, welche den Königssitz besuchten. Viele pfiffen Ebba nach. Sie lächelte zurück und freute sich, dass man sie für hübsch hielt. Aber sie ging mit keinem eine Bindung ein. Dazu konnte sie auch niemand zwingen, da sie nicht zu ihnen gehörte. Keiner von ihnen war bedeutend genug, um mit dem Lehnsherrn Alnoth Ärger zu bekommen, der – so nahm man jedenfalls an – ihr Besitzer war.

Auch Alnoths Männer hielten sich von ihr fern, da Alnoth klargemacht hatte, dass er für sie einen freien Ehemann finden wollte. Keiner riskierte, ihn zu verärgern, indem er diese Pläne störte. Ebba fühlte sich so frei wie eine große Adlige, die – nach ihrer Meinung – stets tun konnte, was ihr in den Sinn kam. Sie beschloss, mit niemandem das Bett zu teilen, bis Elfling zurückkehrte, und danach würde sie ihn haben. Warum nicht? Die Leute sagten, sie sei hübsch. Und er hatte für sie Gefühle gehegt – ein bisschen zumindest. Jetzt, da sie hübscher war, würde sie ihm noch besser gefallen. Sie ging ins Götterhaus, betete zur Göttin Eostre und erbat sich Elfling. Die Göttin hatte ihr schon früher geholfen.

Ihre Geschichte hatte sich verbreitet. Menschen, die sie nie zuvor gesehen hatte, sprachen sie an. »Du bist doch das Mädchen, dem die Athelinge Gold gegeben haben.« Männer fragten öfter nach: »Wofür war das? Würde ich das Gleiche bekommen, wenn ich dir Gold gäbe?«

»Nur wenn du ein Atheling bist«, lautete dann ihre Antwort, und beide lachten. Ebba war entzückt über ihren Wagemut, derartig schnippische Antworten zu geben – und damit davonzukommen! Dieses neue Leben in der Burg war herrlich.

Bei Tisch am unteren Ende der Halle oder in der Halle, wo sie und Wilburga schliefen, erzählte sie zuweilen die ganze

Geschichte – und immer öfter zu ihrem Erstaunen, je mehr es sich herumsprach. Immer wieder kamen Leute und wollten alles genau hören. »Sag uns, wie du zu dem Gold der Athelinge gekommen bist.« Ein langweiliger Abend verging wie im Fluge mit einer spannenden Geschichte.

Anfangs erzählte sie alles so, wie sie sich erinnerte, und durchlebte erneut die Angst, zitterte und weinte – aber je öfter man sie aufforderte, die Geschichte zu erzählen, und je öfter sie diese erzählte, desto weniger wirklich erschien sie ihr. Sie begriff schnell, welche Teile die Menschen am meisten in Bann schlugen, und baute diese aus, während sie langweiligere Passagen zusammenkürzte. »Und Elfling wird wiederkehren«, erklärte sie. »Die Walküre hat ihm Rache versprochen. Er wird in der Anderswelt lernen, ein großer Krieger zu sein, und wird in goldener Rüstung wiederkommen, wie ein Atheling, und dann nimmt er Rache an jenen, die Hild und Owen getötet haben. Und wenn er das vollbracht hat, wird er mich heiraten!« Den letzten Satz stieß sie trotzig hervor, weil sie eigentlich damit rechnete, dass ihr Publikum lachte. Sie war froh – hatte insgeheim aber auch ein bisschen Angst, als niemand lachte, sondern alle es als durchaus möglich ansahen, dass der Held, zu dem sie Elfling gemacht hatte, sie heiraten wollte. Vielleicht heiratet Elfling mich ja tatsächlich, dachte sie.

Danach begannen ihre Zuhörer sich zu unterhalten und teilten ihr Dinge mit, welche sie nicht gewusst hatte. »Der alte König wollte Elfling als neuen König, nicht wahr? Hat er ihn nicht als seinen Nachfolger benannt, als er im Sterben lag?«

»Und Hunting ist losgeritten, um ihm sicheres Geleit anzubieten!« Schallendes Gelächter.

»Also, wenn Elfling Eadmundssohn Hunting samt einer Schar Gewappneter töten konnte ... dann würde er gewiss nicht den schlechtesten König abgeben, oder?«

Alles, was Ebba hörte, fand Eingang in ihre Geschichte: »Elfling wird zurückkehren, um sich zu rächen! Er wird die Athelinge töten und zum König gekrönt werden, und ich werde seine Königin sein!«

Sie war anfangs über ihre eigenen Worte entsetzt, aber das Publikum war glücklich. Schließlich war es aufregend, derartige Dinge zu hören, zumal keiner von ihnen sich in Gefahr befand. Sie kamen und fragten Ebba: »Was ist das für eine Prophezeiung über den Tod der Athelinge?« Und wenn sie erklärte, das könne sie ihnen nicht sagen, boten sie ihr Bezahlung an. Nichts Großartiges: eine kleine Münze, ein billiges Schmuckstück, einen richtigen Gürtel für ihr Kleid, mit einem kleinen Messer, das daran hing. Für Ebba war das alles sehr schmeichelhaft und verführerisch, da sie nie zuvor so geschätzt worden war. Und wie konnte sie sich diese Dinge verdienen, ohne ihre Geschichte wieder zu erzählen? Also erzählte sie diese erneut. Allmählich wurden die Drohungen gegen die Athelinge blutrünstiger und die Krönung Elflings und die Hochzeit mit ihr immer prächtiger.

Wenn sie im Nachhinein Angst bekam, beschwichtigte sie sich damit, dass sie so tief unter den Athelingen stand, dass diese es nicht der Mühe wert ansahen, sie umzubringen. Sie war sicher.

Nur in ihren Träumen, wo sie sich mit Owen und Hild im Flammenmeer brennen sah, hatte sie Angst.

SIEBTES KAPITEL

EIN GEIST STEHT WIEDER AUF

Ings Priesterin schloss die Augen, beugte sich über das Kohlenbecken und atmete tief den Rauch ein, der daraus aufstieg. Dann hielt sie den Atem an und lehnte sich, immer noch mit geschlossenen Augen, in ihren Sessel zurück. Ihr Gesicht war schweißnass, und die Schminke, mit der sie die Augen umrandet hatte, rann ihr über die Wangen. Ihr langes, ungebändigtes Haar klebte an ihrem Gesicht und fiel über Schultern und Arme. Neben ihr auf dem Boden lag ihr Umhang aus Katzenfellen, und ihr langer Stab lehnte an der Mauer hinter ihr. Auf dem Schoß hielt sie eine Bronzeschale, gefüllt mit blutigen Herzen, von denen sie mit den Fingern aß. Blutflecken verunzierten ihr Gewand. Auch etliche Haarsträhnen hingen mit den Enden in die Schale. Umständlich leckte sie sich die Finger und beschmierte sich dabei das Gesicht mit Blut.

Ihre Dienerinnen, vier Frauen, saßen um sie herum auf dem Boden. Eine schlug eine kleine Trommel, die tiefe Töne von sich gab. Ihr Klang hallte von den Wänden, so stetig und quälend wie der Herzschlag in den Ohren. Alle vier Frauen sangen. Ihre Stimmen hoben und senkten sich, verflochten sich miteinander, ein schleichender Klang, welcher den Verstand der Zuhörer mitriss und benebelte.

Von dem Becken mit heißer, brennender Holzkohle stieg ein dichter Rauch auf, der den Raum wenige Fuß oberhalb des Bodens bis zu den Dachsparren und dem Stroh darauf füllte. Der Rauch roch streng, wie grünes oder nasses Holz. Das kam von den Kräutern, die Ings Dienerinnen auf die Kohlen gelegt hatten. Der Rauch kratzte in der Kehle und benebelte ebenfalls.

Auf drei Seiten in dem großen Raum, der zu Athelrics Privatgemächern gehörte, hatten sich die Zuhörer versammelt. Einige, wie Athelric und seine Neffen Unwin und Wulfweard, saßen auf den Kanten der Schlafbänke, während andere hinter ihnen standen. Alle waren Mitglieder der Zwölfhundert, Adlige, und Halsreifen, Armringe und goldene Broschen glänzten im Feuerschein. Einige sangen leise mit, sodass der Klang von überall her zu kommen schien.

Die Priesterin schöpfte lang und seufzend Atem und streckte die Arme in die Luft. Die Ärmel fielen zurück, und das Licht der Lampen flackerte auf ihren glänzenden Armreifen, welche auch ein wenig an den Armen herabglitten. Sie machte eine Bewegung, als wolle sie nach etwas über ihrem Kopf greifen. Dann stieß sie einen Schrei aus. Wulfweard fuhr erschrocken zusammen.

Die Priesterin erhob sich, die Schale fiel von ihrem Schoß, die blutigen Herzen landeten auf dem Boden. Unwin drehte mit einem angewiderten »Pfui!« den Kopf beiseite. Athelric und Wulfweard schauten weiter zu. Die Priesterin hob einen Fuß, dann den anderen, die Arme immer noch über dem Kopf, als klettere sie eine Leiter empor. Ihre Dienerinnen standen auf und senkten behutsam ihre Arme. Dann halfen sie ihr, sich auf den Boden zu legen. Im Liegen schwenkte sie die Arme und stieß plötzlich einen Eulenschrei aus.

Unwin lachte. Wulfweard und Athelric sowie viele andere

Zuschauer drehten sich um und blickten ihn unwirsch an. Unwin lachte nochmals über ihr Befremden.

»Jetzt ist sie in der Anderswelt«, erklärte Athelric leise. »Im Geiste. Sie fliegt in Gestalt einer Eule.«

»Ganz bestimmt«, meinte Unwin.

Die Priesterin rollte auf dem Boden zwischen Stroh und Kräutern umher und stieß wieder Eulenschreie aus. Unwin seufzte. Er war trotz Vater Fillans Angst vor Teufeln gekommen, auch trotz seiner eigenen tief empfundenen Abneigung gegen das ganze Unterfangen, weil die Priesterin in der Anderswelt nach dem Mörder seines Bruders suchen sollte. »Christus wird mir vergeben«, hatte er zu dem Priester gesagt. »Ich muss einfach dabei sein.« Er hatte erwartet, etwas Mysteriöses und Beeindruckendes zu sehen. Statt dessen hatte er – ihm kam es wie Stunden vor – zugeschaut, wie die Priesterin ihre blutige Mahlzeit verspeiste, zubereitet aus den Herzen vieler unterschiedlicher Tiere, und dem Gesang und Getrommel zugehört. Und jetzt, da die Priesterin endlich in Trance verfallen war, fand er das nicht überzeugender als die Schauspielerei von Kindern. Aber offenbar waren alle anderen in der Halle, ältere und keinesfalls dumme Männer, von diesem langweiligen Schauspiel geradezu gebannt.

Wulfweard saß neben Unwin und hatte sich immer mehr an ihn angelehnt, als der Rauch und das Trommeln stärker wurden. Jetzt sprang er auf, deutete mit der Hand und stieß einen lauten, unzusammenhängenden Schrei aus.

Auch Unwin war so überrascht, dass er ebenfalls aufsprang. Er schaute in die Richtung, in die Wulfweard zeigte, sah jedoch keinen Anlass für einen Schrei – nur die Zuschauer auf der Gegenseite. Alle starrten wie gebannt. »Was ist denn?«, fragte Unwin und packte seinen Bruder an den Schultern. »Wa – ?« Kaum hatte er Wulfweard berührt, sah er es auch. In dem Gemisch von grünlichem, blaugrauem Rauch, welches die Luft im Raum erfüllte, stand Hunting. Er war nackt, sein langes Haar hing lose und mit Blut verschmiert über die weiße Brust. Unwin hatte schon viele Männer getötet und viele Leichen gesehen und erkannte daher die extreme Totenblässe, die blauen Schatten auf dem Fleisch und den Todesschweiß auf der Haut. In der Wärme des vollen, verrauchten Raums wurde es Unwin plötzlich eiskalt. Er erschauerte bis ins Mark.

Hunting hob die Hand – eine weiße Hand mit blauen Nägeln – und streckte sie Wulfweard entgegen. Die mit einem dünnen Film verhüllten Augen waren fest auf Wulfweard gerichtet. Unwin spürte, wie seine Hände herabsanken, als Wulfweard sich von ihm wegbewegte. Er sah, wie der Junge wie unter einem Zwang über den Boden der Halle schritt, um der Aufforderung des Geistes Folge zu leisten.

Blitzschnell trat Unwin vor, packte Wulfweard und hielt ihn fest. Der Junge versuchte ihn abzuschütteln, aber Unwin rang mit ihm und stellte sich zwischen den Bruder und den Geist. Doch Wulfweard wehrte sich heftig, um zu dem Geist zu gelangen, und er war ein sehr kräftiger Junge. »Nein!«, rief Unwin, warf Wulfweard mit einem Hüftschwung zu Boden und hielt ihn dort umklammert.

Verblüfft stand Athelric da und verfolgte den Ringkampf seiner Neffen. Dabei schaute er wiederholt in die Richtung, in die Wulfweard gezeigt hatte, sah aber nichts. Erschrockene Schreie stiegen zu den Dachsparren auf. Männer deuteten und erklärten fassungslos, dass sie im Rauch eine Gestalt sehen könnten. Andere gafften nur.

Unwin hob den Kopf und sah den Geist, der über ihm stand. Er schrie ihn an: »Hier bin ich! Sprich zu mir!«

Doch falls Huntings tote Augen irgendetwas sehen konnten, dann nur Wulfweard. An ihm hing der Blick des Geistes wie gebannt und war so eisig, dass Wulfweard den Kampf aufgab. Unwin vermochte die weiße, blutige Brust des Geistes zu sehen, auch das blaurote Loch, das über seinem Herzen aufgerissen war. Die Lippen bewegten sich, aber Unwin hörte keine Worte, falls der Geist tatsächlich sprach. Vielleicht hörte Wulfweard etwas, denn plötzlich drehte er sich zum Geist und streckte diesem seine warme Hand voller Leben entgegen. Ehe sich die tote und die lebende Hand berührten, packte Unwin Wulfweards Handgelenk und riss den Arm des Jungen zurück, fort vom Griff des Geistes.

Wulfweard brüllte vor Wut und kämpfte erbittert gegen Unwin an – so hart, dass dieser trotz seines größeren Gewichts und seiner Kraft seine gesamte Aufmerksamkeit darauf richten musste, den Bruder festzuhalten. Daher sah er auch nicht, wie der Geist im Rauch verblasste und sich im Gewölk auflöste. Alle, die den Geist gesehen hatten, schwiegen betroffen und schauten zu, wie er verschwand. Diejenigen, die ihn nicht gesehen hatten, waren vom Schweigen ihrer Kameraden so beeindruckt, dass auch sie schwiegen. Stille breitete sich in der Halle aus.

Die Priesterin schwieg ebenfalls. Sie lag schlaff auf dem Boden der Halle, inmitten ihrer Dienerinnen. Wulfweard hörte auf, sich zu wehren. Unwin konnte den Griff lockern und den Kopf heben.

Er schaute in ernste Gesichter mit großen Augen. Doch von der furchteinflößenden Erscheinung im Rauch war keine Spur mehr vorhanden. Er sagte zu Wulfweard: »Steh auf!«, und zog am Arm des Jungen. Keinerlei Reaktion. Er packte den Bruder an den Schultern und hob ihn auf. Wulfweard lag schlaff wie ein Mehlsack auf seinen Armen. Der Junge hatte das Bewusstsein verloren. Unwin runzelte die Stirn und legte den Kopf Wulfweards behutsam gegen seine Schulter. Er wischte ihm das Haar aus der Stirn und erschrak, als er die Ähnlichkeit des blassen Gesichts, des schlaffen Mundes und der Schweißperlen des Jungen mit dem toten Gesicht im Rauch erkannte. War dies ein weiterer Bruder, um dessen Loyalität er nicht länger zu fürchten brauchte?

Ein Schatten fiel auf sie, und Unwin schaute auf. Sein Vatersbruder stand neben ihm. Athelric drehte mit seinem dicken Zeigefinger Wulfweards Gesicht ins Licht und winkte jemandem. Eine von Ings Frauen kam herbei. Sie kniete neben Unwin nieder, blickte prüfend in Wulfweards Gesicht und fühlte seine Kehle, wo der Puls schlug.

Sie schaute zu Athelric auf und sagte: »Er ist dem Geist gefolgt, edler Herr.«

Athelric nickte verstehend, aber Unwin rief: *»Was?«*

Die Frau sprach völlig gelassen, als würde die Anwesenheit von Königen, Athelingen und Geistern sie überhaupt nicht beeindrucken. »Der Geist hat ihn gerufen, edler Herr. Sein Geist ist aus ihm ausgetreten – und folgt dem anderen Geist.«

Unwin blickte auf den Kopf hinab, der jetzt auf seinem Arm lag und spürte Entsetzen. Hielt er einen lebenden, aber leeren Körper? Das Herz schlug, die Brust hob und senkte sich, aber das wahre Leben hatte ihn verlassen. Er blickte hinauf und sagte: »Bring ihn zurück!«

»Das werden wir, edler Herr. Keine Angst.« Die Frau verschlang kniend die Hände im Schoß, schaute Wulfweard wieder an und erklärte: »Dieser Atheling ist ein Hexer, edler Herr.«

Athelric nickte, offensichtlich erfreut.

»Wir sind Christen!«, erklärte Unwin laut.

Die Frau schaute zu Athelric auf, ein Lächeln umspielte ihre Lippen. Sie sagte: »Unsere edle Mutter Frideswide hat dem Geist den Pfad geöffnet – aber er führte zu dem Atheling. Und dieser sah es und folgte ihm.«

Unwin war zu wütend, um zu antworten, er stand auf und zog Wulfweard mit sich hoch. Er legte den Arm unter die Beine des Jungen und hob ihn auf. Er wusste, dass er ihn nicht weit würde tragen müssen, weil andere ihm zu Hilfe kommen würden. Einem Mitglied der Königssippe gebrach es nie an Hilfe. Ehe Unwin die Tür der Halle erreicht hatte, war er schon von Helfern umringt. Wulfweard wurde auf einer Bahre aus Armen zu seiner eigenen Unterkunft getragen und ins Bett gelegt. Unwin folgte; auch Athelric begleitete ihn und zwei der Frauen Ings.

»Den ganzen Tag über müssen bestimmte Lieder gesungen werden, und, wenn es nötig ist, auch die ganze Nacht hindurch, um ihn zurückzuführen«, sagte Athelric. »Es wäre klug von dir, sie singen zu lassen. Das heißt, wenn du Wulfweard zurückhaben willst.«

Unwin blickte ihn zornig an. »Ich *will* meinen Bruder zurück, Vatersbruder! Ich werde bei ihm wachen.«

Im goldenen Flackerlicht der Kerzen saßen die Frauen Ings die ganze Nacht an Wulfweards Bett und sangen seinen Namen. Sie sangen ein endloses Lied, welches die Pfade zwischen dieser und der nächsten Welt beschrieb. Unwin saß auf einer Bank, lauschte und döste dahin. Gelegentlich stand er auf, beugte sich über das Bett und hielt seine Hand über die Nase des Bruders, oder er prüfte den Puls am Hals. Mehrmals stieß Wulfweard tiefe Seufzer aus, rührte sich aber kaum. Man konnte ihn nicht wecken, selbst wenn man ihn schüttelte oder in die Höhe hob.

»Geduld, edler Herr«, sagte eine der Frauen. »Er wird zurückkehren.«

Unwin würdigte sie keines Wortes, ging nur zurück zu seinem Platz. Der Tag brach an, die Fensterläden wurden geöffnet, doch auch das Sonnenlicht, das voll in Wulfweards

Gesicht schien, vermochte ihn nicht zu wecken. Man brachte die Nachricht, dass Frideswide, die Priesterin, aufgewacht war. Später trat sie selbst mit einigen Dienerinnen ein und stützte sich auf ihren Stab.

Dann setzte sich Frideswide auf einen Schemel neben das Bett und begann zu singen. Unwin drehte ihr den Rücken zu, riss die Tür auf und schrie, man solle ihm etwas zu essen bringen. Singen, singen! Er hatte mehr als genug davon.

Aber Wulfweard folgte Frideswides Ruf und kehrte zurück. Er hatte die Augen geschlossen, aber die Lider flatterten. Farbe stieg in sein Gesicht. Die Priesterin winkte Unwin.

Unwin lehnte sich an den Bettpfosten und schaute Wulfweard an. Dieser hatte jetzt die Augen offen. Unwillkürlich überlief Unwin bei diesem Anblick ein eisiger Schauder, wie kaltes Wasser. Er fühlte, wie ihn Schwäche überkam. Vielleicht würde der Junge ihm eines Tages das Messer in den Rücken rammen, doch bis dahin war er nicht allein.

Wulfweard blickte zur Decke hinauf, dann zu der Priesterin und Unwin, als sei er nicht sicher, was er anschaute, ganz zu schweigen, wen. Langsam streckte er den Arm aus und berührte die Wand, als wolle er sich vergewissern, dass diese wirklich war. Unwin war über die Vagheit im Ausdruck des Jungen beunruhigt. Er beugte sich über ihn und sagte: »Wulf?«

Die Augen des Jungen schweiften zu ihm. Sie starrten ihn einfach an, als sei sogar ein Gesicht rätselhaft für ihn.

Unwin war zornig, weil er mit der Priesterin sprechen musste, deshalb fuhr er sie unwirsch an: »Was stimmt nicht?«

»Zeit, es braucht seine Zeit«, erwiderte die Priesterin. »Er ist weit gewandert. Überlass ihn mir. Lass ihn essen –«

»Ich habe die Königin gesehen«, sagte Wulfweard plötzlich.

Unwin erinnerte sich an die Geschichten, welche die alten

heidnischen Sänger erzählten, von anderen Welten und anderen Höfen. Er fragte: »Was meint er?«

Die Priesterin stand jetzt fest auf ihren Füßen. Sie hatte so großes Vertrauen in ihre Macht und Autorität, dass sie Unwin mit der Hand vom Bett wegscheuchte und ihm bedeutete, er solle den Raum verlassen.

»Nein«, widersprach er. »Was meint er?«

»Überlass ihn mir, edler Herr. Ich weiß, wie es um ihn steht.«

»Ich werde nicht fortgehen –«

»Aber es ist das Beste. Wenn er gegessen und getrunken hat, werde ich ihn zu dir schicken. Ein bisschen später ...«

Und dann stand Unwin vor dem Gemach, von kleinen, wedelnden Gesten vertrieben. Die Tür schloss sich.

Kurz dachte er daran, in den Raum zurückzugehen, aber er wollte keinen Narren aus sich machen. Die Heiden wussten wahrscheinlich am besten, wie man mit dem Ergebnis ihrer eigenen Magie umzugehen hatte.

Er ging durch die Residenz zur Kapelle seiner Mutter, zog den Kopf ein und betrat den kühlen, düsteren Innenraum. Abgesehen von der kleinen Lampe auf dem Altar war es dunkel. Sie flimmerte auf dem Altartisch und ließ die Juwelen, die auf die Gewänder seiner Mutter aufgenäht waren, wie kleine Feuer schimmern. Sie saß neben dem Altar. Er kniete nieder und betete, dass ihre Mutter sich im Himmel für Wulfweards Sicherheit verwenden möge. Dann fügte er noch ein Gebet hinzu, dass der Himmel Athelric vernichten und ihm, Unwin, den Thron geben sollte. »Ich werde ein christlicher König sein und Gottes Willen auf Erden erfüllen. Ich werde die Menschen zu Christus führen und die himmlischen Hürden mit Schafen füllen ...« Seine Gedanken wanderten von den Gebeten zu Plänen. Das Einreißen von heidnischen Tempeln und das Verbrennen ihrer Götzenbilder. Statt dessen würde er Kirchen an diesen Orten errichten. Die Menschen würden zu ihm strömen. Christi Schafe.

In seinem Namen würde man eine Kirche bauen. Er würde ein Heiliger werden und im Himmel einen sicheren Platz bekommen.

Die Zeit schlüpfte vorbei, es wurde dunkler und kälter. Die Altarlampe brannte in der Dunkelheit heller, gab jedoch weniger Licht. Die Heilige schien sich in die Dunkelheit zurückgezogen zu haben. Nur ein gelegentlicher schwacher Goldschimmer zeigte an, wo sie saß. Mehrmals dachte Unwin daran aufzustehen und die verkrampften Knie und Beine zu strecken. Aber das wäre Schwachheit! Wer wahrlich Gott dienen wollte, musste länger beten, und so blieb er.

Er hörte, wie sich die schwere Kirchentür hinter ihm knarrend öffnete. Doch ehe er sich umdrehen konnte, erkannte er Wulfweards Schritt auf den Steinplatten im Boden. Demnach ging es dem Jungen gut.

Die Kapelle war so klein und schmal, dass die beiden sie beinahe ausfüllten. Unwin blieb knien und beendete sein Gebet. Als er schließlich aufstand und sich umdrehte, wartete Wulfweard nahe der Tür auf ihn. Unwin ergriff seine Hand und zog ihn nach vorn in den Lichtkreis der kleinen Altarlampe. Er spürte, wie der Junge zitterte, aber sein Gesicht war nicht länger so fahl und leer wie das eines Toten.

Ehe Unwin sprechen konnte, sagte Wulfweard: »Du musst mir einen Gefallen tun.«

Unwin wartete, aber Wulfweard sagte nicht, um welchen Gefallen es sich handelte.

»Sag mir, was es ist.«

»Du musst mir zuvor versprechen, dass du ihn erfüllst.«

»Kleiner Bruder, wenn du denkst –«

Unwin hielt eine Hand Wulfweards. Jetzt legte Wulfweard die andere über Unwins und hielt die Hand des älteren Bruders zwischen seinen. »Bitte, Unwin! Bitte, erfüll es mir!«

Unwin stand kurz schweigend da. Dann fragte er: »Worum geht es?« Sein Ton verriet, dass er bereit war, jeden Wunsch zu erfüllen, ganz gleich, worum es sich handelte.

»Lass mich derjenige sein, der dem Elfen den Kopf abschlägt.«

Unwin löste seine Hand und packte den Jungen bei den Schultern. »Streiten wir wieder darum?«

»Aber wir können es tun – wir können es! Die Priesterin – sie –« Unwin spürte das Beben, das durch den Leib des Jungen lief. »Hör zu, Unwin, die Priesterin sagt – es gibt andere Welten!« Wulfweard blickte Unwin mit großen Augen an, in denen sich das Licht fing, als könne er Unwin zwingen, ihm zu glauben, wenn er ihn nur durchdringend genug anschaute.

Unwin nickte. »Es gibt den Himmel, und es gibt die Hölle.«

Wulfweard schaute hinter den Bruder in die Schatten um den Altar. »Der Elf ist in die Anderswelt gegangen.«

Unwin lachte und zog Wulfweard an sich. Er umarmte ihn überschwenglich, klopfte ihm auf den Rücken und rieb ihn, um ihn zu wärmen und das Zittern zu vertreiben. »Dann ist der Bastard außer Reichweite! Lass uns ein Weilchen warten, ehe wir uns streiten, wer ihm den Kopf abschlagen soll.«

Wulfweard stieß Unwin von sich. »Nein!«, erklärte er und streckte seine Arme gegen die Brust des Bruders. »Nein!«

»Nein?«, wiederholte Unwin verwundert.

Ein dunkler Schemen bewegte sich bei der Tür im düsteren Licht. Abrupt drehte Unwin sich um. Wulfweard wandte sich langsam um, da er wusste, wer dort war.

Athelric kam näher und sah sich neugierig in der Kapelle um, welche er nie zuvor betreten hatte. »Es ist nicht nötig zu warten«, sagte er zu Unwin. »Wir wissen, wo der Bastard ist. Aber wir brauchen jemanden, der dem Pfad in die Anderswelt folgen und ein Schwert schwingen kann.« Athelric schaute Wulfweard an.

»Wir?«, fragte Unwin ungläubig. »Du willst den Kopf dessen, den der König zum Thronfolger ernannt hat?«

»Und der meinen Neffen getötet hat«, fuhr Athelric fort. »Ich würde ihn selbst einen Kopf kürzer machen, aber ich habe nicht die Gabe, in andere Welten zu reisen – wie Wulfweard.«

Unwin war unbehaglich, als er sah, dass Wulfweard wieder Schulter an Schulter mit Athelric stand. Es war so dunkel in der Kapelle, dass er seinen Bruder kaum richtig erkennen konnte: Nur helle Flecken in der Dunkelheit, wo Gesicht und Haar das Licht einfingen. Athelric bewegte sich in der Dunkelheit und legte Wulfweard die Hand auf die Schulter.

»Ich erfülle dir deinen Wunsch«, erklärte Unwin. »Schlag dem Bastard den Kopf ab – wenn du kannst.«

»Das Kreuz wird auf meinem Schild sein«, sagte Wulfweard. Es war, als wolle er zu seinem Bruder gehen, doch sein Vatersbruder hielt ihn zurück.

Unwin deutete auf den Altar. »Wir sollten für den Erfolg beten.«

Wulfweard rührte sich wieder, und diesmal ließ sein Vatersbruder ihn gehen. Die Brüder knieten Seite an Seite vor dem Altar. Athelric beobachtete sie kurz, dann verließ er die Kapelle.

Wulfweard murmelte leise Gebete in die gefalteten Hände. Unwin hielt den Kopf gebeugt und hatte die Hände ebenfalls gefaltet, doch betete er nicht, sondern betrachtete aus dem Augenwinkel, wie die Haare auf dem Kopf des Jungen im Licht der Altarlampe wie Goldfäden schimmerten. Er verspürte große Traurigkeit über den Verlust seiner Brüder.

Gut, Wulfweard konnte den Kopf des Bastards abschlagen. Gut, sollte er doch mit der Hilfe von Athelrics Weibern die Welten durchstreifen. Sollte es ihm gelingen, das Halbding zu töten – gut und schön! Sollte er verlieren und sein Körper sterben – auch gut, denn das ersparte Unwin eine unangenehme Aufgabe, welche er immer deutlicher sah und die er eines Tages in Angriff würde nehmen müssen. Ganz gleich, wie sehr du deine Brüder liebst, dachte Unwin mit Schmerzen im Herzen, du wärst ein Tor, würdest du dir erlauben, ihnen zu vertrauen.

ACHTES KAPITEL

JARNSEAXAS LEHREN

Das weiße Ross machte einen Satz und stürmte durch die Luft dahin. Die Stahlglöckchen an seinem Zaumzeug klingelten. Dann verschwand es von dieser Welt mit dem brennenden Gehöft …

… und fiel hinein in einen weißen, nassen und kalten Nebel, welcher sich um die Reiter auf dem Pferd legte und den Klang der Glöckchen am Zaumzeug erstickte. Elfling hielt sich an der Walküre fest, das Gesicht gegen ihre Schulterrüstung gepresst, und spürte die Muskeln des großen Pferdes, wie sie sich unter ihm zusammenzogen und wieder streckten. Aber er spürte nichts vom Auftreffen der Hufe auf dem Boden und hörte auch keinen Hufschlag. Es war, als liefe das Pferd auf Luft. Er spähte vom Rücken hinunter, sah jedoch nichts. Der Nebel verbarg alles. Er war von der Weiße geblendet – vernahm aber einen Ton, ein ständiges Rollen oder Rauschen, wie Meereswellen in einer Höhle oder eine Muschel am Ohr. Es roch auch wie Meer.

Langsam löste sich der Nebel zu Strähnen auf, und er sah unter sich eine glitzernde Fläche aus Licht, die rollte und wogte. Nie zuvor hatte er Ähnliches erblickt. Es war wie ein Meer mit hohen Wellen und Tälern. Und über diese Wellen galoppierte das Ross. Jetzt, da der Nebel sich lichtete, ertönten die Glöckchen lauter.

Und dann kam aus dem Nebel ein weißes Reh gestürmt – nur für einen Augenblick sichtbar. Es war ein äußerst anmutiges Tier und weiß wie der Nebel. Es kam aus dem Nebel und lief über die Wellenspitzen wieder in den Nebel hinein. Dahinter rannte, stumm, ein Rudel weißer Hunde mit roten Ohren.

Elfling machte den Mund auf; aber er hatte gerade Luft geholt, als die Walküre dies hörte und rief:

»Schweig, kein Wort!«

Stumm beobachtete er, wie ein Reiter aus dem Nebel auftauchte: Der Reiter trug einen roten Umhang, saß auf einem weißen Ross und trug einen Zweig mit silbernen Blättern und goldenen Früchten. Schweigend folgte der Reiter den Hunden und dem Reh und verschwand im weißen Nebel.

Dann verflüchtigte sich der Nebel und löste sich vollkommen auf. Das Pferd trabte auf dem Sand eines hellen Strandes. Hagedornsträucher beugten sich im Wind, und eine starke Brise trug den Geruch von Land zu ihnen. Jetzt, da das Pferd auf festem Boden trabte, spürte Elfling jede ruckartige Bewegung.

Die Walküre drehte sich im Sattel halb um und sagte zu ihm über die Schulter: »Sprich kein Wort und stell keine Fragen, bis ich dir die Erlaubnis erteile! Behalte die Zunge zwischen den Zähnen.« Sie wartete auf kein Zeichen der Zustimmung, sondern trieb das Pferd weiter auf dem Pfad zwischen dem Hagedorn und durch einen Schauer weißer Blüten, bis sie eine weite, helle Ebene erreichten. Dort drückte sie dem Pferd die Fersen in die Weichen, dass dieses mit einem Satz vorwärtssprang. Die Glöckchen klingelten laut, und die Ebene wischte vorbei. Das Geklingel der Glöckchen wurde zu einem steten Lärm.

Es kam Elfling wie eine Ewigkeit vor, während allen ein stetiger Wind ins Gesicht wehte. Dann wurde das Pferd langsamer, und seine Hufe trafen erneut auf festen Boden. Immer noch klingelten die Glöckchen am Zaumzeug bei jedem Schritt und Tritt. Elfling sah Äste vor dem blauen Himmel. Es waren Apfelbäume, die in voller weißer Blütenpracht standen, aber auch rote und grüne Äpfel trugen. Aus den Blüten tropfte dicker Nektar. Bienen flogen langsam durch die Luft, von Blüte zu Blüte.

Elfling sog den Duft der Äpfel ein und bewunderte die weiße Blütenpracht und die rot-grün gestreiften runden Äpfel. Plötzlich griff die Walküre über ihren Kopf und pflückte einen Apfel von einem Baum. Sie hielt den Arm über die Schulter, wandte den Blick zurück und bot Elfling den Apfel an. »Sag kein Wort!«, erklärte sie, als er den Mund öffnete. »Beiß nur hinein!«

Elfling nahm den Apfel in die Hand. Er fühlte sich hart, kühl und klebrig vom Nektar an. Wieder machte er den Mund auf und wollte schon hineinbeißen, als ihm die Geschichten durch den Kopf schwirrten, die Hild und Owen ihm erzählt hatten: Geschichten über jene, welche über die Grenze in die Anderswelt gewandert waren und von den Speisen aßen, die ihnen dort angeboten wurden. Darin war ein schleichendes Gift enthalten, welches in ihre Körper eindrang und sie verwandelte. Sollte es ihnen gelingen, in ihre eigene Welt zurückzukehren, fühlten sie sich dort nie wieder wohl, sondern sehnten sich immer nach der Anderswelt zurück.

»Wovor hast du Angst?«, fragte die Walküre. »Du bist ins Land deiner Mutter gekommen. Iss!«

Er lachte. Weshalb hatte er Angst, im Land seiner Mutter ein Ganzes zu werden, da er in der Welt seines Vaters sich nie ganz wohlgefühlt hatte, weil er dort nur halb hingehörte? Er schlug die Zähne in den harten Apfel und biss ein Stück heraus. Der Saft war kalt und süß und drang in seinem Mund in die Haut. Als er über die Schulter der Walküre blickte, sah er etwas, das zuvor nicht da gewesen war: eine hohe Insel mit Terrassen von dicht belaubten Bäumen, welche vom Hauptland durch einen breiten Streifen grauen Meeres getrennt war. »Reiten wir dorthin?«, fragte er.

Die Walküre lachte und sagte: »Hab ich dir die Erlaubnis erteilt zu sprechen? Aber jetzt, nachdem du in den Apfel gebissen hast, kannst du reden, solange du willst – und ich kann dir auch meinen Namen sagen. Ich bin Jarnseaxa.« Dieser Walkürenname bedeutete »Eisernes Schwert«, ein eisernes Sax. »Ja, wir werden dorthin gehen, auf meine Insel.«

Als das weiße Ross vorwärtssprengte, sah Elfling nirgends einen Damm oder eine Brücke oder einen Landeplatz für ein Boot. Jarnseaxa grub dem Pferd wieder ihre Fersen in die Weichen, worauf es einen gewaltigen Satz machte. Die Glöckchen klingelten, und es sprengte so sicher durch die leere Luft wie jedes irdische Pferd auf festem Boden. Es galoppierte in der Luft über das graue Meer und tauchte durch die Äste und Blätter des grünen Baldachins der Insel, bis seine Hufe festen Boden berührten.

»Jetzt sind wir zu Hause«, erklärte Jarnseaxa, als das Pferd unter den Bäumen dahintrabte.

Neugierig schaute Elfling sich im strahlenden Grün des Waldes um. Hier hingen gelbe Blütenkätzchen neben braunen Nüssen an Haselnussbäumen, dort sah er die weißen Blüten des Brombeerstrauches zusammen mit roten und schwarzen Beeren. Eine Birke streckte ihre zarten grüngoldenen Blätter aus. Eine Vogelbeere, leuchtend rot vor Grün. Eschen kraftvoll wie Männer, ebenso Erlen, Weiden und starke Eichen. Weißdorn prangte mit weißen Blüten, Stechpalmen mit roten Beeren, Eiben, schwarz und rot. Ulmen schön wie Frauen. Er sah Holunder mit weißen Blütentrauben und schwarzen Beeren. Irgendwo rauschte Wasser.

Auf der Kuppe der Insel, von einer mit Bäumen bestandenen Klippe geschützt, stand eine kleine Halle. Jarnseaxa zog die Zügel an und blickte zufrieden umher. »Hier werde ich dich lehren, wie man kämpft. Steig ab!«

Elfling glitt vom Pferderücken und landete mit weichen Knien auf dem Boden, der dick mit Moos und Gras bedeckt war. Jarnseaxa führte das Pferd um ihn herum.

»Du sagst nichts?«, meinte sie. »Willst du nicht lernen, wie man kämpft? Willst du dich nicht rächen?«

Elfling blickte sich um. Licht flutete grün und golden durch die Blätter, die Waldblumen und die mächtigen Bäume. Er schaute zu der Walküre auf, vermochte aber gegen das hellere Licht hinter ihr nur ihre dunklen Umrisse auszumachen. Das Licht blendete ihn. »Nein«, erklärte er. Er runzelte die Stirn und gab sich Mühe, sich an seinen Hof zu erinnern und wer getötet worden war. Alles war so weit entfernt. Es war, als hätte die Entfernung die Erinnerung ausgelöscht. »Hier, edle Dame, will ich gar nichts.« Doch dann legte er die Hand über die Augen und schützte sich gegen die durchdringenden Lichtstrahlen. Da erinnerte er sich an den Brandgeruch, die rauchenden Lehmwände und den Gestank von verbranntem Fleisch. Er erinnerte sich an Hilds lebendiges Gesicht und an den schwarzen Schädel, zu dem dieses geworden war. Er nahm die schützenden Hände von den Augen, hob den Kopf und sagte entschlossen: »Ja, edle Dame, ich will kämpfen. Ich will meinen Blutpreis.«

Die Walküre streckte die Hand vom Pferd aus, legte die Finger um seine Wange und hob sein Gesicht zu ihr hinauf. Sie schaute ihn an und sagte: »Oh, was für ein Kämpfer wirst du sein!« Er konnte ihr Gesicht im Gegenlicht immer noch nicht deutlich sehen.

Dann schwang sie sich aus dem Sattel, duckte sich unter dem Pferdehals hindurch und stand direkt vor ihm. Seine Augen wurden groß, als er sah, wie schön sie hier an diesem Ort war, viel schöner, als sie auf der Mittelerde ausgesehen hatte. Das Rot in ihrem Haar leuchtete so tief und hell wie Herbstlaub, obgleich es graue Strähnen aufwies. Ihre Augen waren weder grau noch blau, sondern beides, dazu ein Hauch vom tiefen Lila der Abenddämmerung. Sie war nicht jung, bei weitem nicht jung, aber wunderschön.

»Nimm dem Pferd das Zaumzeug ab und reibe es gut trocken. Dann lass es frei laufen«, befahl sie.

Nachdem er alles erledigt hatte und das weiße Pferd in den Wald gelaufen war, ging er zur Halle. Sie saß davor auf einer Bank und aß einen Apfel. Sie hob ein Bündel auf und warf es ihm zu. Es war ein lederner Umhang mit Kapuze, der um einen Beutel mit Brot und kaltem Fleisch gewickelt war. »Du schläfst hier draußen. Die Halle gehört mir.«

Elfling lächelte. »Und wann darf ich in der Halle schlafen, edle Frau?«

»Wenn du mit Schild und Stab so kämpfen kannst, dass du deinen Platz behauptest«, antwortete sie. »Morgen werden wir sehen, ob du das kannst.«

Elfling machte sich ein Feuer auf einem ebenen Platz vor der Halle, setzte sich daneben und verzehrte sein Brot und Fleisch. Danach wickelte er sich in den Lederumhang und schlief. Am nächsten Tag wachte er auf, noch ehe es hell war. Jarnseaxa war ebenfalls schon wach. Sie kam aus ihrer Halle und warf ihm einen leichten Schild aus Holz und einen langen, dicken Holzstock hin.

»Iss erst«, forderte sie ihn auf. »Dann sehen wir, wozu du fähig bist.«

Als sie sich später gegenüberstanden, sah er, dass sie keinen

Schild hatte, nur einen Stab. Sie trug keine Brünne, auch keinen Helm, nur eine Tunika, Beinkleider und weiche Stiefel. Sie war zwar so groß wie er und für eine Frau breitschultrig und kräftig, aber sie war schlank wie ein Junge – und außerdem eine Frau. Als er ihr wunderschönes Gesicht sah und das lange rote Haar, das über eine Schulter fiel, ließ er die Arme sinken, und Schild und Stab entglitten ihm.

»Edle Frau, ich will euch nicht wehtun«, sagte er.

»Du wirst mich nicht verletzen«, entgegnete sie. »Und jetzt, pass auf!«

Er nahm den Schild und beabsichtigte, den Schlag seitlich abzuwehren, doch sie schlug mit solcher Kraft zu, dass er nach hinten taumelte und zu Boden ging. Während er dalag, schlug sie ihn mit dem Stab so kräftig, dass die Schläge im Wald zu hören waren und die Vögel aufschreckten, sodass diese aufgeregt flatternd und laut kreischend davonflogen.

»So«, sagte sie, stützte sich auf ihren Stab und schaute amüsiert zu, wie er sich unter seinem Schild versteckte und die Beulen befühlte. »Unterschätze niemals einen Gegner. Und jetzt los, aufstehen!«

Er erhob sich, und sie griff wieder an. Diesmal gab er sich Mühe, sich zu schützen, aber wenn er den Schild hochhielt, um einen Hieb von oben zu parieren, schlug sie ihm stattdessen unten die Beine weg. Oder sie wechselte den Schlag und traf seine Rippen auf der ungeschützten Seite.

»Langsam!«, rief sie. »Langsam!«

Sie machte ihn so wütend, dass er seinen Schild wegschleuderte und versuchte, sie mit seinem Stab zu bekämpfen, um ihr die Schmerzen zurückzuzahlen, welche sie ihm zugefügt hatte. Doch sie tänzelte aus seiner Reichweite, lachte und betäubte seinen Arm und sein Bein mit Schlägen. Als er zu Boden fiel, versetzten sie ihm noch einen kräftigen Hieb über die Schultern. Dann reichte sie ihm die Hand, um ihm auf die Beine zu helfen. »Tut mir leid«, sagte sie. »Aber du musst kämpfen. Deine Schicksalsfäden haben es so für dich gewebt. Und in den für dich bestimmten Kämpfen hast du keine Stäbe, sondern scharfe Klingen. Du musst noch viel lernen, aber du wirst es schaffen.«

Sie ging in die Halle und holte einen Behälter mit einer Salbe, mit der sie ihm den Rücken und die Seiten einrieb. Dabei erklärte sie ihm, dass dieses Mittel die Blutergüsse lindern würde – was es auch tat. Die Blutergüsse, die am nächsten Tag blau gewesen wären und bei jeder Bewegung geschmerzt hätten, waren nur hellgelb.

Jeden Tag musste Elfling über die Waldpfade rennen und mit Schild und Stab üben. Jarnseaxa ließ ihn immer wieder üben, ihre Schläge mit dem Stab und mit dem Schild abzuwehren. Selbst nachts weckte sie ihn und ließ ihn im Mondenschein üben, wenn er schlaftrunken war. Sie setzte ihm so lange zu, bis sie keinen Schlag an seinem Schild vorbei landen konnte, ganz gleich, wie sehr sie sich bemühte.

»Jetzt darf ich in der Halle schlafen!«, rief er – und sie schlug ihm blitzschnell die Beine weg.

»Noch nicht.« Dann übte sie mit ihm, über die Hiebe, welche auf seine Beine zielten, hinwegzuspringen und alle zu parieren, wenn er auf festem Boden stand. Tage vergingen und abermals viele Tage – und endlich kam der Tag, an dem es ihr nicht mehr gelang, einen Hieb bei ihm zu landen und ihn zu Fall zu bringen. Zum ersten Mal zwang er sie in die Knie. Sie warf Schild und Stab von sich und hob die Arme, um ihre Niederlage anzuzeigen. Dann rief sie: »Heute Abend kannst du in der Halle schlafen!«

Während dieser vielen Tage der Ausbildung, waren weder Tage noch Nächte länger geworden, und die Bäume im Wald standen immer noch in Blüte und trugen gleichzeitig Früchte. Elfling vermochte nicht zu sagen, wie lang er hier auf Jarnseaxas Insel schon weilte.

Die Halle war klein und schlicht. Auf der einen Seite befand sich neben dem Eingang ein Stall, wo nachts Schweine Schutz fanden. Auf der anderen Seite des kleinen Raums waren Schlafbänke, eine Feuerstelle und am Ende ein großer Alkoven mit dem Bett.

»Du schläfst beim Feuer. Das Bett gehört mir«, erklärte Jarnseaxa.

Elfling legte seinen ledernen Umhang auf eine Bank, grinste und fragte: »Und wann darf ich im Bett schlafen?«

Sie setzte sich auf eine Bank und antwortete: »Wenn du mit geflochtenen Haaren durch den Wald rennen kannst, verfolgt von dreißig bewaffneten Männern, und nicht gefangen wirst, nicht einmal verwundet, und nicht ein einziger Zopf zerzaust ist. Wenn du über einen Stock springen kannst, der so hoch ist wie dein Kopf, und unter einem hindurchlaufen kannst, der so niedrig wie dein Knie ist, und du dabei nicht an Geschwindigkeit verlierst. Wenn du dich nur mit Schild und Stab gegen dreißig bewaffnete Männer verteidigen kannst, ohne eine Wunde davonzutragen – dann Elfling, mein wunderschöner Junge, darfst du in meinem Bett schlafen.«

Elfling saß auf seiner Bank, blickte sie an und glättete den Lederumhang.

»Ich mache es mir lieber hier bequem«, meinte er.

Sie lachte und warf ihm den Lederbeutel zu, der stets mit Brot gefüllt war.

Anfangs hatte Elfling gedacht, sie würde das Brot backen, aber jetzt, da er in der Halle lebte, hatte er herausgefunden, dass jeden Morgen ein Rabe auf dem Dach der Halle landete, krächzte und den Beutel vor die Tür fallen ließ. Elflings Aufgabe wurde es, wann immer sie Fleisch brauchten, ein Schwein abzustechen. Die Haut mit den Borsten wurde sorgfältig abgezogen und beiseitegelegt. Auch die Knochen durften nie gebrochen werden. Sobald sie sauber abgenagt waren, wurden sie in die Schweinehaut gelegt, zusammengebunden und draußen hingelegt. Am nächsten Tag, bei Sonnenaufgang, erwachte das Schwein zu neuem Leben und trottete davon, um mit dem Rest der Herde zu fressen. Elfling hatte sich darüber gewundert, aber dann hatte er nur mit den Schultern gezuckt und gedacht. »Ich bin ins Land meiner Mutter gekommen.«

Seine Ausbildung ging weiter. Er aß die Früchte der Anderswelt und die Fische, die in diesen Seen und Flüssen schwammen, und das Fleisch der Vögel, die in der Luft flogen, ebenso das Wild aus den Wäldern. Dieses Essen verändert jene, welche es essen. Darüber war er froh. Er hatte in der Welt seines Vaters eine Rechnung zu begleichen, aber sobald das erledigt war, würde er in die Welt seiner Mutter zurückkehren, um für immer dort zu leben, wo die Äpfel blühten und gleichzeitig Frucht trugen, immer in der stets gleich bleibenden Jahreszeit.

Jarnseaxa nahm ein Bündel Stöcke aus einer Ecke der Halle und warf sie in die Luft. Als sie fielen, verwandelten sie sich in eine Schar kräftiger Mann, mit Speeren und Schwertern bewaffnet. Elfling konnte vor ihnen die Flucht ergreifen oder sie bekämpfen. Es war ein verzweifelter Kampf, bis Jarnseaxa die Worte rief, welche die Männer wieder in Stöcke verwandelten. Dann behandelte Jarnseaxa seine Wunden; aber die Wunden schmerzten, und er schämte sich ihrer. Jede Wunde, selbst der kleinste Kratzer, bedeutete, dass er immer noch auf der Bank schlafen musste – und die Walküre erschien ihm jeden Tag noch schöner.

Mit der Zeit kräftigte sich sein Körper, und immer länger

vermochte er den Männern zu entrinnen – obgleich Jarnseaxa immer mehr Männer zu dem Haufen hinzufügte, der ihn verfolgte. Schließlich konnte er ihnen den ganzen Tag über entkommen, ohne einen Kratzer oder eine Beule davonzutragen. Wieder eine Zeitlang später gelang es ihm, sich gegen sie zu verteidigen, auf den Knien, nur mit dem Schild und einem Stab bewaffnet. Ihnen gelang kein Streich.

Jarnseaxa fing an, seine Haare zu flechten, welche so lang wie die Haare eines Athelings gewachsen waren. Sie flocht sie in zahllose kleine Zöpfe. Nach einer Hetzjagd strich sie ihm über den Kopf und sagte: »Hier ist ein Zopf in Unordnung – da noch einer. Du bist offenbar an einem Zweig hängen geblieben. Nein, heute Nacht schlafe ich allein.«

Elfling musste nicht nur den Männern und ihren Waffen entgehen, sondern sich auch ducken und Zweige abwehren – und trotzdem die Speere fliegen und die Schwertklingen blitzen sehen ... eine Zeitlang musste Jarnseaxa ihn wieder einsalben und seine Zöpfe in Ordnung halten, wenn die eine oder andere Waffe ihn getroffen hatte. Doch im Laufe der Zeit lernte er, so blitzschnell zu reagieren, dass Jarnseaxa nicht ein unordentliches Haar in einem Zopf fand. »Aber morgen?« fragte sie. Doch das Ende des nächsten Tag kam, und jeder Zopf war in Ordnung. Er konnte zwar jetzt über einen Ast springen, der so hoch wie sein Kopf gehalten wurde, nicht aber unter einem kniehohen weiterlaufen, ohne an Tempo zu verlieren. Aber am dritten Tag waren seine Zöpfe ordentlich, und er sprang über den hohen Ast und lief unter dem niedrigen hindurch – alles ohne die Geschwindigkeit zu mindern.

Jarnseaxa trat zu ihm, umarmte ihn herzlich, küsste ihn und legte sein langes, in Zöpfe geflochtenes Haar um ihre Schultern.

»Ab jetzt darfst du die Heldenzöpfe tragen«, erklärte sie und streichelte sein Gesicht.

In dieser Nacht lagen sie gemeinsam in dem großen Bett, und Elfling fühlte, wie er schwach wurde vor Staunen und Liebe, denn noch nie hatte ein Mann eine solche Frau besessen. Sie bedeutete alles für ihn, eine ganze Welt. Sie war wunderschön und so weich, wenn er sie berührte. Sie war so liebevoll und zärtlich wie eine Mutter oder Geliebte – und dennoch feurig, stark und mörderisch – streng wie ein Feldwebel. War sie zärtlich, war es ein Segen, aber sie war so ehrlich, ihm eine Ohrfeige zu versetzen. Es war nicht leicht, ihr Lob zu gewinnen. Einst hatte sie Huntings Männer die Angstfesseln angelegt, jetzt spürte er, wie sich Liebesfesseln um ihn legten.

Er fragte nicht, weshalb sie so erpicht darauf war, dass Menschen eines kleinen Gehöfts gerächt wurden, dass sie ihn von der Mittelerde an diesen Ort gebracht hatte, um ihn auszubilden, sich zu rächen. Es war ihm gleichgültig, solange er bei ihr sein konnte. Obgleich er so viel gelernt hatte und sein Haar so lang gewachsen war, fragte er sich nie, wie lange er schon in der Anderswelt weilte. Es war ihm unwichtig. Er wollte nirgendwo anders sein.

Er ließ sich von ihr die langen, dünnen Heldenzöpfe an jeder Seite des Kopfes flechten. Er verflocht seine Haare mit ihren und wartete darauf, was geschehen würde. Ihm war alles gleich. Was immer sie wünschte, war auch sein Wunsch. Er gehörte ihr mit Haut und Haaren.

NEUNTES KAPITEL

REISE IN DIE ANDERSWELT

Wulfweard stand im Zentrum des Raums. Sein langes Haar hatte er nach hinten gerafft und zu einem Pferdeschwanz gebunden, der bis zu den Hüften reichte. Das Kerzenlicht flackerte über die vielen grauen Eisenglieder des schweren Kettenhemds, das er trug. Es spiegelte seinen Glanz auf dem Helm mit der Maske, welchen er unter dem Arm hielt. An einem reich verzierten Wehrgehänge hing ein Schwert von der Schulter, auf der anderen Seite schimmerte der Griff eines Saxes, eines langen Messers. Über den Rücken hatte er einen leichten Schild geschlungen, welcher mit dem Kreuzzeichen geschmückt war.

Er war für Rache ausgerüstet, eine dreifache Pflicht: für das Leben eines Mitglieds der Zwölfhundert, ein Leben, welches zwölfhundert Unzen Silber nicht hätten bezahlen können; für das Leben eines Mitglieds der Königssippe, dessen Blutpreis in Ländern entrichtet wurde; und – am wichtigsten – für das Leben eines Bruders. Wulfweard war stolz, dass ihm diese Pflicht übertragen worden war, und straffte die Schultern unter dem Gewicht des eisernen Kettenhemdes. Die Reise, die vor ihm lag, führte ihn aus dieser Welt hinaus – in welche andere, vermochte niemand zu sagen, ebenso wenig, welche

Gefahren er dort allein würde bestehen müssen –, aber er wollte niemandem zeigen, dass er Angst hatte.

Frideswide kniete auf einer Seite des Raums und wiegte sich hin und her, während sie sang. Ihre Frauen waren um sie versammelt und schlugen Trommeln und begleiteten sie mit Gesang. Vom Feuer, das im Kohlenbecken brannte, stieg der Geruch des Holzes auf, mit dem auch die Wände verkleidet waren, ebenso ein einschläfernder Rauch. Die Trommeln schlugen, und die Priesterin »flog auf den Schwingen der Trommeln«. Athelric war auch da und saß in seinem Armsessel. Neben ihm saß Unwin auf einem Schemel. Frideswide hatte Unwin gebeten, dass er, als ein Ungläubiger, schweigen möge.

»Mein Bruder ist auch ein … Gläubiger«, hatte Unwin gemeint.

Daraufhin hatte Frideswind den Kopf ein wenig beiseitegedreht und gelächelt.

Der Raum war eines von Athelrics Privatgemächern über seiner Halle. Während Wulfweard dem Gemisch der Töne der Trommeln und der Gesänge lauschte, schaute er zu, wie das Kerzenlicht über die in sich verschlungenen Drachen auf den Holzpaneelen der Wände huschte. Da war Tiw, der uralte Gott, welcher den Armstumpf zeigte, wo ein Wolf ihm die Hand abgebissen hatte. Dort setzte Ings heiliges Schiff Segel, und dort wiederum ritt die Walküre unter den ineinandergreifenden Dreiecken, welche die Schlachtfesseln darstellten. Langsam sank sein Kopf vornüber, und er vermochte alles nur noch undeutlich zu sehen.

Ings Frauen kamen zu ihm, nahmen ihm den Helm ab und halfen ihm, sich auf den Boden zu legen. Eine schob ihm ein Kissen unter den Kopf; eine andere legte den Helm neben ihn. Er fand das Heft seines Schwertes und packte es. Das Trommeln und Singen und der Rauch würden seinen Geist aus dieser Welt herausheben und in eine andere bringen. Dort würde er seinen geistigen Körper in voller Rüstung finden, mit dem Schwert in der Hand. Als er das für seltsam gehalten hatte, hatte Frideswide ihn gefragt: »Hast du nie geträumt? Und war nicht im Traum Wasser nass, wenn du es berührt hast, oder Stein hart? Hast du nie im Traum ein Schwert geführt oder einen Hieb mit dem Schild abgewehrt?«

Das hatte er. Sogar sehr oft.

»Wohin, glaubst du, geht man in Träumen?«, hatte sie gefragt. »In eine andere Welt! Doch nun werde ich dich geleiten, statt dass du wie Distelsamen umherschwebst. Wenn du in dieser Anderswelt aufwachst, wirst du nicht das Gefühl haben, deinen Körper hiergelassen zu haben. Aber iss nichts und trink nichts! Wenn du auch nur eine Krume isst oder einen Tropfen trinkst, kann ich dich nie zurückholen.«

Athelric lehnte sich in seinem Sessel zurück und stützte den Kopf auf eine Hand. Er spürte, wie sich sein Herzschlag mit dem Rhythmus des Trommelschlags verlangsamte. Neben ihm schüttelte Unwin den Kopf. Er wollte den Rauch aus der Lunge blasen, weil er sich ärgerte, dass dieser heidnische Zauber auch ihn ergriff. Dunkelheit legte sich auf seine Augen. Er blinzelte aus Angst, blind zu werden. Doch es hatte nur eine von Ings Frauen einige Kerzen gelöscht, und die Schatten krochen aus den Ecken des Raumes hervor.

Die wenigen noch brennenden Kerzen warfen ihr Licht hauptsächlich auf die auf dem Boden liegende Gestalt Wulfweards und ließen Strähnen seines Haares und das Gold in der Verzierung des Wehrgehänges aufleuchten, hoben hell Schild und Helm neben ihm hervor. Er lag da, als sei er für sein Grab aufgebahrt, samt den Grabbeigaben um ihn herum. Und wie für eine heidnische Bestattung, fiel Unwin auf, nicht für eine christliche.

Der Klang der Trommel und der tiefe, kehlige Gesang der Priesterin brachen sich an den Holzwänden, dröhnten unter dem Strohdach und ließen sogar die Kerzen flackern. Athelrics Kopf sank vornüber. Jedes Mal, wenn er die Augen aufmachte, schlossen diese sich wieder. Als Wulfweards Gestalt waberte und sich im schwachen Licht auflöste, glaubte er, er würde nur dösen. Erst der scharfe Angstschrei einer der Frauen und Unwins Ausruf ließen ihn abrupt den Kopf heben und die Augen weit öffnen.

Wulfweard lag nicht mehr auf dem Boden. Nur die Mulde im Kissen verriet, dass er dort gelegen hatte. Auch Helm, Schild und Schwert waren verschwunden. Schwankend erhob Athelric sich aus dem Sessel, trat vor, sank auf ein Knie und legte die Hand auf das Kissen. Die Mulde war noch warm, und in der rauen Haut seiner Finger blieb ein langes blondes Haar hängen. Athelric schwieg. Er spürte in seinem Inneren eine tiefe Stille, voll Ehrfurcht und Verwunderung. Er schaute zur anderen Seite des Raums, wo die Priesterin Frideswide zusammengesunken lag und laut und rasselnd atmete. Aus ihrem Mund rann Speichel auf ein mit Gold besticktes Kissen. Mehrere ihrer Frauen beugten sich über sie. Andere starrten auf die Stelle, wo Wulfweard gelegen hatte.

Unwin war ebenfalls aufgestanden und stand neben seinem Vatersbruder, ein dunkler Schemen vor dem Kerzenlicht. Rauch umwirbelte ihn. Er blickte von einer Ecke zur anderen, nach oben und unten, sah jedoch nirgends seinen Bruder.

Athelric ging, immer noch leicht benommen, zurück zu seinem Sessel und ließ sich schwer hineinsinken. Er schaute von Ings Frauen zu Ings heiligem Schiff und Tiw mit seinem Armstumpf, deren geschnitzte Darstellungen die Wänden schmückten, während seine Gedanken verzweifelt – wie zuvor seine Hand – nach Hilfe suchten, alles zu begreifen. Dass ein Geist seinen Körper verlassen und in eine andere Welt reisen konnte, davon war er fest überzeugt. Aber dass ein Körper, Fleisch, Knochen und Blut, zusammen mit seinem Geist diese Welt verlassen konnte, war schlichtweg unmöglich. Wieder und wieder kehrte sein Blick zu dem Abdruck auf dem Kissen zurück.

Unwin beugte sich über ihn und sagte: »Nun bist du zwei Söhne deines Bruders los, Vatersbruder.«

In Athelrics Kopf formte sich ein klarer Gedanke, welcher besagte: Ich bin den falschen Brudersohn losgeworden.

Wulfweard hatte im Wirbel der Trommel und dem Gesang der Frauen vor sich hingedämmert, war tief in den Schlaf gesunken – und dann noch tiefer. Plötzlich war er hochgeschreckt, weil sein Herz sich vor Schmerzen zusammenzog. Es war, als sei sein Herz in dieser, seiner eigenen Welt verwurzelt und als werde er jetzt daraus fortgerissen. Er rang nach Atem und versuchte, aus dem Schlaf aufzuwachen, aber er schwebte dahin; die Welt drehte sich, und er kam, wie durch Wasser, auf die Beine. Er lag nicht mehr auf dem Boden, sondern befand sich an einem anderen Ort.

Kerzenlicht flackerte. Wie durch Wellen sah er einen kleinen Raum, der vom warmen Licht des Feuers und einer Lampe erhellt wurde. Ihm gegenüber stand ein Webstuhl, welcher sein gesamtes Gesichtsfeld und eine Seite des Raums einnahm. Er spürte jemanden – jemanden am Rande seines Gesichtsfelds –, doch er starrte wie gebannt nur auf den Webstuhl.

Kettfaden und Durchschuss waren weiß, blau, rot und gelb. Weich und glitschig. Alles roch nach Blut, und Blut tropfte herab. Die Fäden waren Gedärme und Sehnen. Die Gewichte, welche den Kettfaden straff hielten, waren abgeschnittene

Köpfe mit herabhängenden blauen Lippen und Lidern. Kette und Schuss wurden durch einen großen grauen Speer auseinandergehalten. Das Weberschiffchen war ein Oberschenkelknochen.

Eine Frauenstimme ertönte, die Stimme der Gestalt am Rande seines Gesichtsfeldes. »Ich webe das Gespinst des Krieges.« Der Speer teilte die weichen Fäden, das Schiffchen flog hindurch. Wulfweard sah plötzlich ein feines Tuch aus Wolle, in das ein Muster eingewebt war: Männer mit erhobenen Äxten, in Rot, Gelb und Blau. Die Webgewichte waren runde, durchbohrte Steine. Er legte die Hand an seinen benommenen Kopf und war keineswegs sicher, dass er zuvor etwas anderes gesehen hatte.

»Wulfweard, Atheling. Sei willkommen«, sagte die Frauenstimme.

Zum ersten Mal schaute er sie an und war ob ihrer Schönheit sprachlos. Rotes Haar hing über ihre Schultern, darin waren feine graue Fäden, aber auch rotgoldene, mit Silber durchzogen. Ein dicker Reif aus Gold lag um ihren Hals, und auf den Schultern hatte sie zwei ovale goldene Broschen, verbunden durch eine Kette aus Granatperlen und Bernstein. Von dem goldenen Gürtel um ihre schmale Körpermitte hingen Schere, Schlüssel und ein langes Sax, ähnlich dem an seiner Seite. Sie lächelte. »Hast du geglaubt, du könntest dich in meine Welt, in meine Halle, unbemerkt hereinschleichen wie eine Maus in eine Speisekammer?«, sagte sie. Dann verließ sie, immer noch lächelnd, den Webstuhl und ging mit offenen Armen auf ihn zu. Sie hätte ihn umarmt, wäre er nicht aus Angst, von ihrem Weben mit Blut befleckt zu werden, zurückgewichen. Aber sie war wunderschön und sauber, und sie webte nur Wolle. Daher ließ er sich einfangen. Sie presste ihren weichen Körper an ihn und küsste ihn auf die Wange.

»So schöne junge Männer, wie du einer bist, sind auf den Bänken meiner Halle immer willkommen«, sagte sie. »Jetzt suche ich dir einen schönen Platz und bringe dir etwas zu essen und zu trinken.« Er zuckte zurück, aber sie lachte nur. »Oh, du gedenkst in meiner Halle nichts zu essen oder zu trinken.« Wieder trat sie ganz dicht an ihn heran und flüsterte ihm ins Ohr, wobei ihr Atem seine Haut kitzelte. »Ich weiß, weshalb du hergekommen bist und wessen Kopf du haben willst. Gut, du sollst deine Chance haben. Lang musst du nicht warten.«

Von draußen vor der Halle ertönte lautes Geschrei und Jubel. Sie hob den Kopf und lauschte. »Nein«, sagte sie. »Wirklich nicht lang.« Dann nahm sie seine Hand und führte ihn zu einer Tür, vor der ein Vorhang hing. »Komm und schau dir einen Wettkampf an. Dann kämpfe selbst, falls du den Mut dazu hast. Hast du Mut?«

»Ich hatte den Mut hierherzukommen.«

»Aber vielleicht hast du ihn aufgebraucht und keinen mehr übrig?«, fragte sie ihn und führte ihn durch die Tür in eine Halle mit vielen Menschen und Lärm.

ZEHNTES KAPITEL

WODENS VERSPRECHEN

Elfling wachte durch die Kälte und das laute Krächzen einer Krähe auf. Er befand sich im Freien in der kalten, grauen Morgendämmerung. Verwundert schaute er umher, sah aber weder Jarnseaxas Halle noch die vertrauten Bäume. Es wehte auch kein Wind in den Bäumen, ein Geräusch, an das er sich gewöhnt hatte. Er hörte auch nicht das Rauschen des Meeres um Jarnseaxas Insel. Nur die Krähe krächzte wieder.

Er stand auf und stellte fest, dass er in einen sackartigen Kittel aus selbstgesponnener Wolle gekleidet war, der durch den langen Gebrauch weich geworden war. Außerdem war er barbeinig und barfüßig wie ein Sklave. Es war kalt. Er schlang die Arme um sich und rieb die kalten Zehen eines Fußes an der Wade des anderen.

Seine Waffen und seine Rüstung waren verschwunden. Er besaß nicht einmal ein Messer. Er suchte in dem Laubhaufen, in dem er gelegen hatte, fand jedoch nichts – keine Flasche, keinen Laib Brot, auch keinen Lederumhang, um den Regen abzuhalten.

Zitternd wartete er, bis es heller wurde, und erforschte seine Umgebung. Aber die Sicht war in dem schwachen Licht unter den Bäumen so schlecht, dass ihn nur die Geschicklichkeit, welche Jarnseaxa ihn gelehrt hatte, davor bewahrte, sich den Kopf an Ästen zu stoßen oder in Dornendickichte zu laufen.

Er befand sich in einem seltsamen Wald. Er kannte keinen Baum, auch keinen Pfad. Bei einem braunen Fluss blieb er stehen. Fingerhutstauden hingen über dem Wasser, von dem er trank. Dann zerbrach er sich den Kopf, wie er hierhergekommen war. Er vermochte sich nur zu erinnern, dass er neben Jarnseaxa eingeschlafen war, dass er sie im warmen Alkoven in den Armen gehalten hatte.

Als das Tageslicht stärker wurde, sah er viele Bäume, umgeben von Laubhaufen und abgebrochenen Ästen, niedriges, dichtes Buschwerk, verrottete Baumstümpfe voller Pilze. Kaltes Wasser tropfte herab, und er stapfte durch glitschiges altes Laub. Vor Kälte zitternd fragte er sich: Hatte es je eine wunderschöne Walküre und ein warmes Bett gegeben? Oder war das nur der Traum eines hungrigen Sklaven gewesen?

Dann blickte er an sich hinab und sah die starken Muskeln seiner nackten Beine. Er streckte die Arme aus und sah die Muskeln und die Schwielen an den Händen, welche vom Üben mit den Waffen herrührten. Und neben seinem Gesicht hingen die Heldenzöpfe, die Jarnseaxa ihm geflochten hatte.

Offenbar war er verstoßen worden. Er war ins Land seiner Mutter gekommen, aber anscheinend hier nicht erwünschter, als er in der Welt seines Vaters gewesen war.

Das Tageslicht wurde noch stärker, und die Blätter leuchteten grün. Um sich zu wärmen und seine Wut auszutoben, rannte Elfling, lief auf den Händen und schlug Saltos. Er rannte durch den Wald, vermied jeden Ast und jede Ranke, die ihn zu Fall gebracht oder sich in ihm verhängt hätte. Er sprang so hoch wie sein Kopf und ging so tief wie seine Knie. Dabei merkte er, dass er diese Dinge tatsächlich gelernt hatte und nicht nur geträumt hatte, sie zu lernen. Aber die edle Frau, die ihn diese Dinge gelehrt hatte, wollte ihn nicht länger bei sich.

Warum? Warum war er verstoßen worden? Warum hatte man ihn mit nichts hinausgeworfen? Was hatte er getan? Er blieb stehen und setzte sich auf einen Laubhaufen neben einem Waldpfad. Ein Brombeerstrauch zeigte zarte grüne Blättchen und einen weißen Blütenteppich, auch eine Eberesche hatte prächtige rote Beeren an den grünen Zweigen. An einem Apfelbaum hingen rote Äpfel zwischen grünen Blättern und weißen Blüten. Aber er achtete auf nichts von alledem.

Hufschlag schreckte ihn auf. Der Boden erbebte unter den Hufen. Durch die Bäume kam eine Schar junger Reiter. Alle trugen goldene Reife um den Hals und Goldbroschen auf den Schultern. Als sie Elfling neben dem Pfad sitzen sahen, zügelten sie die Pferde und betrachteten ihn neugierig, während ihre Hunde zu ihm liefen und ihre nassen Schnauzen kräftig gegen sein Gesicht und seine Brust drückten.

Elfling musste aufstehen, ehe die Hunde ihn umwarfen. Sie sprangen um ihn und legten ihm die Pfoten auf die Schultern, gegen seine Brust und leckten ihm das Gesicht. Einer der jungen Reiter beugte sich aus dem Sattel und meinte: »Was für ein Sklave trägt Heldenzöpfe?«

Ein anderer meinte: »Auf alle Fälle ein kräftiger Bursche! Von dem bekommt man ein gutes Tagewerk! Wer bietet für ihn?«

»Der ist weggelaufen«, sagte ein dritter Reiter. »Ist in dem armseligen Kittel bis hierher gekommen.«

»Aber die Heldenzöpfe! Schaut doch, er trägt Heldenzöpfe!«

Ein junger Mann brachte sein Pferd ganz nahe an Elfling, blickte zu ihm hinab und fragte: »Warum hast du diese Heldenzöpfe in dein Haar geflochten, du nacktarschige Vogelscheuche?«

Ein großer Hund hatte seine Pfoten auf Elflings Schultern, und er bemühte sich, den schweren Hund von sich abzuwehren. Als er ihm Hals und Gesicht leckte, schaute er zum Reiter auf und antwortete: »Die edle Frau Jarnseaxa hat mein Haar geflochten, nachdem ich mir die Zöpfe verdient hatte.«

Der junge Mann drehte sich zu seinen Gefährten und rief lachend: »Er behauptet, er habe sich die Zöpfe verdient.«

Jetzt lachten alle, aber keiner von ihnen trug die Zöpfe, wie Elfling sah.

»*Er* hat sich die Zöpfe verdient!«

»Wo ist dein Halsreif, Held?«

»Hast du dein Pferd aufgefressen?«

»Deine Waffen hast du auch verschenkt, was?«

»Nein, nein! Es ist wahr – er ist ein großer Held aus einem vornehmen Geschlecht. Er heißt Sklave, Sohn des Leibeigenen, Sohn des Flegels, Sohn des Gebeugten Rückens, Sohn des –«

Elfling hatte den Eindruck, dass sie von Jarnseaxa wenig hielten und sich über die Ausbildung, welche sie ihm gegeben hatte, lustig machten und sie anzweifelten. Obwohl sie ihn verstoßen hatte, versetzte ihn das in Wut. Vielleicht war er noch wütender, als wenn sie noch bei ihm gewesen wäre. Er stieß den Hund von sich und blickte alle an. »Gebt mir einen Stock und ich verteidige mich gegen euch alle – und werde eure Schädel spalten.«

»Er ist verrückt! Ein wahnsinniger Sklave!«, sagte einer, worauf alle schallend lachten und ihre großen Pferde so nah an ihn brachten, dass er von ihnen herumgestoßen wurde und ihre kräftigen Muskeln zu spüren bekam.

»Vielleicht hat ihn sein Herr hinausgeworfen. Wer will schon einen verrückten Sklaven.«

»Nicht hier«, erklärte ein anderer. »Wenn du dein Recht

auf die Zöpfe beweisen willst, komm zur Halle! Das wird eine prächtige Abendunterhaltung.«

Die jungen Männer ritten auf dem Waldpfad, gefolgt von ihren Hunden. Auch Elfling folgte, denn er war wütend und wollte, dass sie ihre Hohnworte zurücknahmen. Und weil er so wutentbrannt war, wollte er jemanden verletzen.

Er musste den jungen Männern nur eine kurze Strecke folgen; eigentlich kam es ihm wie ein oder zwei Schritte vor, als das Land ringsum sich veränderte. Statt sich einen Weg durch den Wald zu suchen, stiegen sie einen Hügel hinauf, auf dem jeder Baum gefällt war. Elfling blieb stehen und schaute zurück. Er sah den Wald unten in einem Tal. Es war, als seien sie schneller und weiter gekommen, als er sich erinnerte.

Vor ihnen, auf dem Kamm des Hügels, erhob sich eine hohe Palisade, die so weiß gekalkt war, dass sie glänzte. Die jungen Männer ritten durch das Tor der Palisade, nachdem sie den Wachen etwas zugerufen hatten. Sie senkten die Waffen, und auch Elfling wurde der Eintritt gestattet. Diener rannten herbei, um ihnen die Pferde abzunehmen. Die jungen Männer schritten in die Halle, gefolgt von den Hunden. Ein Diener schaute zurück und forderte Elfling auf, ihm zu folgen, als sei er ein streunender Köter.

Es war die Halle eines großen Herrn, vielleicht sogar eines Königs. Nie zuvor hatte Elfling so viele Bänke und so viele junge Männer auf den Bänken – und an den weiß gekalkten Wänden so viele Waffen gesehen. Am erstaunlichsten jedoch war die Mittelsäule des Gebäudes: Das Schatten spendende Dach war ein lebender Baum. Und bis zum Heft steckte in diesem Baum ein Schwert – das Licht von der offenen Tür ließ den Knauf blinken.

Einer der jungen Männer nahm von einem Freund einen Schild, der blank geputzt war, stieg auf eine Bank und schlug mit der eigenen Messerklinge gegen den Schild. Der Klang füllte die Halle, und alle Gesichter wandten sich ihm zu. Gelächter und Gespräche brachen ab.

»Schaut her«, rief der junge Mann und zeigte mit dem Messer auf Elfling. »Wir haben hier einen Herausforderer! Er behauptet, rechtmäßig die Heldenzöpfe zu tragen!«

Die Männer in der Halle erhoben sich von ihren Plätzen und drängten sich um Elfling und starrten ihn neugierig an.

»*Der* ist ein Held?«, sagten sie. »Dieser barfüßige Sklave?«

»Was ist dein Blutpreis?«, fragten sie Elfling. »Eine Schüssel Eintopf?«

Der Wortführer schlug wieder mit dem Messer an den Schild. »Er ist bereit, sein Recht zu beweisen! Wer will gegen ihn kämpfen? Wer ist bereit, sich diesem furchteinflößenden Herausforderer im Kampf zu stellen? Los, tretet vor!«

Die Männer wichen zurück, lachten und schüttelten den Kopf. »Gegen *den* eine Waffe erheben?«

»Ich würde mein Schild und mein Schwert entehren.«

Ihre Verachtung, die höhnisch lächelnden Gesichter brachten Elfling zur Weißglut, aber er biss die Zähne zusammen und bezwang sich. Ein wütender Kämpfer ist ein schlechter Kämpfer.

»Ich höre Feiglinge, die Entschuldigungen vorbringen«, sagte er. »Ist nicht ein Einziger da, von euch allen, die ihr hier seid, der gegen mich kämpfen will?«

Wieder lachten sie und riefen. »Wer möchte gegen einen Bauerntrampel kämpfen? Tretet vor! Wer möchte mit dem Sklaven auf der Wiese herumrollen?«

Von irgendwo aus der Menge ertönte eine schrille, quiekende Stimme: »Ich will! Ich will mit jedem Jungen auf der Wiese herumrollen! Lasst mich durch!«

Vorher hatten die jungen Männer gelacht, jetzt brüllten sie

vor Lachen und machten jemandem den Weg frei. Und durch die Menge kam – ein altes Weib. Ein altes Weib, das die dürren Arme über dem Kopf schwenkte und wie ein Gockel krähte.

Elfling wich vor ihr zurück und schüttelte den Kopf. Er war bereit, sogar erpicht, jedes dieser Großmäuler zu verletzen. Er hätte selbst gegen Jarnseaxa gekämpft, wäre sie hier gewesen – aber gegen eine Frau anzutreten, die nicht ausgebildet war und höchstens kratzen und schlagen konnte – und noch dazu eine, die so schwächlich war ... Die Wut, die er verspürt hatte, verflog und bereitete ihm Übelkeit.

Das alte Weib löste sich aus der Menge. Jetzt konnte er sie deutlich sehen. Sie ging gebückt, war aber größer als er. Und ihre langen, schwingenden Arme waren dünn, hatten aber starke Muskeln unter der Haut. Die Füße am Ende ihrer krummen Beine traten fest auf den Boden. Langes, fettiges Haar hing in Strähnen vor ihrem Gesicht und bildete einen Käfig, durch den ihre glitzernden, gierigen Augen spähten. Und sie kam eilfertig herbei.

Elfling trat noch einen Schritt zurück, worauf die Zuschauer schrien: »Er zaudert, er rennt weg!« Daraufhin blieb er stehen und machte keinen Schritt mehr zurück.

Das alte Weib kam näher, und vor ihr wehte ein Gestank wie aus einem Kuhstall. Mit jedem Atemzug blies sie ihm die grauen Strähnen entgegen; es stank wie fauliges Fleisch. Elfling drehte den Kopf zur Seite. Er war entschlossen, jeden Schlag von ihr hinzunehmen, aber nicht zurückzuschlagen. Nach ihrem ersten Hieb dröhnte es in seinem Kopf wie in einer Glocke. Er ging zu Boden.

Lauter Jubel der Zuschauer stieg bis in die Dachsparren. Elfling lag verblüfft auf dem Rücken. Ein Schatten fiel über ihn, und ein Gestank stieg ihm in die Nase. Es war das alte Weib, das ihn mit beiden Fäusten am Kittel packte und ihn wieder auf die Beine stellte. Der Griff der Finger der Alten zerriss den abgetragenen Wollstoff. Kaum stand er, ließ sie ihn los, holte mit den Armen aus, um ihm die nächsten Schläge zu versetzen. Diesmal hob er die Arme und blockierte die Schläge; aber sie brachte ihn ins Taumeln, und er hatte das Gefühl, als hätten Eisenstangen seine Arme getroffen. Dann sah er, wie sie erneut ausholte.

»Nach dem dritten Mal schlag ich zurück!«, rief er ihr zu.

Sie kreischte etwas, das im brüllenden Gelächter der Zuschauer unterging. Erst nachdem ihr dritter Schlag ihn in die Knie gezwungen hatte, begriff er, was sie gesagt hatte: »Unterschätze nie einen Gegner!« Da wurde ihm bewusst, dass er zurückkämpfen musste, wollte er überleben. Er kam auf die Beine, während sich die Alte für den nächsten Schlag bereit machte. Diesem wich er geschickt aus. Sie bewegte sich schneller, als er ihr zugetraut hätte. Wieder schossen ihre langen dürren Arme nach vorn, um ihn zu packen. Er duckte sich, lief um sie herum, griff sie von hinten um die Mitte und hob sie in die Luft. Sie drehte und wand sich und versetzte ihm Stöße mit den Ellenbogen, doch schienen ihre Stöße schnell schwächer zu werden. Er spürte, wie sie erschlaffte und warf sie auf den Lehmboden. Blitzschnell federte sie hoch und nahm ihn in einen Würgegriff. Sie stieß ihm ihren stinkenden Atem ins Gesicht, bis ihm davon schwindlig wurde und er glaubte, das Bewusstsein zu verlieren. Ihm war klar, dass er schnell mit ihr fertig werden musste, ehe der Gestank ihn kampfunfähig machte. Er setzte seine gesamte Kraft ein und rang mit ihr, bis er spürte, wie seine Gelenke knackten – und sie teilte ebenso kräftig aus –, bis er spürte, dass ihre Kräfte ganz allmählich nachließen. Nach und nach knickte ihr linkes Bein ein. Er biss die Zähne zusammen und kämpfte weiter – dann berührte ihr linkes Knie den Boden.

Jemand schlug mit der Messerklinge gegen einen Schild und rief: »Aufhören! Schluss jetzt! Schluss!«

Elfling war froh aufzuhören und ließ das alte Weib los, sprang aber zurück, weil er mit einer Niederträchtigkeit rechnete. Doch die Alte erhob sich langsam, ließ sich auf eine Bank fallen und wischte sich den Schweiß von der Braue. Schweißtropfen flogen ringsumher. Sie atmete schwer, wie ein Sturmwind. Der Jubel der Männer in der Halle war verstummt, und Elfling sah kein höhnisches oder lächelndes Gesicht. Alle schauten ihn ehrfürchtig an.

»Die Heldenzöpfe sind rechtmäßig dein«, erklärte der junge Mann mit dem Messer und dem Schild.

»Dir gebührt der höchste Sitz in der Halle«, sagte ein anderer.

Elfling glaubte, sie machten sich wieder über ihn lustig, und betrachtete argwöhnisch ein Gesicht nach dem anderen. Sein alter Kittel, den das alte Weib zerrissen hatte, fiel von ihm und ließ ihn nackt dastehen.

Der junge Mann steckte das Messer in die Scheide, gab den Schild seinem Eigentümer zurück und sprang von der Bank.

»Wir müssen dir etwas zum Anziehen geben«, sagte er. »Und Waffen. Du darfst dir von unseren Waffen die besten auswählen.«

Elfling wich der freundlichen Berührung des Mannes aus, der ihm auf die Schulter klopfen wollte. »Und das alles, weil ich ein altes Weib verprügelt habe? War es für euch Unterhaltung genug, die ihr die Ehre verloren hättet, indem ihr mit einem Sklaven kämpft?«

»Schau dir das arme alte Weib genau an«, sagte der junge Mann, und Elfling schaute an ihm vorbei, wo die Frau auf der Bank saß. Sie hielt den Kopf so gesenkt, dass ihr Haar bis auf die Füße hing und sie verbarg. Doch jetzt waren leuchtende rote Streifen in den Haaren, als hätte Regen den Rost herausgewaschen, und statt fettiger Strähnen fiel es in glänzenden Wellen herab.

»Kennst du sie nicht?«, fragte der junge Mann. »Als wir sahen, wie du sie in die Knie gezwungen hast, wussten wir, dass du dir die Heldenzöpfe verdient hattest.«

Die Frau hob den Kopf und warf ihr rotes Haar mit den wenigen grauen Strähnen zurück. Das Gesicht, das Elfling unter der Mähne anlächelte, war Jarnseaxas.

Einen Moment lang fühlte er Freude und Erleichterung, ein schwindlig machendes Glück, das in seinem Kopf umherschwirrte. Er starrte sie an und lächelte unwillkürlich erfreut zurück. Noch eine Probe. Das war alles. Er war nicht verstoßen.

Während er sie noch staunend betrachtete, drängten sich die Männer um ihn und brachten ihm Kleidungsstücke: ein feines Unterhemd und Beinkleider aus Leinen, eine Tunika aus feiner Wolle, scharlachrot gefärbt, einen Gürtel und Stiefel aus Leder.

Doch Elfling schenkte den Kleidungsstücken keine Aufmerksamkeit. Er starrte nur Jarnseaxa an, die sich von der Bank erhob und zu ihm schritt. Die Männer gaben ihr den Weg frei. Sie war nicht mehr wie eine Walküre gekleidet, sondern in ein langes Gewand aus scharlachroter Wolle. Auf ihrer Brust war eine goldene Halskette aus vielen verschlungenen Gliedern, und um ihre Mitte war ein Gürtel aus goldenen Platten. Sie legte ihm die Hand auf die Schulter und küsste ihn. Lächelnd sagte sie: »Ich habe dich zum Narren gehalten. Du solltest immer daran denken, dass auch ein Held zum Narren gehalten werden kann – vielleicht ist es bei Helden sogar noch leichter als bei anderen. Hasst du mich deswegen?«

»Ich liebe dich, edle Frau.«

Sie lächelte, als glaubte sie ihm nicht. »Selbst jetzt, wo du weißt, dass ich dieses stinkende alte Weib bin, gegen das du soeben gekämpft hast?«

»Du hast mir früher schon harte Hiebe versetzt, edle Frau. Und wenn du dich hässlich machst – nun, ich weiß, wie schön du bist.«

Sie lachte und lehnte sich an ihn. Dabei stieg ihm ein Hauch des Gestanks des Stalls in die Nase, welcher die Alte umgeben hatte.

»Aber was wäre, wenn dieses meine wahre Gestalt wäre, und ich mich nur verwandelt hätte, um schön auszusehen?«, flüsterte sie. »Was, wenn ich in Wahrheit hässlich wäre und auch hässlich bliebe? Würdest du dann immer noch sagen, dass du mich liebst?«

Ihre Worte klangen wahr und schienen eine Drohung zu sein. Ein leichter Schauder durchlief ihn. Er wusste nicht, ob sie die Wahrheit sprach oder nicht; aber er wusste, dass sie versuchte, ihn auf die Probe zu stellen. Deshalb legte er die Arme um sie, küsste sie und sagte: »Wenn dem so ist, Geliebte, dann ist es Salz zu deinem Fleisch. Ich kann kein ungesalzenes Fleisch essen.«

Sie lachte und schob ihn liebevoll von sich. »So, und jetzt brauchst du richtige Waffen, keine Stöcke«, erklärte sie.

Die jungen Männer brachten Brünnen, Helme, Schilde und Schwerter in die Halle. Elfling wollte Jarnseaxa anschauen, nicht die Waffen, aber sie hielten ihm die Gegenstände hin und lenkten seine Aufmerksamkeit darauf, bis er etwas auswählte, um die Sache so schnell wie möglich hinter sich zu bringen. Er wählte ein Kettenhemd, das so fein gearbeitet war, das es sich wie Leinen falten ließ, dazu einen Helm mit Maske, wie ihn nur Könige und Athelinge trugen, außerdem einen Schild, der mit goldenen Drachen verziert war.

Dann verlangten sie von ihm, dass er sich ein Schwert aussuche. Viele legten sie vor ihn, ihre Griffe waren mit poliertem Bronzedraht umwickelt, in welchen kostbare Steine eingefügt waren. Andere waren eingraviert oder mit Silberintarsien verziert. Wenn man sie aus den Scheiden zog, glänzten ihre Klingen mit den changierenden Mustern, welche die Schmiede kunstvoll hineingehämmert hatten: Schlangenmuster, Wellen, Weizenwogen. Die Schwerter trugen Namen: Wurm, Ernter, Fischzahn ... Während Elfling alle betrachtete, trat Jarnseaxa zu ihm und nahm seinen Arm.

»Lass mich dir das beste Schwert zeigen, das je geschmiedet wurde«, sagte sie.

Sie führte ihn ins Zentrum der Halle, zu dem lebenden Baum, welcher das Dach trug. Dort steckte das Schwert, das ihm schon zuvor in die Augen gefallen war. Zwei Lippen des Heilholzes hielten es.

Das Heft war schlicht, schwarz, mit grauem Eisendraht um wunden. Es sah aus wie ein Schwert, wie es hundertfach hergestellt wurde, eines, bei dem man sich nicht die Zeit nahm, es zu verzieren. Aber Jarnseaxa behauptete, dieses Schwert sei das beste ... Elfling legte die Hand an den Hilt. »Warte«, sagte Jarnseaxa und legte ihre Hand auf die seine. »Sein Name ist Wodens Versprechen.«

Elfling zog die Hand zurück.

»Woden liebt mich«, erklärte sie. »Dies ist sein Geschenk – Sein Versprechen. Er beaufsichtigte alles, als es geschmiedet wurde, und er rammte es in meinen Dachbaum – und ich habe es dort gelassen für den, der es wagt, es herauszuziehen.«

Elfling wusste, dass er das Schwert herausziehen sollte, dass sie es so wollte. Und wenn es das beste Schwert war, das je geschmiedet worden war, dann wollte auch er selbst es haben ... Aber Woden war ein Gott, bei dem es ratsam war, vorsichtig zu sein. Er verlieh in der Schlacht Mut und Sieg, schickte aber auch Schrecken und Tod.

»Es gibt kein besseres Schwert als dieses«, sagte Jarnseaxa. »Es ist so kunstfertig gemacht, dass der Benutzer kein Gewicht in der Hand spürt. So scharf, dass die Luft stöhnt und ächzt, wenn die Klinge sie durchteilt. Und als Muster ist der Knoten der Schlachtfesseln in seine Klinge eingearbeitet. Es verbreitet Furcht und Panik unter denen, gegen die es benutzt wird.«

»Da ist doch noch mehr«, meinte Elfling argwöhnisch. »Woden gibt nicht einfach so ein Geschenk.«

Jarnseaxa lächelte. »Der Schwert bringt dem Besitzer Sieg – das ist Wodens Versprechen. Aber Versprechen sind dazu da, um gebrochen zu werden. Wer auch immer dieses Schwert benutzt, muss daran denken, dass die Klinge stets blutig werden muss, wenn man es zückt. Steckt man es ohne Blut zurück in die Scheide, wird es sich gegen den eigenen Besitzer wenden.«

Elfling blickte ihr tief in die Augen. »Und wenn der Pakt eingehalten wird?«

Sie lachte laut. »Ich habe dich zum Narren gemacht, aber du hast zu viel Verstand. Nein, selbst wenn du den Pakt mit dem Schwert getreulich einhältst, wird es sich trotzdem gegen dich richten – und du wirst nie wissen, wann. Woden hält seine Versprechen, aber er bricht sie auch stets.«

Elfling nickte. Der Gott Woden hatte viele Namen, welche die verwendeten, die Angst hatten, ihn einfach mit seinem Namen anzurufen. »Der heimtückische Gott« war eine Bezeichnung. Wodens Versprechen auf einen Sieg wurde immer, immer gebrochen und führte zu Verstümmelung oder Tod. Diejenigen, die dem Gott folgten und um Sieg beteten, mussten auch das akzeptieren. Elflings Hand fiel vom schwarzen, mit Eisendraht umwickelten Schwertgriff.

Jarnseaxa beobachtete ihn. »So haben alle zurückgezuckt. Keiner möchte seinen eigenen Tod anpacken – daher bleibt das Schwert in der Baumscheide. Nimm eines der anderen Schwerter. Sie sind hübscher. Du wirst zwar nicht die Zukunft haben, welche du hättest haben können, aber deine wird dafür ruhiger und länger sein.«

Ihre Stimme klang kühl, und sie drehte sich etwas beiseite. Elfling vermochte das nicht zu ertragen. Er packte das Heft von Wodens Versprechen und zog die lange Klinge aus dem Holz. Sie glitt leicht heraus; auf dem Eisen glitzerte ein rötlicher Saft.

Elfling hielt die Klinge zwischen den Händen und musterte sie genau. Von einem Ende der Klinge zum anderen Ende der Blutrille in der Mitte, waren eng verschlungene dreieckige Knoten: Das Zeichen der Schlachtenfesseln. Angesichts der Arbeit, welche notwendig gewesen war, um dieses Muster ins Eisen zu schlagen, blieb einem der Verstand stehen. Wayland selbst musste dieses Schwert geschmiedet haben. Elfling schwang es durch die Luft. Tatsächlich stöhnte die Luft, und das Schwert schien in seiner Hand nichts zu wiegen.

»Du hast es herausgezogen, jetzt musst du ihm Blut zu trinken geben.« Sie hob die Stimme und rief: »Atheling!«

Elfling drehte sich um und sah, wie sich die vielen Männer, die sich in der Halle gedrängt hatten, plötzlich wie Rauch in Luft auflösten. Durch den Rauch schritt – Elfling wich erschrocken zurück, als er in der Gestalt sich selbst erkannte. Dieselbe Größe, derselbe kräftige, doch geschmeidige Körperbau, dasselbe Gesicht und langes helles Haar.

»Hier ist ein Lamm, bei dem du dein Schwert blutig machen kannst«, sagte Jarnseaxa. »Er möchte dich töten, daher brauchst du keine Schuldgefühle zu haben, ihn zu töten.«

Elfling stellte jetzt fest, dass der Junge kein Spiegelbild von ihm war, sondern jünger, und dass sein Ausdruck wie blind und benommen war. Keine Heldenzöpfe hingen an seinen Wangen, und Gold glitzerte auf seiner Kleidung und seinen Waffen. Der Junge blieb abrupt vor Elfling stehen, und sein Blick wurde klarer, dann aber fragend, als würde er sich über die Ähnlichkeit dieses Fremden mit ihm wundern.

Elfling tat er leid. Es war nicht leicht, verwirrt und ohne Zorn in einen Kampf verstrickt zu werden. Das Schwert in seiner Hand lechzte nach Blut, doch hielt er es für unmöglich, ihm das dieses Jungen zu trinken zu geben.

Jarnseaxa stand neben dem Jungen und sagte: »Das ist der Bastard, der deinen Bruder Hunting ermordet hat. Er ist das Halbwesen, dessen Kopf du haben wolltest. Jedenfalls hast du das geschworen.«

Der Junge richtete sich auf und hob den Kopf hoch. Seine Augen glänzten vor Wut, in sein Gesicht kam mehr Farbe. Obwohl Elfling keinen Schritt zurückwich, sondern fest stehen blieb, spürte er eine verzweifelte Angst – nicht um sich selbst, sondern um den Jungen. Dieser Junge war nicht durch die harte Schule einer Walküre gegangen, die ihn im Kampf gestählt hatte. Wenn Elfling, bei seiner Waffenschulung, gegen diesen Junge kämpfte, war das schlichtweg Mord, lediglich, um das schreckliche Schwert in seiner Hand zu füttern. Und dennoch – was spielte es für eine Rolle? Jarnseaxa, seine Gebieterin, wollte, dass er den Jungen tötete – das war offensichtlich –, und was bedeutete schon das Leben eines Jungen für das Gleichgewicht der Dinge? So ausgebildet, wie er war, würde ihn der Kampf nicht viel Mühe kosten. Und wenn ihm jetzt der Junge leidtat, würde er das bald vergessen. Wie oft hatte er flüchtiges Mitleid für das unbedeutende Leben von Schafen, Schweinen oder Pferden empfunden! Es hatte ihn nie davon abgehalten, sie zu töten oder zu essen.

Dennoch … Er warf das Schwert in die linke Hand und streckte die rechte dem Jungen entgegen. »Ich habe Hunting Eadmundssohn getötet, aber erst nachdem er meine Leute umgebracht hat … und wenn er dein Bruder war, dann sind wir Halbbrüder, und ich möchte dich nicht töten, Bruder.«

Bei diesen Worten steigerte sich die Wut des Jungen. »Du bist nicht mein Bruder, kein Bruder von uns! Halbding! Bastard! Unfreier!« Der Junge zog sein Schwert mit Goldgriff aus der Scheide, schwang es, zauderte jedoch, vielleicht war er sich doch nicht sicher, vielleicht auch nicht genügend zornig.

Elfling spürte, wie Wut in ihm aufstieg. Seine Muskeln spannten sich für den Kampf. Es war instinktiv, so wie eine Katze nicht lang nachdenkt, ehe sie sich auf eine dahinhuschende Maus oder einen flatternden Vogel stürzt. Er biss die Zähne zusammen und unterdrückte seine Wut. Er wiederholte: »Ich will dich nicht töten.«

Das steigerte nur den Zorn des Jungen. Er führte einen Schlag gegen Elfling, war aber – obwohl jung und flink – zu langsam. Elfling wich mühelos seitlich aus und stellte sich der nächsten Attacke des Jungen. Als dieser angriff, holte sein Arm mit dem Schwert blitzschnell aus, um den Todesstreich zu führen. Er brauchte seine gesamte Muskelkraft, um den Streich abzulenken und den Jungen unverletzt zu lassen. Er wusste, dass er den Jungen töten würde, wenn er das Schwert in der Hand behielt – und die Wut in ihm frohlockte bei diesem Gedanken. Einen Moment lang *wollte* er den Jungen töten.

Er öffnete die Hand und ließ Wodens Versprechen los. Mit beinahe musikalischem Ton landete es auf dem Boden. Als der Junge ihn erneut angriff, fing Elfling seinen Schwertarm ab und drehte ihn nach oben und hinten. Der Junge fiel zu Boden und rang nach Luft. Elfling trat auf seinen Schwertarm, beugte sich hinab, entrang das Schwert der Hand und schleuderte es beiseite.

»Ich will dich nicht töten«, wiederholte er.

Jarnseaxa hob Wodens Versprechen auf und hielt es Elfling entgegen. »Wenn du es unblutig zurück in die Scheide steckst, wirst du nicht leben, um es erneut zu ziehen.« Dann blickte sie auf Wulfweard auf dem Boden.

Elfling nahm Wodens Versprechen von ihr und schaute sie an. Sie blickte ihm in die Augen und lächelte. Seine Gebieterin wollte, dass er den Jungen tötete.

Er blickte auf Wulfweard hinab – seinen Feind und einen Bruder der Familie, die seine Leute, seine Familie, umgebracht hatte. Er packte Wodens Versprechen fester und schwang es über dem hingestreckten Jungen.

ELFTES KAPITEL

DAS WEBEN

Auf den Ruf der edlen Frau hin schritt Wulfweard vorwärts, und die Menge, die sich um ihn gedrängt hatte, verblasste wie Geister. Die Wände des großen Raums über ihm schienen sich zu falten und zu verändern, zugleich aber blieben sie feste Wände, wenn er sie anschaute. Die Andersheit der Anderswelt machte ihn schwindlig.

Er schritt vorwärts durch eine Halle. Er spürte, dass sie voller Menschen war, doch seinen Augen erschien sie leer. Und dann stand vor ihm ein großer junger Mann, nackt und langhaarig, ein stumpfes Schwert in der Hand. Nach einem Wimpernschlag voll Angst oder Erleichterung oder Hoffnung, hielt er den Mann für einen seiner Brüder. Und dann sah er, dass er es selbst war. Und dann war er es selbst, und er war nicht nackt, sondern ein Mann, der ihm ähnlicher war als seine Brüder. Das Haar zu beiden Seiten des Gesichts dieses Mannes war zu mehreren feinen Zöpfen geflochten, der Rest hing lose bis über die Schultern. Der Körper war dünn, man sah deutlich die Mulden bei den Schlüsselbeinen, die Rippen und die Hüftknochen, aber auch muskulös. Und – nackt und bewaffnet mit einem Schwert – das beschwor Erinnerungen an alte Geschichten von Kriegern der Anderswelt, welche mit den Walküren ritten, sich Woden geweiht hatten und in Gestalt von Bären und Wölfen kämpften. Wulfweard zitterte vor kalter, abergläubischer Furcht, die in jeden wie kaltes Wasser einsickern kann, sogar jemanden, der zum Kampf bereit ist.

Und dann sagte die edle Frau, offensichtlich amüsiert: »Das ist der Bastard, der deinen Bruder Hunting ermordet hat. Das ist das Halbwesen, dessen Kopf du haben wolltest. Jedenfalls hast du das geschworen.«

Seine Wut wuchs ständig, obgleich er befürchtet hatte, sie würde schwinden: Wut über den Verlust des Bruders, Wut über die Überheblichkeit dieses … *Dings*, es zu wagen, zu einem Mitglied der Zwölfhundert zu sprechen, ganz zu schweigen, es zu töten; aber als das Ding redete und sich seinen Bruder nannte, wünschte er sich aus vollem Herzen, es zu töten, und zog sein Schwert aus der Scheide. Doch als das Schwert erhoben war, erwies es sich als schwierig, die Klinge gegen diese Gestalt zu führen – ob ihn eine Art von Liebe für die Ähnlichkeit mit seinen Brüdern hinderte oder die Angst vor einem Geschöpf, das so sehr den geschnitzten Geisterkriegern im alten Götterhaus ähnelte, wusste er nicht.

Aber er war hergekommen, um das Ding zu töten. Er konnte nicht zurückgehen – falls das überhaupt möglich war für ihn – und bekennen, dass er Angst gehabt hatte, es anzugreifen. Man würde ihn einen Feigling und Wortbrüchigen nennen. Und da das Ding nackt war, ohne Schild oder Helm, nur mit einem Schwert bewaffnet, würde es leicht sein. Wulfweard holte für den Todesstreich aus.

Sein Hieb traf nichts. Das Ding, gegen das er kämpfte, dieses Geschöpf aus der Anderswelt, war schlichtweg vor seinem Schwert verschwunden. Er wirbelte herum, so schnell er vermochte, um es zu wiederzufinden, und dann schwirrte ihm der Kopf, sein Rücken schlug auf dem harten Boden auf, dass ihm die Luft wegblieb. Der bloße Fuß des Dings presste seinen Schwertarm gegen den Boden, und das Geschöpf beugte sich herab, das lange Haar fiel vorwärts und peitschte ihn, und dann entriss es seiner Hand das Schwert. Das Geschöpf richtete sich wieder auf, schleuderte das Schwert beiseite und erklärte: »Ich will dich nicht töten.« Es hielt auch sein Schwert nicht mehr in der Hand.

Das Geschöpf trat zurück, als wolle es ihm erlauben aufzustehen; doch dann trat die edle Frau an seine Seite. Sie trug das Schwert mit dem schwarzen Hilt, in dessen stumpfgraue Eisenklinge eigenartige Muster eingehämmert waren. »Wenn du es ohne Blut wieder in die Scheide steckst, wirst du nicht leben, um es erneut zu zücken«, erklärte sie. Sie schaute auf Wulfweard hinab. Er zuckte zusammen vor dem wilden Ausdruck in ihrem Gesicht und ihren hellen, harten Augen. Sie wollte ihn tot.

Wulfweard rang unter Schmerzen nach Atem, war nicht imstande, sich zu bewegen. So sah er nur zu, als der Elfenbalg das Schwert nahm und ausholte. Die Klinge war über ihm. Er hätte die Augen offen halten und dem Tod mit Mut begegnen müssen, was er auch versuchte. Doch wenn das Licht auf der scharfen Schneide der Klinge aufblitzte, durchschoss ihn ein derartiger Angstschmerz, als hätte das Schwert ihn bereits getroffen. Die halb eingeatmete Luft blieb ihm in der Kehle stecken. Blut rauschte in seinen Ohren; vor seinen Augen wurde alles zu Nebel. Er sah nichts.

Er hielt den Stoß vor die Brust für den Streich des Schwertes, das in ihn eindrang. Er spürte die Nässe und Wärme von Blut, mit dem typischen Eisengeruch, und wusste, dass er getötet worden war … Doch dennoch hob und senkte sich seine Brust weiterhin, obgleich jeder Atemzug schmerzte. Das Blut rauschte weiter in seinen Ohren und hämmerte in der Brust.

Vielleicht war das der Tod in der Anderswelt? Abrupt bewegte er sich und rollte von dem Platz weg, wo er gelegen hatte; dann wagte er es, die Augen zu öffnen und sich umzuschauen.

Er musste sich Blut vom Gesicht wischen. Auch auf der Brust seiner Tunika war Blut, aber keine Wunde. Dann sah er in der Streu nicht weit von ihm eine Hand liegen. Sie sah sehr seltsam aus, vollständig mit Fingern und Daumen, ganz normal und erkennbar, aber sie endete am Handgelenk.

Dahinter sah er das Elfending knien. Es presste auf den Armstumpf, welcher Blutfontänen ausstieß, die den Lehmboden und die Streu durchtränkten und das Gewand der edlen Frau befleckten.

Die edle Frau fragte: »Waren deine Augen geschlossen, Held?« Sie lächelte Wulfweard an. »Der Elfenbalg zog die Klinge über den eigenen Arm, um dem Schwert Blut zu trinken zu geben, dich aber zu verschonen. Doch dieses Schwert lässt sich nicht leicht betrügen. Es hat ihm die Hand abgebissen.«

Wulfweard wandte die Augen zu dem Halbding, zu dem starren, erbleichenden Gesicht, welches beinahe seines war und welches starb.

Ohne sich die Mühe zu machen aufzustehen, kroch Wulfweard die geringe Entfernung zwischen ihnen und packte den Arm des Bastards mit seinen Händen. Er presste eine Hand gegen den Stumpf und drückte darauf, während Blut über sein Gesicht spritzte. Verzweifelt versuchte er, die Blutung zu stillen. Aber das Blut spritzte weiterhin zwischen seinen Fingern hindurch, und der Bastard wurde schlaff.

Die edle Frau trat mit ihrem blutbefleckten Gewand zu Wulfweard und legte ihm die Hand auf den Kopf. Er spürte, wie sich seine Haare bei ihrer Berührung aufstellten, eine Leichtigkeit, die ihn erschauern ließ, durchfuhr ihn. Sie beugte sich herab und sagte leise: »Du musst ihn nur mit seinem wahren Namen ansprechen.« Als Wulfweard den Mund öffnete, und es kam kein Laut heraus, wiederholte sie: »Sage seinen wahren Namen. Sag die Wahrheit.«

Wulfweards Zunge stammelte die Möglichkeiten. Immer hatte er gehört, wie man diesen Mann »den Bastard«, »das Ding«, »den Elfenbalg« genannt hatte – aber irgendwo war in seinem Hinterkopf noch ein Name. »Elfling?«, sagte er erst leise, dann ganz laut. Aber die Blutung hörte nicht auf.

»Seinen *wahren* Namen!«

»Ich ...« Aber er kannte ihn. »Elfling Königssohn. Elfling Eadmundssohn.« Die Blutung war schwächer geworden und quoll langsamer. Hörte sie auf, oder war Elfling nur dem Tode noch näher? »Halbbruder – Bruder. Elfling Atheling.«

Die Blutung hörte auf. Elfling barg seinen verwundeten Arm an der Brust und hob schwer atmend den Kopf, um Wulfweard anzuschauen. Sein Gesicht war so weiß wie ausgebleichte Knochen, und daraus strahlten seine Augen in allen Schattierungen von Blau. Sein langes Haar fiel über Schultern und Brust, die jetzt mit Blut beschmiert war.

Halbding!, dachte Wulfweard und krabbelte auf allen vieren durch die Kräuter und das Stroh auf dem Boden davon. Dann setzte er sich wie ein Kind hin und starrte zurück in Elflings Augen. Er war jetzt wütend auf sich selbst, weil er das Ding nicht getötet hatte. Man hatte ihn hergeschickt, um es zu töten, und es schuldete ihm das Leben seines Bruders. Das Wissen, dass dieses Ding, ihm das Leben geschenkt hatte, machte ihn noch zorniger. Noch schmerzlicher war die Erinnerung, dass er diesem Ding gegenüber zugegeben hatte, dass es der Sohn seines Vaters und damit sein Bruder war.

Elfling sagte: »Danke, Bruder.«

Wulfweard schnürte es die Kehle zu, als würde eine harte Hand ihn würgen. Tränen stiegen ihm in die Augen. Er war so unbändig wütend, weil er nicht wusste, weshalb – und dann, weil er wusste, weshalb. Ihm hatte das Wort »Bruder« gefallen. Er hegte nicht den Wunsch, Elfling zu töten. Aber dennoch war dieser ein Bastard und ein Halbding und schuldete ihm ein Leben.

Die edle Frau ging an ihnen vorbei; ihr langes Gewand wehte bei jedem Schritt und wirbelte die Kräuter auf dem Boden auf, sodass ein leichter, süßer Duft ihr folgte. Sie bewegte die Hand in der Luft, als ziehe sie einen schweren Vorhang beiseite, und veränderte alles ringsum mit einer Handbewegung.

Sie hatte eine kleinere Halle um sie geschaffen, klein und dunkel, nur von der roten Glut auf der Feuerstelle in der Mitte erleuchtet. Obwohl alles so fest aussah, hatte Wulfweard Mühe, das zu glauben, weil er spürte, dass sich die festen Wände am Ende des Gesichtsfeldes in etwas anderes verwandelten – vielleicht in einen Wald oder eine Wiese am See oder schlichtweg in Leere, in die große, dunkle, kalte Leere, die hinter allem lag. Er drehte schnell den Kopf, als wolle er den Moment erwischen, in dem die Wände sich verwandelten, aber er sah nur schwarze Schatten, die über die Holzwände tanzten und huschten. Sie hüpften hinauf in die Dachsparren, je nachdem wie die Flammen emporzüngelten, oder versanken oder kamen aus den Ecken, immer im Einklang mit den Flammen. Den Wänden entstieg durch die Wärme des Feuers ein angenehmer Holzduft, aber Wulfweard ließ sich nicht hinters Licht führen. Er wusste, dass er sich in der Anderswelt befand und roch einen stärkeren, beißenderen Geruch, welcher sich unter dem Duft des Holzes, des Rauchs und der Kräuter verbarg – den Geruch von Blut.

Wieder drehte er den Kopf, obwohl er schon ziemlich genau wusste, was er sehen würde. Ja, da war er – der Webstuhl, mit den augenlosen Köpfen als Gewichte für die Fäden, das Blut, das von dem glitschigen Gespinst tropfte, der graue Speer, der hindurchgeschossen wurde. Doch direkt vor seinen Augen wurde das Gewebe zu einem Wollstoff, und die Gewichte wurden zu heiligen Steinen. Das gewebte Bild zeigte eine Schlacht, in der eckige Figuren Äxte und Schwerter schwangen. Schatten und Flammen sprangen empor und tanzten über das Gewebe.

»Du siehst mehr als die meisten«, sagte die edle Frau. »Jetzt weiß ich, weshalb man dich ausgewählt hat hierherzukommen.« Sie zeigte auf das Tuch im Webstuhl. »Dort siehst du die gewebte Zukunft.«

Wulfweard schaute auf die Reihen der Männer mit ihren Schilden und hochgehaltenen Schwertern, aber Elfling ergriff das Wort. Immer noch hielt er den Armstumpf vor die Brust, als er fragte: »Besteht die Zukunft nur aus Schlachten?«

Die edle Frau lächelte. »Wann hat man je etwas anderes gewebt? Und sagt mir: Woraus ist die Vergangenheit gewoben, wenn nicht aus Schlachten? Doch schaut genau hin – betrachtet die Kanten und die ganz eng gewebten Stellen –, dann seht ihr, wie Ernten hineingewoben sind und die Bewegung der Heringsschwärme. Ihr seht Ehen und Wagenspuren und den Tod auf dem Strohsack und Wälder, die aus Bucheckern wachsen – und gefällt werden. Und, Wulfweard, du wirst sehen, dass hier hineingewoben ist, dass Elfling König in deinem Land sein wird, weil ich es für mich behalten will – und um es zu retten.«

Wulfweard schaute Elfling an und spürte wieder den schmerzlichen Kampf zwischen Liebe und Hass. Er zwang sich zu lachen und meinte: »Dieses Ding kann nicht König sein.«

»Ich wünsche es so«, erklärte die edle Frau.

»Er ist ein Krüppel. Ein König muss unversehrt sein. So steht es im Gesetz.«

»Dann muss man ihn unversehrt machen«, entgegnete die edle Frau. »Mach ihn unversehrt, Wulfweard.«

Es war, als zöge ihre Stimme seine Sehnen wie Marionettenschnüre. Wulfweard stand auf und fragte sich dann, weshalb er das getan hatte. Er schaute auf die abgehauene Hand, die in der Bodenstreu lag, dann auf Elflings bleiches Gesicht, so schön und ihm so ähnlich, und tat einen Schritt auf die Hand zu. Dann zwang er sich stehen zu bleiben. »Nein. Mein Bruder Unwin wird König sein.«

Die Frau trat blitzschnell zu ihm. Das Feuerlicht flackerte über sie und ließ das Gold in ihrem glänzenden roten Haar aufleuchten, ebenso ihren goldenen Halsreif und den Gürtel. Es warf ein rotgoldenes Licht von unten auf ihr Antlitz, glitzerte in ihren Augen, hüllte aber alles darunter in tiefe Schatten. Sie packte ihn hart am Kinn und funkelte ihn an. Ihre Finger taten ihm weh. Keine Frau hatte ihn je so behandelt, er war vor Schock reglos.

»Wie nennst du *mich?*«, fragte sie.

Sie hatte ihm nie ihren Namen genannt. Er versuchte den Kopf zu schütteln, aber ihre Finger umfassten sein Kinn zu fest.

»Wenn ich warme Tage und Blumen bringe, wenn ich Frucht wachsen lasse, wenn ich die Heringsschwärme ans Ufer treibe, wenn ich die Schafe mit Lämmern fülle und die Kühe mit Kälbern und die Frauen mit Säuglingen – dann nennt ihr mich Mutter und Göttin. Und wenn ich Eis und Dunkelheit bringe, wenn ich vernichte, im Frost erstarren lasse und töte, dann nennt ihr mich Hexe und alte Vettel und Tod. Ich –« Blut quoll durch ihre Zähne und lief über ihr Kinn. Wulfweard wehrte sich so heftig, dass er sich aus ihrem Griff lösen und einen Schritt zurücktreten konnte. »Ich bin die Muttersau, die ihre Jungen frisst. Ich bin der Wolf, der eure Jungen reißt. Ich bin die Erde, die euch verschlingt und über die euch Menschen keine Herrschaftsmacht verliehen wurde. *Ich* bin die Sau und der Wolf und das Korn und die Erde. So war es immer, und so wird es immer sein. Mein Wille geschehe!«

Wulfweard befand sich im Zentrum eines Sturms. Ringsum knisterte alles, die Flammen schlugen hoch und verbreiteten ihr Licht in der Halle. Er sah nur ihre glänzenden Augen, die mit der Wildheit einer Eule blitzten, die den Verstand verloren hatte. »Dein Bruder und sein Priester und dessen Reliquien! Glaubst du, dass ich aufhöre zu sein, nur weil sie neue Götter erfinden? Und was würdest du armes Ding anfangen, wenn es mich nicht mehr gäbe?« Sie deutete auf den Stoff im Webstuhl. Der Schatten ihres Arms fiel über die Wände. »Du siehst dort Schlachten eingewoben, aber du weißt nichts von dem Tod, der kommen wird, wenn Unwin mit seinen Anhängern, die sich zu Herrschern über die Erde aufschwingen, seinen Willen durchsetzt und Wälder abholzt, Sümpfe trockenlegt, Flüsse eindämmt. Sein Weg führt zu Gift in jedem Bissen und in die Wüste und zu noch mehr Tod – oh ja, mehr Tod –, als irgendeine Schlacht je gebracht hat, die mit dem Schwert ausgetragen wurde. Mehr Tod, als du dir vorstellen kannst.«

Wulfweard konnte es sich jedoch vorstellen; denn die flackernden Schatten um ihn herum bewegten sich in Todespein, vom verzweifelten Flattern einer kleinen Fliege bis zum flippenden Fisch und zum Todeskampf eines angefallenen Hirsches. Als das Licht der Flammen und die Schatten, die es hervorrief, über den Stoff auf dem Webstuhl dahinhuschten, schienen sich die Gestalten zu winden und hinzusinken. Aus jeder Ritze in den Wänden, in jedem Zusammenfallen der Asche im Feuer, bei jedem Knacken grünen Holzes hörte er das Stöhnen und Seufzen und Röcheln der Sterbenden.

Mit geballten Fäusten sagte die edle Frau: »Herrscher der Erde! *Ich* habe euch die Herrschaft nicht verliehen – und wenn du dich von mir abwendest, werde ich meine Welt von dir reinigen und von neuem beginnen. Das schwöre ich.« Danach lächelte sie wieder, und das Feuer verlor an Hitze und Leuchtkraft. Ihr Gesicht wurde weicher, und die Augen funkelten nicht mehr so furchterregend. »Wulfweard, Liebling, komm zurück zu mir. Tu, worum ich dich bitte. Elfling gehört mir, und er soll für mich König sein. Mein Wille geschehen.«

Wulfweard ging zu dem Platz, wo die Hand in der Streu lag. Er fühlte sich so schwach, als bewegte sich sein Körper ohne seinen Willen. Er hob die Hand auf und brachte sie zu Elfling, der auf dem Boden saß. Kniend nahm Wulfweard Elflings Arm und legte die Hand an den Stumpf. Beide beobachteten staunend, wie sich Fleisch zu Fleisch fügte, die Hand an den Arm. Nur eine rote Narbe blieb. Elfling hob die Hand und spreizte die Finger.

»So, jetzt kann er König sein«, erklärte die edle Frau.

Elfling saß immer noch da, aber er hob den Kopf und schüttelte das Haar. »Ich muss noch eine Rechnung in der Welt meines Vaters begleichen, edle Frau. Dann will ich ins Land meiner Mutter zurückkehren. Ich verspüre nicht den Wunsch, König zu werden.«

Sie sagte: »Du bist mein Schwert, Elfling, und ich habe für dich Verwendung. Hast du geglaubt, ich hätte dich kämpfen gelehrt, damit du den Tod eines Bauerntrampels rächen kannst? Jede Stunde sterben Tausende, und sie sind mir völlig gleichgültig.«

Elfling stand auf, noch etwas schwankend, und ging im Feuerlicht durch den Raum. Wulfweard beobachtete ihn. Elfling war nackt, und seine Haut glänzte rötlich im Licht, sein Haar fiel herab. Unwillkürlich musste Wulfweard wieder an die alten Geschichten denken. Er glaubte, Elfling würde vor der edlen Frau niederknien oder vielleicht den Saum ihres Gewandes küssen, wie man das bei einer mächtigen Heiligen tut – aber stattdessen nahm er die Frau in die Arme und presste sie leidenschaftlich an sich. »Du bist mein gesalzenes Fleisch, und für dich will ich König werden, wenn du es so wünschst«, sagte er.

Wulfweard, der ein wenig entfernt von dem eng umschlungenen Paar stand, sagte: »Edle Frau, wenn du willst, dass der Elfengeborene König in Mittelerde wird, solltest du eine Armee mit ihm aussenden. Mein Vatersbruder ist ein Anhänger der alten Götter, aber er wird die Krone nie dem Mörder meines Bruders geben. Und mein Bruder Unwin …«

Die edle Frau löste sich aus Elflings Umarmung, trat neben ihn und legte ihm den Arm um die Mitte. Sie schaute Wulfweard an.

»Ich teile die Schlachtenernte mit Woden«, erklärte sie. »Mein König soll eine Armee haben. Und ich werde dabei sein und jedem, den ihn bekämpft, die Schlachtenfesseln anlegen.«

Elfling streckte die wiederhergestellte Hand Wulfweard entgegen. »Reite mit mir, Bruder.«

Wulfweard wandte die Augen von ihm und blickte auf die eingewebten Schlachten auf dem Webstuhl. »Wenn die edle Frau mir erlaubt, zurück nach Mittelerde zu gehen, muss ich an der Seite meines Bruders stehen.«

»Ich bin dein Bruder«, sagte Elfling, immer noch mit ausgestreckter Hand.

Wulfweard würdigte ihn keines Blickes. »Du bist mein Halbbruder. Und du schuldest mir ein Leben.«

Elfling ließ die Hand sinken.

»Ich werde Elfling für den Kampf rüsten«, erklärte die edle Frau. »Und ich werde die Wege nach Mittelerde öffnen. Ich kann dich nicht hier halten, Wulfweard. Du wirst in Elflings Begleitung zurückkehren und an seiner Seite reiten.« Sie beugte sich vor. Ihr Haar schwang hin und her und glänzte im Feuerschein. »Danach kannst du dir die Seite aussuchen. Aber denk stets daran, Liebling, ganz gleich, welchen Gott du in deine Gotteshäuser stellst, ganz gleich, zu welchem Gott du betest: *Ich* erwähle die Toten.«

ZWÖLFTES KAPITEL

DER AUSERKORENE KÖNIG

Dicht gefolgt von Vater Fillan schritt Unwin durch die Tür seiner Privatgemächer in die kleine Halle, die daneben lag und wo die Dienerschaft und Verwalter lebten und schliefen. Man hatte Bettzeug und Bänke beiseitegeschafft, sodass es jetzt als Empfangshalle diente. Eine Delegation der Ältesten drängte sich dort. Sie erfüllten die Halle mit Farben; alle trugen ihre Festgewänder und Umhänge, die mit teuren Essenzen gelb, rot, blau oder grün gefärbt und mit bestickten Borten verziert waren. Jeder Mann hatte das lange Haar gekämmt oder gekräuselt, den Bart sorgfältig gestutzt. Bei allen glänzten goldene Halsreife, Armbänder, Broschen und Ringe, blinkten Gürtelschnallen und Schwertgriffe. Dem Hofzeremoniell entsprechend knieten sie nieder, sobald Unwin erschien, wobei die Umhänge laut raschelten, Leder knarzte und Metall klirrte. Einige der älteren Männer atmeten schwer.

Unwin bat sie schnell, sich zu erheben, und lächelte so warm, wie er konnte. Er half sogar dem ältesten Mann, den er sehen konnte, auf die Beine. Auch der Atheling hatte sich mit seinem Äußeren große Mühe gegeben. Sein Haar war nicht wie üblich straff zurückgekämmt, was praktisch war, sondern hing lose um seine Schultern wie ein welliger rötlicher Umhang. Seine Tunika war scharlachrot, mit goldenen Fransen, und er trug dazu einen mit Goldplatten besetzten und mit einer goldenen Schnalle versehenen Gürtel, an dem ein Sax hing, dessen Hilt mit Granaten verziert war. An jedem Finger hatte er einen goldenen Ring, auch auf den Daumen, dazu einen goldenen Halsreif, und sein mit Pelz gefütterter scharlachroter Umhang wurde von einer großen, runden goldenen Brosche gehalten. Seht her, was für einen jungen, mannhaften, gut aussehenden, anmutigen König ihr zurückgewiesen habt, lautete die stumme Botschaft seiner ganzen Erscheinung an die Ältesten. Schaut euch diese goldenen Ringe an, bereit, als Dank für jeden kleinen Dienst verschenkt zu werden. Schaut euch das Sax an, bereit, für die Verteidigung von Land und Volk eingesetzt zu werden. Was für ein Verlust!

Der Älteste und Sprecher des Ältestenrats, dem Unwin auf die Beine geholfen hatte, war ein wenig außer Atem. Doch ließ er sich davon bei seiner Rede nicht beirren. Er sagte so laut, dass man es in der ganzen Halle verstehen konnte: »Mein Herr Unwin, wir sind gekommen, um dich zu bitten, uns zu führen und für uns zu sprechen, wenn wir zu Athelric gehen und ihm die Krone antragen. Es ist recht und billig, dass du für uns sprichst.«

Geraschel und Geraune wurde in der Halle laut, gemischt mit zustimmendem Gemurmel. Vater Fillan, hinter Unwin, wartete mit Spannung auf Unwins Antwort, nicht so sehr auf die Worte als auf die Stimme.

Diejenigen, die direkt vor dem Athling standen, beobachteten sein Gesicht ebenso genau. Mit jungem und sorglosem Lächeln antwortete Unwin: »Mit Freuden. Es ist mir eine Ehre. Eine bessere Wahl als meinen Vatersbruder hätte man nicht treffen können.« In Unwins Art war keine Spur von Anspannung oder Bemühen zu spüren. Vater Fillan nickte beeindruckt. Selbst er fragte sich, ob Unwin vielleicht doch die Wahrheit sagte – aber dann wies er diesen Gedanken mit energischem Kopfschütteln von sich.

Die Ältesten wichen beiseite und machten Unwin Platz, als er mit schwingendem Umhang und wehendem Haar zwischen ihnen dahinschritt. Alle folgten ihm, Vater Fillan mit den Letzten in der Menge. Der Priester blickte sich um und fragte sich, wo Wulfweard stecke. Der jüngste Atheling sollte in Festtagskleidung hier sein, um gemeinsam mit seinem Bruder dem Vatersbruder den Treueeid zu leisten. Vater Fillan war sicher, dass er den Jungen nicht übersehen hätte, selbst in dieser Menschenmenge. Vielleicht war er noch in seinen Gemächern.

Die Prozession zog durch die Gärten der königlichen Residenz, beäugt von zahlreichen adligen Frauen, die ihre besten Kleider und den prächtigsten Schmuck angelegt hatten, umringt von Dienerinnen und Kindern. Weiter hinten verrenkten sich die Diener und Sklaven der Residenz den Hals, um auch etwas zu sehen und mitzujubeln.

Athelric wartete in seinen Gemächern. Ein großer, vergoldeter und geschnitzter Armsessel war auf ein Podest gestellt worden. In diesem Sessel saß Athelric ruhig, aber königlich, in seine beste blaue Tunika mit Goldfransen gekleidet und mit ebenso viel Gold behängt wie Unwin. Sein Haar, immer noch lang und dicht, wenngleich bereits mit grauen Strähnen durchzogen, war um seine Schultern gelegt, um den Eindruck zu erwecken, dass immer noch genügend Kraft in ihm steckte. Sein grauer Bart war über die Brust gekämmt, um die Zuschauer mit seinem Alter und seiner Weisheit zu beeindrucken. Er hatte gewusst, dass sie kommen würden.

Unwin schritt zu dem Sessel und blieb hoch aufgerichtet davor stehen, während sich sein Umhang und die Haare legten. Er wartete gerade so lang, dass die hinter ihm in der Halle den Unterschied sehen konnten zwischen dem starken jungen Mann und seinem älteren Vatersbruder, der schon ein wenig in sich zusammensank und dem man das Alter ansah. Dann kniete Unwin nieder, und alle Ältesten, die bisher noch nicht auf die Knie gesunken waren, beeilten sich, es ihm nachzutun.

Unwin sprach laut. Alle sollten es hören: »Bruder meines Vaters, Athelric, es ist mir eine Ehre, dich im Namen meiner Landsleute zu bitten, die Krone anzunehmen und unser König zu sein.«

Athelric rutschte in seinem Sessel hin und her und beugte sich ein wenig nach vorn. »Die Krone ist ein schweres Gewicht auf dem Haupt eines Mannes, eine große Verantwortung. Ich glaube, ich bin in Jahren zu weit vorgerückt, um sie anzunehmen.« Aber seine Hand umfasste den Sesselarm so fest, als sei dieser die Krone.

Unwin ließ sich nichts anmerken, weder in Haltung noch Stimme, dass er diese Meinung teilte. Er fuhr fort: »Athelric, du bist aus der Sippe des Königs und stammst von ...«

Als er zögerte, hob Vater Fillan hinten in der Menge nahe der Tür zur Halle den Kopf und lauschte aufmerksam.

»... stammst von Woden ab«, erklärte Unwin laut und fest. »Und von Noah.«

Vater Fillan nickte. Die heidnischen Könige behaupteten, vom Gott Woden abzustammen. Es war nicht nur höflich, sondern auch aus politischen Gründen geboten, dies zu sagen. Aber die christlichen Könige beanspruchten die Abstammung von Noah.

»Du bist der Bestgeeignete der Sippe, uns zu regieren. Wir bitten dich noch mal, die Krone anzunehmen.«

Athelric erhob sich. Als er auf dem Podium stand, überragte er alle in der Halle. Gegen den Hintergrund des dunklen Holzpaneels gab er eine gute, kräftige Figur ab. Das Gold, das er trug, funkelte im hellen Licht, das durch die geöffnete Tür hereinfiel. »Wenn das der Wunsch von euch allen ist, nehme ich die Krone an.«

Die Zustimmung wurde durch lauten Jubel erteilt, welcher sich an den Holzwänden brach und zu den Dachsparren hinaufhallte.

Athelric breitete unterwürfig die Arme aus und neigte den Kopf. »Dann nehme ich an.«

Ein oder zwei Männer jubelten, wurden aber jäh zum Schweigen gebracht, als der Führer des Ältestenrats die Hand hob. Der alte Mann trat neben Unwin und stellte die rituelle Frage. »Erklärst du dich einverstanden, deinen Fuß als Probe auf den Schreienden Stein zu stellen?«

»Ich bin einverstanden, meinen Fuß auf den Schreienden Stein zu stellen.«

Jetzt brach wieder lauter Jubel aus, der die Vögel in den Dachsparren erschreckte und von den Wänden widerhallte. Die Dienerschaft hinter Vater Fillan draußen im Hof jubelte ebenfalls laut. Er drehte sich um und schaute in die aufgeregten Gesichter, während seine Miene immer düsterer wurde. Hier war nichts, das ihn froh machte. Wenn der Atheling Unwin, den er zu seiner Gemeinde zählte, sich bei seinem Vatersbruder auf die Abstammung von Woden berief, auch wenn er gleich darauf den Namen Noahs genannt hatte, so galt das auch für ihn selbst. Und jetzt war Athelric der nächste König und ein unbußfertiger Heide, der mit der vollen alten heidnischen Zeremonie die Königswürde anzutreten gedachte – indem er seinen Fuß in die Mulde im Stein stellte, welcher angeblich das Zentrum der Welt bezeichnete. Dieser Stein schrie angeblich laut, wenn der rechtmäßige König – das heißt, derjenige, den die alten Götter erwählt hatten, um seinem Lande

Glück zu bringen – den Fuß hineinstellte. Wenn ein anderer den Fuß hineinstellte, schwieg der Stein.

Der Schreiende Stein war wie alle anderen Steine auf ewig stumm, aber wenige Tage nach der Krönung verbreitete sich immer die Kunde, der Stein *habe* geschrien. Sollte der König sich später als Enttäuschung herausstellen, erzählte man eine neue Geschichte: dass der Stein völlig stumm geblieben sei, als er den Fuß hineingestellt habe.

Es war eine Lektion über Sünde und Eitelkeit in den Herzen und Köpfen der Menschen. Vater Fillan hatte ihnen von dem wahren Weg, von der jungfräulichen Geburt und der Auferstehung erzählt, aber dennoch waren ihnen derartiger Aberglaube und solche Lügen lieber.

Der Jubel war verstummt, und Unwin erhob wieder die Stimme: »Bruder meines Vaters! Gewähre mir diesen Gefallen – lass mich der Erste sein, der dir Gefolgschaft schwört.« Er hob die Hände wie zum Gebet. Athelric beugte sich hernieder, legte seine Hände um die Unwins und hörte mit bewundernswert ausdrucksloser Miene zu, wie Unwin schwor, ihm stets getreulich zu dienen, im Rat und in der Schlacht, in Wort und Tat. Die versammelten Ältesten hielten den Atem an, als Athelric die entsprechende Antwort gelobte, in welcher er schwor, für Unwin zu sorgen und ihn als Gegenleistung für seine treuen Dienste zu schützen. Dann setzte wieder der Jubel ein und wurde noch lauter, als Athelric Unwins Handgelenke umfasste und ihn zu sich auf das Podium zog, wo er ihn umarmte und küsste. Verwalter und Diener drängten sich durch die Tür, wobei sie Vater Fillan gegen den Türpfosten drückten, um zu sehen, was drinnen vor sich ging. Auch sie begannen laut zu jubeln. Wenn es solche Liebe und Loyalität unter der Königssippe gab, dann musste das Land sicher sein!

Als Athelric und Unwin sich auf dem Podium nochmals

männlich umarmten, flüsterte Athelric Unwin ins Ohr: »Hast du die Prophezeiung gehört? Elfling, der Bastard, soll zurückkehren, dir den Kopf abschlagen und ein unfreies Mädchen heiraten.«

Ehe Unwin antworten konnte, breitete Athelric die Arme zur Menge aus und verkündete laut: »Kommt und feiert heute Abend in der Halle des Königs!« Er blickte zu den Dienern an der Tür, die ihm zuwinkten und jubelten. »Alle sollen heute Abend feiern. Auch an die Armen wird Essen verteilt! Ich werde einem Unfreien die Freiheit schenken.«

Der Jubel wurde grenzenlos. Unwin jubelte nicht mit, sondern stand nur lächelnd neben seinem Vatersbruder, um allen zu zeigen, wie glücklich er war. Hinter seinem lächelnden Gesicht dachte er an die Prophezeiung. Er hatte sie gehört. Er hatte bereits Pläne entworfen, wie man das Mädchen, welches diese Geschichte unter dem Volk verbreitete, zum Schweigen bringen konnte.

In dieser Nacht strahlten die weiß gekalkten Wände der Halle das Licht des Feuers, der Fackeln und der vielen Kerzen und Lampen, bis der gesamte Raum hell erleuchtet war. Das Licht fing sich in den Kannen, Schüsseln und Trinkbechern, ließ das Gold und die Edelsteine aufblitzen, die die Gäste trugen, und die Metallteller auf den Tischen blinken. Die Hitze von so viel Feuer und so vielen Gästen führte dazu, dass die Gesichter schweißnass waren und mit den Ärmeln abgewischt wurden. Der Lärm war auch unglaublich und ohrenbetäubend: Nicht nur die Gespräche und das Gelächter, untermalt von Harfenklängen, sondern auch unzählige kleine Geräusche vermischten sich, wenn Bänke und Stühle knarrten, Arme und Hände auf die Tische klatschten, Lippen schmatzten und Trinkbecher abgestellt wurden. Die Luft war erfüllt von den herrlichen Düften gebratenen Fleisches, Honigwein und

Würzsoßen. Diener, die nicht das Recht hatten zu sitzen, liefen eilends hin und her, wenn Finger winkten, und waren sich selbst oft im Wege. Am hohen Tisch wurden die besten Speisen serviert, und die künftige Königin, Athelrics Gemahlin Osthrida, schenkte den Wein eigenhändig ein.

Unwin saß neben seinem Vatersbruder und lächelte, lachte, trank und redete, rief seinen Freunden Scherzworte zu und warf Brot nach ihnen. Keinen Wimpernschlag lang ließ er erkennen, dass etwas geschehen war, was er nicht gewollt hatte. Als man ihn fragte, weshalb der Atheling Wulfweard nicht anwesend sei, tat er so, als hätte er die Frage nicht gehört, bis der Fragesteller es für besser hielt, nie gefragt zu haben. Selbst dann noch nicht, als die Harfe die Runde machte und jeder Mann nacheinander ein Loblied auf die alten Götter oder das Lied eines Helden sang, der im Namen Wodens oder Thunots schwor – selbst dann schienen Unwins Beifall und Lächeln noch echt zu sein.

Vater Fillan saß an einem der unteren Tische, aß die Speisen für das gewöhnliche Volk, die es auch jeden Tag gab, und beobachtete alles. Langsam festigte sich in ihm die Gewissheit, dass Unwin keineswegs nur heuchelte, und das lag ihm schwer auf der Seele. Denn hinter dem hohen Tisch auf dem Podium saßen die Priesterinnen des heidnischen Götterhauses, alle in bunter Kleidung mit Gold, wie Königinnen. Unwin hatte Christus verlassen und war zu seinem Ahnen, Woden, zurückgekehrt, weil er jetzt von einem heidnischen König mehr Vorteile hatte. Die Harfe wanderte die Tische entlang und kam zu Unwin. Mit Sicherheit würde man den Atheling auffordern zu singen. Wenn auch er ein heidnisches Heldenlied sang, konnte Vater Fillan gleich seine Sachen packen und das Land verlassen; denn dann gäbe es hier für einen christlichen Priester keinen Platz und keine Hoffnung mehr.

Die Harfe kam zu Unwin. Er nahm sie und schlug einige Akkorde an. Die gesamte Halle verstummte und wurde stiller als für alle vorigen Sänger. Nicht nur Vater Fillan war interessiert zu hören, was Unwin sang. Selbst die Diener verharrten und standen still, um zuzuhören.

»›Ein Knabe warst du, als du das erste wilde Ross rittest, jung warst du, als du zum ersten Mal den Raben zu fressen gabst. Den Jahren nach ein Knabe, dem Mut nach ein Mann. Du brachst den Schlaf des Schwertes ...‹« Füßescharren und gemurmelter Beifall kamen auf, als den Zuhörern klar wurde, dass dieses kein Götter- oder Heldenlied war, sondern ein improvisiertes Lob auf Athelric, ein nettes Kompliment vom Neffen für den Vatersbruder. »›Alt an Weisheit jetzt, wenngleich kein grauer Bart, laut schreien wird der Stein bei deiner Berührung.‹«

Vater Fillan stützte den Kopf auf die Hand. Als das Lied weiterging, kamen immer mehr heidnische Bilder von Schlachten und Schlachtengöttern, von Wölfen und Raben und Speeren. Darin gab es wiederholte versteckte Anspielungen auf Athelrics Alter, aber das Lied erklärte auch Unwins Loyalität seinem Vatersbruder gegenüber – mochte sie auch nur vorübergehend sein. Vor seinem geistigen Auge sah Vater Fillan bereits, wie sein Kreuz herabstürzte und seine kleine Kirche eingerissen wurde. Er fragte sich, ob er den Mut hätte zu bleiben und zu versuchen, die Kirche zu verteidigen und seine Herde zusammenzuhalten, und wenn es ihn das eigene Leben kostete. Früher hatte er diese Frage ohne Zögern und aus vollem Herzen bejaht. Doch jetzt, wo die Aussicht auf das Martyrium so nahe war, schrumpfte sein Magen, und ein kalter Schauer überlief ihn. Er sollte zu seinen Vorgesetzten zurückkehren, damit sie an seiner Stelle einen tapfereren Mann schickten. Aber er musste erst Unwin um Erlaubnis fragen, gehen zu dürfen. Zweifellos würde dieser sie ihm gewähren.

Ebba saß am Tisch in einer der kleineren Hallen der Residenz. Sie war vollkommen glücklich. Ihr war warm, ihr Bauch war voll von Brot und Suppe. Und um sie herum saßen Freunde. Wilburga war neben ihr und lächelte, als Ebba mit einem jungen Mann auf der gegenüberliegenden Seite des Tisches liebäugelte. Ebba bekam zuerst gar nicht mit, wie zwei große Vertreter der Leibgarde hereinkamen und sich hinter ihr aufbauten. Erst als der junge Mann gegenüber plötzlich verstummte und über ihre Schulter schaute, bemerkte sie, dass auch alle anderen am Tisch schwiegen. Sie drehte den Kopf, um zu sehen, worauf alle starrten.

Die Männer trugen Helme, die ihre Augen überschatteten, und einer hatte den Schild auf den Rücken geschlungen. Ihre Umhänge waren mit glänzenden Bronzebroschen befestigt, und an den Seiten hingen Schwerter. Einer sagte: »Du bist doch die Ebba, die mit Thane Alnoth gekommen ist.«

Verängstigt blickte sie ihn an, bis er die Frage wiederholte. Dann nickte sie.

»Dann komm mit uns«, sagte er.

Ebba kam nicht auf den Gedanken, nicht zu gehorchen. Ohne zu denken, stand sie auf und kletterte über die Bank, auf der sie gesessen hatte. Sie hatte viel zu viel Angst, um zu denken.

»Warum nehmt ihr sie mit? Wer seid ihr?«, fragte Wilburga.

Einer der Leibgarde drehte sich um und schaute sie lang und durchdringend an, als wolle er ihren Stand einschätzen. Als er sicher war, dass sie keine wichtige Person war, antwortete er harsch: »Die Wache des Athelings Unwin, Weib. Wir haben den Befehl, dieses Mädchen zu holen.«

Sie führten Ebba aus der Halle.

Wilburga lief ihnen hinterher. »Warum?«

Der Soldat blickte über die Schulter. »Ich weiß es nicht, Weib. Atheling Unwin erzählt mir nicht alle seine Geheimnisse. Am besten ist es, du gehst zurück zum Tisch und isst weiter, Weib.«

Der andere Soldat hatte seine große Hand um Ebbas dünnen Arm gelegt. Das tat weh. Seine Schritte waren länger als ihre. Als er zur Tür ging, musste sie sich beeilen, um mitzuhalten. Die Leute an den Tischen sahen stumm zu, wie sie vorbeigingen.

Sie erreichten die Tür und gingen von der erleuchteten Halle direkt in die dunkle, kalte Nacht. Keiner der Soldaten sprach, als sie mit ihr durch die Gärten der Residenz im Eiltempo marschierten. Ebba tat der Griff am Arm weh und sie hatte große Schwierigkeiten, die Füße auf dem Boden zu lassen, als sie so dahingeschleppt wurde. Weiter vermochte sie nicht zu denken. Sie stellte keine Fragen, weil sie Angst vor den Antworten hatte.

Ihr Geschichtenerzählen! Sie war sicher, es ging um ihr Geschichtenerzählen. Hatte Wilburga sie nicht gewarnt? Ihre eigenen Worte kamen zurück zu ihr: »Elfling wird aus der Anderswelt zurückkommen. Er wird sich an den Athelingen rächen. Elfling kommt zurück, und er wird König sein ...«

Vor ihnen ragte der schwarze Hauptteil der Königshalle auf. Gelbes Licht schien aus den Fenstern hoch oben in den Wänden. Lärm drang heraus – Gelächter, Rufe, durch die Kühle und Nässe der Nacht gedämpft. Die Soldaten marschierten geradewegs darauf zu und zerrten Ebba mit sich. Als sie sich den Türen näherten, wurde der Lärm noch lauter, und man roch die Speisen.

Während ein Soldat Ebbas Arm hielt, öffnete der andere die Türen der Halle. Eine dicke Wolke aus Wärme und dem Duft von Fleisch und Brot drang heraus. Drinnen war es sehr laut.

Ebba wurde von den Wachen hineingezerrt, und die Tür hinter ihnen geschlossen.

Da stand sie nun, zwischen den Wachen, in der königlichen Halle, während ringsum ein Fest stattfand – ein Fest, zu dem nur die Adligen zugelassen waren. Selbst die Menschen an den niedrigsten, nächsten Tischen, welche sich alle umgedreht hatten, um sie anzustarren – selbst diese, die am wenigsten wichtigen Gäste, waren Adlige. Ebba blickte auf die Streu auf dem Boden. Sie kam sich schmutzig, hässlich vor: ein Objekt der Schande. Sie bedeckte das Gesicht mit der freien Hand und zitterte vor Angst und Scham.

Das Fest ging dem Höhepunkt entgegen. Alle lachten, die Gesichter glänzten vor Schweiß, die Münder waren fettig. Da ertönten Fanfaren und Trompeten. Athelric erhob sich und gab einer langen Reihe von Dienern ein Zeichen, worauf diese mit großen Körben voll Brot und Kuchen durch die Halle schritten, um diese im Hof und am Eingang zur Residenz an alle zu verteilen, die dort warteten. Die Menschen in der Halle, die mit einem Sitz geehrt worden waren, frohlockten über die Großzügigkeit ihres Königs und erhoben die Trinkhörner und Becher, um ihm zuzutrinken.

Wieder erschollen die Trompeten ohrenbetäubend, aber sie sorgten für Stille in der Halle. Jetzt kamen vom hinteren Ende der Halle zwei Gestalten, ein Mann und eine Frau, die sich unter den durchdringenden Blicken, abfälligen Bemerkungen und Scherzen am liebsten verkrochen hätten. Sie waren Unfreie und trugen ungefärbte Wollkleidung, die unter den farbenprächtigen Gewändern an den Tischen einen Ruhepunkt bildeten. Als sie Athelric erreichten, knieten sie nieder und erhielten aus seiner Hand die Pergamente, welche ihnen die

Freiheit garantierten, außerdem als Geschenke neue Kleider – zwar immer noch aus ungefärbtem Wollstoff – und neue Schuhe, neue Umhänge und einen Beutel mit Geld. Als die Unfreien sich mit ihren Geschenken auf den Armen zum Gehen wandten, brach erneuter Jubel aus, und einer sprang auf und forderte alle auf, auf die offene Hand ihres Königs zu trinken.

Nachdem der Jubel abgeflaut war, erhob sich Unwin von seinem Platz an Athelrics Seite. Stille breitete sich aus. Als er sprach, erreichte seine Stimme auch die letzten Sitze. »Bruder meines Vaters, darf ich eine Gunst von dir erbitten?«

Athelric schaute ihn an und verbarg die offensichtliche Überraschung über diese nicht vorhergesehene Unterbrechung sowie sein Unbehagen. Er hatte keine Ahnung, was Unwin erbitten wollte, aber als König konnte er es sich nicht leisten, ihm die Bitte abzuschlagen, ganz gleich, worum es sich handelte. »Trage deine Bitte vor, Sohn meines Bruders. Wenn es in meiner Macht liegt, werde ich sie dir erfüllen.« Das kam einer Absage so nahe, wie er es wagen konnte.

»Ich bitte dich um dein Urteil, König.«

Wenn die Elfen doch diesen Kerl holen würden, dachte Athelric. Was führt er im Schilde? Aber Urteile zu fällen war eine der königlichen Aufgaben. »Ein Urteil worüber?«

Unwin blickte die Halle hinunter. Zum hohen Tisch kamen zwei von Unwins Soldaten der Leibgarde. Zwischen ihnen eine kleine Gestalt, mit weichen Knien und so schwach, dass die Männer sie unter den Ellbogen gepackt hielten und sie vorwärtsschleiften. Sie trug einen ausgebeulten grauen Kittel und hatte dunkle Haare und ein weißes, angsterfülltes Gesicht.

Athelric erkannte das Mädchen, das über den Brand von Elflings Gehöft berichtet hatte.

»Was hat sie verbrochen?«

Unwin lehnte sich auf den Tisch und sprach so laut, dass alle in der Halle ihn hören konnten. »Sie ist eine Unfreie und eine Prophetin. Sie behauptet, dass der Bastard Elfling der rechtmäßige König sei, nicht du, Bruder meines Vaters. Sie sagt, dass schon bald der Bastard kommen und uns alle töten wird, als Rache für den niedergebrannten Hof und den Mord an seinen Leuten. Und dann wird er König sein und sie heiraten!« Unwin deutete auf das Mädchen und lachte schallend.

Athelric lachte nicht. Er musste jetzt ein Urteil fällen und war sich immer noch nicht sicher, was Unwin mit alledem bezweckte. Er fragte: »Hast du diese Dinge erzählt, Mädchen?«

Ebba antwortete nicht. Einer der Soldaten drückte sie auf die Knie. Sie kniete und starrte auf die Streu auf dem Boden vor ihr, auf die getrockneten Blumen und die abgenagten Knochen. Sie konnte nur das eine denken, dass sie nicht nur in der Halle voller Adliger war, sondern auch vor den Söhnen Wodens persönlich. Sie würden sie töten. Sie wagte nicht zuzuhören, wagte nicht zu verstehen. Als Athelric zu ihr sprach, konnte sie nicht antworten. Sie konnte kaum den mit Streu bedeckten Boden sehen, auf den sie starrte, so gewaltig war ihre Angst. Sie würden sie hängen, sie würden sie in ein Moor bringen, zu einem Bündel zusammenschnüren und eintauchen, bis sie sank – sie spürte schon das kalte Wasser bis in die Knochen, das sie umgab. Sie schlang die Arme um sich – der einzige Trost, der ihr blieb – und zitterte und stotterte, vermochte aber kein Wort zu sprechen.

Athelric wiederholte die Frage zweimal; aber es war offensichtlich, dass aus dem Mädchen nichts herauszuholen war. Er hob die Augen von ihr und blickte in die Halle. »Kann jemand bezeugen, dass das Mädchen diese Dinge gesagt hat?«

»Ich kann es«, antwortete der Soldat links von Ebba.

»Ich ebenfalls«, erklärte der andere.

Niemand sonst sprach in der Halle. Viele kannten die Prophezeiungen, welche das Mädchen gemacht hatte, aber keiner war so töricht, es zuzugeben.

»Und ich«, sagte Unwin. »Bezweifelst du mein Wort, Bruder meines Vaters?«

Athelric schaute ihn an. »Welches Urteil soll ich fällen?« Es war töricht, dachte er, der Sache überhaupt ein solches Gewicht zu geben. Warum sollte man das Geplapper einer Unfreien so wichtig machen, um ihm Aufmerksamkeit zu schenken? Sie auszupeitschen würde das Mädchen in Zukunft schweigen lassen. Aber niemand würde je vergessen, was sie bereits gesagt hatte – insbesondere nachdem Unwin sie vor seinen Thron gezerrt hatte.

Unwin lächelte. »Ich erwarte von dir als Urteil – Freiheit! Ich möchte, dass auch sie freigelassen wird.«

Athelric machte den Mund auf, hielt aber seine Zunge im Zaum. Stattdessen lächelte er und begann mit der Menge zu spielen. Er umarmte Unwin und küsste ihn auf die Stirn. »Eine Bitte, welche ich mit Freuden erfülle! Lass die Schreiber holen und den Freibrief für das Mädchen sofort ausstellen. Bringt ihm die Kleidung und den Geldbeutel.«

Gelächter und Beifall stiegen aus der gesamten Halle auf. Das war bestens gelaufen, gestand Athelric sich ein. Was das Mädchen gesagt hatte, war jetzt entwertet. Nur ein Mann ohne Furcht und ohne Schuld konnte die Anschuldigungen des Mädchens mit Freiheit und Geschenken beantworten. Falls das Mädchen wollte, konnte es seine Prophezeiungen wiederholen. Niemand würde ihm jetzt noch glauben.

Unwin war ein wahrlich gefährlicher Rivale. Das stand für Athelric fest.

Unwin beugte sich über den Tisch und bot Ebba einen

Becher mit Wein und ein Stück Kuchen an, das mit Creme und Honig gefüllt war. Die Soldaten hatten sie auf die Beine gezerrt, aber sie schien noch zu benommen zu sein und zu verängstigt, um den Kuchen zu nehmen, ganz zu schweigen zu begreifen, dass man sie von der Leibeigenschaft befreit hatte. Ein Soldat nahm den Kuchen von Unwin und legte ihn Ebba in die Hand. Sie starrte darauf, unfähig zu begreifen, weshalb man ihn ihr gegeben hatte, wenn man sie doch hergebracht hatte, um zum Tode verurteilt zu werden.

»Auf den Bruder meines Vaters!«, rief Unwin. »Auf seine Krönung – und auf den Schrei des Steines!«

Ebba war von der Hitze in der Halle mit den vielen prächtig gekleideten Menschen, die mit den Bechern auf die Tische klopften, dem Stimmengewirr und Gelächter so verschreckt, dass sie ihren Kuchen fallen ließ. »Also wirklich!« sagte der Soldat an ihrem Ellbogen. »Der schöne Honig und die Creme, alles verschwendet.«

Später, als die Kerzen und Feuer immer noch brannten und die Hitze auf ihrem Gesicht Schweißperlen hervorrief, als ihre Ohren dröhnten und sich ihr Magen bei den Gerüchen von Essen und Getränken umdrehte – brachten sie ihr ein Pergament und legten es in ihre Hand. Und dann hing der Wodenssohn, den sie am meisten fürchtete, der jüngere mit dem langen rötlichen Haar, ihr eine Knochenscheibe an einem Lederriemen um den Hals. Sie scheute zurück, aber dennoch streifte er ihr den Riemen über. Wieder war schrecklicher Lärm in der Halle. Die Soldaten überreichten ihr einen Stoß Kleider, darauf ein Paar Schuhe und einen kleinen Lederbeutel, in dem Metall klirrte, wenn man ihn schüttelte. Der Jubel dauerte an, als die Leibgarde sie durch die Halle und durch eine Tür in die blendende Dunkelheit führte. Es war empfindlich kalt. Sie versetzten ihr einen Stoß, schickten sie fort und ermahnten sie, in

Zukunft den Mund zu halten. »Ein zweites Mal wird der Atheling nicht so freundlich sein.«

Wilburga, in ihren Umhang gewickelt, stand draußen in der Dunkelheit. Es waren auch noch etliche andere Leute dort: der junge Mann, mit dem sie geflirtet hatte, und viele Gaffer. »Du bist in Sicherheit, in Sicherheit. Eostre sei Dank!«, sagte Wilburga und wickelte Ebba in einen Umhang, den sie mitgebracht hatte.

Zurück in den Unterkünften berichtete Ebba, soweit sie konnte, was geschehen war. Sie zitterte immer noch, und ihre Stimme überschlug sich oder brach ab. Zuweilen musste sie kichern, wenn sie sich erinnerte, wie verängstigt sie gewesen war, wie sie mit dem sicheren Todesurteil gerechnet hatte. Wilburga legte den Arm um sie und tätschelte ihre Schulter.

Wilburga erklärte ihr auch, dass das Pergament ihre Freiheit bedeutete und dass die Knochenplatte um den Hals der Beweis dafür war.

»Freiheit?«

»Du bist jetzt eine freie Frau, Liebling. Keine Leibeigene mehr.«

Ebba schwieg.

Wilburga entfaltete das Kleiderbündel und fand ein Untergewand aus guter Wolle, ein Oberkleid und einen Umhang. Der kleine Lederbeutel war voll Geld.

»Holt Ale!«, rief einer. »Wir müssen feiern.«

»Was immer ihr über Unwin sagt …«, begann eine Frau, brach jedoch ab und schüttelte den Kopf.

Wilburga lehnte sich dicht an Ebba und sagte leise. »Den besten Rat, den ich dir geben kann, ist: Halte den Mund und geh von hier fort – so weit und so schnell wie möglich.«

»Aber ich kann nicht«, widersprach Ebba.

Wilburga legte die Hand auf die Wange des Mädchens. »Du hast wohl keinen Ort, an den du gehen könntest, Liebes?«

»Ich könnte nach Alnothsstead gehen«, sagte Ebba. »Elfling wird mich dort finden.«

Wilburga seufzte.

»Oh, Ebba«, sagte sie.

DREIZEHNTES KAPITEL

AM SCHREIENDEN STEIN

Das Landvolk marschierte bis zu zehn Meilen, um die Straße zu erreichen, auf der die Prozession reiten würde. Alle wollten den zukünftigen König sehen, der mit seinem Gefolge zum Schreienden Stein ritt. Andere ritten direkt zum Stein, der in den Hügeln lag, und übernachteten dort, um den Augenblick selbst zu sehen, wenn ein Mann der von Gott erwählte König wurde.

Die Parade war es in der Tat wert, so weit zu gehen und zu warten. Wenn Menschen ein Pferd besaßen, war es für gewöhnlich ein gedrungenes kleines Arbeitstier. Jetzt sahen sie Abteilung nach Abteilung der Truppen auf großen, gut gefütterten, edlen Rössern, mit gebürstetem, glänzendem Fell, und an den Harnischen klingelten goldene und silberne Glöckchen. Auch an den Satteldecken und Zügeln glitzerten Fransen. Die einfachen Menschen vermochten nicht zu begreifen, wie es auf der Welt so viel Reichtum geben konnte, um diese Rosse zu kaufen, zu füttern und zu schmücken.

Unter denen, welche die Straße säumten und neben der Parade schritten, waren auch Reichere, die bunte Kleidung trugen, aber der Großteil steckte in den grauen und braunen Kitteln aus ungefärbter Wolle, die durch den Gebrauch vieler

Jahre abgewetzt und formlos geworden waren. Ab und zu sah man auch Umhänge aus Leder, um den Regen abzuhalten, oder solche, die aus Stroh geflochten waren. Mit glänzenden Augen und offenen Mäulern schaute die Menge zu, wie eine Reiterschar nach der anderen vorbeizog, alle festlich gekleidet, in Scharlachrot, Blau, Hellgelb und Grün. Die bunten Umhänge waren mit Pelz gefüttert. Und in der Sonne blitzte und glitzterte das Gold, das sie auf den Schultern, an den Hälsen, Armen und Händen zur Schau trugen. Sogar die Gürtelschnallen, Abzeichen an den Kappen und Fußschnallen blitzten. Wie konnte es in der Welt so viel Reichtum geben?

Auch Bewaffnete ritten in der Parade mit. Jeder Mann trug ein Kettenhemd, aus Hunderten von gedrehten Eisengliedern, einige mit goldenen Ziernägeln besetzt. Jeder Soldat trug einen Schild auf dem Rücken und auf dem Kopf einen Helm – einen Helm aus Eisen, keine Lederkappe. Alle hielten Speere in den Händen und Schwerter an der Seite. Etliche hatten auch Bogen und Köcher voller Pfeile auf dem Rücken. Wie konnte es in der Welt so viel Reichtum geben? Das waren die Krieger, welche die Landesgrenzen gegen Eindringlinge verteidigen und Bauern und Hirten schützen sollten. Handwerker und Handelsleute auf den Straßen fühlten sich sicherer, wenn sie diese lärmende, klingelnde, blitzende Reiterschar vorüberziehen sahen. Sie waren stolz auf ihre Truppen.

Dann kam der König höchstpersönlich. Die Schleppe seines purpurroten Umhangs hing über die Kruppe des Pferdes. Sein Neffe ritt neben ihm, ebenfalls in Scharlachrot. Beide waren wie für die Schlacht bewaffnet, um ihre Bereitschaft zu zeigen, ihr Volk zu verteidigen. Beide trugen Helme mit Masken, die sie in furchterregende Geschöpfe mit Gesichtern aus Gold verwandelte. Ihre Juwelen, die goldenen Verzierungen ihrer Schlachtrüstung, Schnallen und Fransen ließen sie fast in einer glitzernden Wolke verschwinden. Die Steine und das glitzernde Metall blinkten wie Sterne.

Hinter dieser prächtigen Parade folgte ein langer graubrauner Schwanz niederen Volkes: Diener aus der Residenz, Landvolk, die sich der Parade angeschlossen hatten, nachdem diese vorbeigezogen war. Alle marschierten sie in ihren hausbackenen Kleidern aus grauer, brauner und schwarzer Wolle und plauderten und lachten. Sie teilten sich, was sie mitgebracht hatten: Brot und Ale und Wasser aus Flaschen. Unter ihnen war Ebba, voll der Hoffnung. Elfling würde kommen. Das wusste sie. Ehe der König gekrönt wurde, würde Elfling kommen und an seiner Stelle gekrönt werden. Und sie würde da sein.

Der Hügel des Schreienden Steins war nur ein Hügel unter vielen des Landes; unauffällig, abgesehen davon, dass er als der Hügel des Schreienden Steins bekannt war und verehrt wurde. An seinen Flanken wuchsen Eichen, Eschen und Ulmen – jetzt alle kahl. Darunter wuchsen Ebereschen, grüne Stechpalmen, Haselnussbüsche, Buchen und Holunder. Alle waren unberührt, weil der Hügel als ein heiliger Ort galt. Als die Reiter unter die Bäume ritten, packten sie die Speere fester. Im Sommer, wenn das Laub den Blick verstellte, war dies ein hervorragender Ort für einen Hinterhalt, wenn es kein heiliger Ort gewesen wäre. Selbst die Schatten der kahlen Äste reichten, dass sich den Gewappneten die Haare im Genick aufstellten. Es war umso nervenaufreibender, weil hier, am Fuß des Hügels, alle absaßen, die Pferde der Fürsorge der Pferdeknechte überließen und zu Fuß den steilen Pfad emporstiegen, der zur Kuppe des Hügel führte. Athelric und Unwin gingen voraus, ihre Leibgarden folgten ihnen besorgt, mit den Händen an den Schwertgriffen, dicht auf den Fersen.

Auf der Kuppe des Hügels wurde der Baumbestand lichter, und im Zentrum einer kleinen Wiese lag ein großer grauer

Stein, der vom Gras umwachsen war. Kein Meißel hatte ihn berührt, und die Mulde in Form eines menschlichen Fußes in der Mitte war nicht von Menschenhand geschaffen worden. Es war die Göttin selbst, die ihren Fuß auf diesen Stein gesetzt hatte, um einen heiligen Ort zu schaffen. Sie hatte die Mulde gemacht – sie oder einer der anderen hohen Götter, Woden, Ing oder Thunor. Welcher Gott auch immer den Abdruck geschaffen hatte, es konnte nur ein Mitglied der königlichen Sippe den Fuß hineinstellen. Das erzählte man sich jedenfalls. Jeder andere würde in Stücke gerissen oder schrumpfte oder würde einen langsamen und qualvollen Tod erleiden. Und nur bei der Berührung des von der Göttin erwählten Königs würde der Stein einen Schrei ausstoßen.

Die Menschen versammelten sich um den Stein und zitterten im eiskalten Wind, welcher durch die kahlen Bäume blies, und zogen die dicken Umhänge dichter um sich. Die ärmeren Leute, darunter Ebba, wurden den Abhang hinabgeschoben, sogar bis zum Fuß des Hügels und konnten nur hoffen, den Jubel – und den Schrei – zu hören, wenn der König den Fuß auf den Stein setzte.

Ebba krabbelte entschlossen den Hang wieder hinauf. Leicht war es nicht, weil die über ihr sich nicht von ihrem Platz vertreiben lassen wollten. Als sie sich endlich geduldig hinaufgearbeitet hatte, stieß sie auf Bewaffnete, die dort aufgestellt waren, um das ärmere Volk davon abzuhalten, die Adligen zu stören, welche um die Kuppe des Hügels standen.

Ganz oben auf dem Hügel, in dem freien Platz um den Stein, schob Athelric seinen Umhang zurück und schritt vorwärts. Die auf den Hängen konnten nur vermuten, was sich oben tat, aufgrund des Schweigens, das sich über den Hügel legte. Daher schwiegen auch sie. Die Musikanten beobachteten alles genau und setzten die Hörner an die Lippen. Als Athelric den Fuß in die Mulde des Steins stellte, stießen sie eine ohrenbetäubende Fanfare aus, eher ein Gebrüll als ein Schrei. Diejenigen, die ihnen am nächsten standen, wichen zurück und hielten sich die Ohren zu. Die auf den unteren Hängen grinsten, als sie den Fanfarenstoß hörten, schauten sich an und hoben jubelnd die Arme in die Luft. Nur Ebba stand still, die Hände vors Gesicht geschlagen, dann starrte sie über die Köpfe der anderen, aber sie sah nur den Himmel durch die kahlen Äste, und sie fragte sich…

Athelric stand noch auf dem Stein und drehte sich, um den Beifall und den Jubel entgegenzunehmen. Er hob die Arme, sodass der Umhang in anmutigen Linien zurückfiel. Im hellen Sonnenlicht des Frühlingsbeginns gab er gewiss eine beeindruckende Figur ab.

Jedenfalls glaubte er das. Aber die Reaktion, die er erhielt, war nicht, was er gewollt hatte. Urplötzlich war der Jubel abgebrochen, und Schweigen hatte sich ausgebreitet. Mit schockierten Gesichtern starrten die Menschen auf etwas, das sich hinter ihm befand. Einige zeigten sogar mit den Fingern.

Athelric drehte sich blitzschnell herum und taumelte überrascht ein wenig zur Seite, als er feststellte, dass er nicht allein auf dem Stein stand.

Hinter ihm, auf der anderen Seite des Fußabdrucks, wo der Stein sich etwas höher wölbte, stand ein junger Mann. Auf den ersten Blick sah Athelric die kostbare Kleidung, feiner grüner Stoff, Goldborten und -fransen: alle Goldornamente eines Athelings.

Athelric trat einen Schritt zurück, um seinen Gegenspieler besser anschauen zu können. Mit diesem Schritt hatte er den Stein verlassen und stand im Gras. Er wäre schnell wieder auf den Stein getreten, wäre da nicht das Gesicht des jungen Mannes gewesen. Er erkannte es, und der Schock ließ ihn erstarren, so wie viele Zuschauer vor Schreck erstarrt waren.

Das Gesicht war das seines toten Bruders Eadmunds, doch nicht des alten Mannes, der gestorben war. Hier stand der junge Eadmund, hochgewachsen, schlank, stark und muskulös, mit einer golden schimmernden Haarwolke um das Antlitz. Athelric wollte sprechen, vermochte aber kaum zu atmen. Missbilligte Eadmund seine Nachfolge – war er als ein Geist erschienen? Doch warum in dieser Gestalt? Es musste aber ein Geist sein. Kein menschliches Wesen konnte hinter ihm auf den Stein gelangen. Die Bewaffneten hätten dies nie und nimmer zugelassen ...

Als die Menschen auf den Hängen des Hügel hörten, wie der Jubel plötzlich abbrach, schauten sie sich fragend an. Da das Schweigen andauerte, wagten die Tapfersten den Hang hinaufzukriechen, um durch die Phalanx der Bewaffneten einen Blick zu erheischen, was geschehen war. Ebba war sich nicht bewusst, was sie tat. Sie warf sich gegen die Reihe der Bewaffneten und versuchte hindurchzubrechen. Einer packte sie am Arm und schleuderte sie zurück. Sie rollte den Hang hinab und riss andere mit sich. Benommen und voller Prellungen lag sie da und schaute durch die Äste zum Himmel.

Diejenigen in den ersten Reihen der Menge standen und starrten in atemlosem Schweigen. Vor ihren Augen war die Gestalt des Jünglings hinter Athelric erschienen, als sei er durch eine unsichtbare Tür getreten oder durch einen unsichtbaren Vorhang gekommen. Wie Unwin konnten sich viele nicht mehr an den alten König als jungen Mann erinnern und glaubten, dass nicht Eadmund dort stünde, sondern der Atheling Wulfweard. Die Männer am dichtesten neben Unwin hatten ihn sprechen hören, als der Jüngling erschienen war, aber niemand hatte verstanden, was er gesagt hatte.

Als der Jüngling sprach, wusste Unwin über jeden Zweifel hinaus, dass es nicht Eadmund war und auch nicht Wulfweard.

Er war nicht sicher, ob er erleichtert oder enttäuscht sein sollte. Mit einer Stimme, welche im Freien von allen gehört wurde, welche die Krone des Hügels umstanden, sagte der Jüngling: »Ich hörte Hörner blasen, aber ich hörte keinen Laut vom Stein.«

Athelric war so unfähig zu antworten, dass er hilfeheischend seinen Neffen Unwin anschaute, als wolle er, dass dieser für ihn spreche. Doch niemand auf dem Hügel gab eine Antwort. Es gab welche, die geschworen hätten, dass der Stein bei der Berührung mit Athelrics Fuß aufgeschrien hatte, aber die Erscheinung des jungen Mannes aus der Luft brachte sie zum Schweigen. Und diejenigen, die wussten, dass die ganze Sache mit dem Stein lediglich eine Darbietung war, um die Dummen zu beeindrucken, plagten jetzt Zweifel und Unsicherheit.

Unwin schritt näher zum Stein, wobei seine Schwertscheide klirrend gegen das Kettenhemd schlug, aber er konnte nichts sagen. Er betrachtete nur fasziniert das Gesicht, das dem seines verschollenen Bruders so ähnelte.

Der Jüngling legte die Hände auf die Griffe der Waffen, die an seiner Seite hingen: auf das schwarze Heft eines Schwertes und den mit Goldintarsien geschmückten Griff eines Sax. Er schaute in die Runde, auf die Bewaffneten, auf die gaffenden edlen Frauen und Herren. Dabei hoben sich die dünnen Zöpfe neben seinem Gesicht und drehten sich im Wind. »Wer ist sonst noch hier aus der Königssippe?« Er lächelte freundlich. »Es soll doch eine gerechte Prüfung sein, richtig? Jeder Mann aus der Königssippe soll seinen Fuß auf den Stein stellen. Dann werden wir hören, bei wem der Stein schreit.«

Unwin brüllte: »Mein Name ist Eadmundssohn, Atheling! Athelric und ich sind die einzigen Männer der Königssippe hier. Jetzt lass uns *deinen Namen* hören!«

Der fremde Jüngling lächelte wieder. »Das kann warten,

Bruder. Warum kommst du nicht her und probierst dein Glück? Stell deinen Fuß in den Fußabdruck der Göttin!«

Unwin hatte die Hände an den Griffen der Waffen und sagte: »Ehe du mich ›Bruder‹ nennst, sag uns deinen Namen.«

Mit laut schallender Stimme erklärte der Jüngling: »Wir haben denselben Vater, Bruder. Ich bin ebenfalls Eadmunds Sohn und ebenso ein Atheling.«

»Du bist *nicht* Wulfweard!«, schrie Unwin. Es gab Geschichten, wonach Wesen aus der Anderswelt die Gestalt von Sterblichen annehmen, sogar einen Schimmer über Baumstümpfe oder Strohbündel werfen, sodass Menschen – zumindest eine Zeitlang – glauben, sie seien ihre Freunde.

Der Jüngling hinter ihm lachte, und aus einer Lufttasche erschien plötzlich Wulfweard. Er blickte sofort zu Unwin, als hätte er schon seit geraumer Zeit unsichtbar seinen Bruder beobachtet. Er war so gekleidet, wie er diese Welt verlassen hatte, in voller Rüstung; allerdings trug er den Helm mit der Maske unter dem Arm, und sein Haar glänzte hell im Sonnenlicht. Als man sie so Seite an Seite sah, war der fremde Jüngling trotz der verblüffenden Ähnlichkeit der Schönere. Neben ihm war Wulfweard wie eine goldene Brosche, die von einem fähigen Gesellen vorzüglich nachgearbeitet worden war, doch nur die Imitation des Originals seines Meisters blieb.

Wulfweard schaute von seinem Bruder zu seinem Vatersbruder und rief: »Dies ist der Nachfolger, den unser Vater benannt hat.« Er sprang vom Stein und sagte zu seinem Bruder und seinem Vatersbruder: »Er soll der nächste König sein.«

Jetzt wechselten Athelric und Unwin Blicke. Ihre Antwort lautete: Schwerter. Die zwei Waffen wurden beinahe gleichzeitig klirrend aus den Scheiden gerissen. Unwin lächelte hämisch.

Hinter ihnen wiederholte sich das Klirren und wurde lauter,

als die Männer der Garde ebenfalls ihre Schwerter zückten, bereit zu tun, was ihre Gebieter von ihnen forderten, obwohl ihnen keine andere Gefahr drohte als ein einziger junger Mann. Es folgte eine kurze, hektische Aktivität, als Frauen und Kinder sich schnell von der Front zurückzogen und eilends den Hügel hinunterliefen. Bewaffnete folgten ihnen mit dem Befehl, sie zu schützen. Weiter unten kam es zu Schieben und Stoßen unter dem niedrigeren Volk, weil viele so schnell wie möglich hinunterwollten, andere jedoch sich nach oben kämpften, weil sie sehen wollten, was immer es dort zu sehen gab, um später für den Rest ihres Lebens davon zu erzählen. Ebba krabbelte von dem Platz, wo sie gefallen war, nach oben. Sie war durch das Durcheinander ringsum verwirrt, kletterte aber zielstrebig nach oben, als die Menge lichter wurde.

Elfling lächelte immer noch hinreißend, machte einen kurzen Schritt und stellte seinen Fuß in den Abdruck im Stein.

Der Klang durchbohrte die Zuhörer. Ihre Muskeln verspannten sich, Hände öffneten sich und ließen Waffen fallen, Knie wurden weich, Blasen entleerten sich. Es war ein knirschender, lang hingezogener, kreischender Ton, wie wenn man eine Klinge am Wetzstein schärft oder Schiefer über Schiefer schiebt. Ebba fiel auf die Knie, dann legte sie sich auf den Bauch und hielt sich mit beiden Händen die Ohren zu. Noch nie hatte sie einen so schrecklichen Ton gehört.

Auf dem Hügel drehten sich die Menschen in Panik und suchten nach dem Ursprung des Schreis. Als sie ihn entdeckten, verbreitete sich eine noch größere Verwirrung. Für etliche, sogar unter der Leibgarde, war die Tatsache, dass der Stein tatsächlich den Schrei ausgestoßen hatte, zu viel. Keine Angst vor Feigheit, kein Gedanke an Ehre vermochte sie zu halten. Sie ließen die Waffen dort liegen, wohin sie gefallen waren, und rannten kopflos davon. Auf der Flucht versetzten sie weitere in Panik, welche ebenfalls losliefen, ohne nach dem Grund zu fragen. Als der Schrei des Steins abebbte, erhob sich an seiner Stelle lautes, angsterfülltes Gebrüll.

Doch andere erfüllte der Schrei des Steins mit Ekstase. Ihre Herzen und Köpfe öffneten sich für das Wunder: Es war wahr! Es bedurfte keines weiteren Beweises, um sie zu überzeugen. Vor ihnen stand auf dem Stein der von der Göttin erwählte König! Die Männer legten die Waffen nieder, da sie diese nicht mehr brauchten, umringten den Stein, um das Wunder aus der Nähe zu sehen und den Stein und den Jüngling zu berühren, der darauf stand, und aus ihm Stärke zu ziehen. Sie lachten alle laut. Ihre Gesichter waren voll Freude. Unter diesen war auch Athelric. Die Freude, seine Göttin so nahe zu wissen, ließ ihn den Thron vergessen. Auch Wulfweard war am Rand der Menge der glühenden Verehrer. Sein Körper war Unwin zugewandt, aber er blickte zurück zum Stein und zu Elfling.

Der Atheling Unwin war erschüttert, aber er lief weder vom Stein fort noch dorthin. Der Schrei des Steins hatte ihm nicht nur Angst eingeflößt, sondern auch teuflisch, unnatürlich und widerwärtig geklungen. Er spürte, wie Furcht in ihm aufstieg und reagierte darauf mit Wut. Dies war der Teufel, der den Kampf gegen den Gott beginnen wollte, welchem er Treue geschworen hatte, und dieser Teufel musste bekämpft werden. Er schaute umher und sah einige seiner Männer auf dem Weg nach unten und etliche, die sich in die Schar der Ungläubigen einreihten. Aber es waren viele, meist Christen wie er, die verwirrt mit offenem Mund dastanden. Er hob sein Schwert vom Boden auf und rief ihnen zu: »Ihr habt geprahlt, was ihr in der Schlacht für Ruhmestaten vollbringen würdet, während ihr mein Ale geschluckt habt! Steht jetzt zu euren Worten, oder sollen sie euch beschämen?«

Die verwirrten Gesichter wandten sich ihm zu. Er zeigte ihnen sein Schwert, das er wieder in der Hand hielt. »Ich habe euch ein Dach über dem Kopf, Kleidung, Essen und Trinken versprochen, Waffen und Belohnung – und ich habe mein Wort gehalten!« Jetzt erholten sich seine Männer. Sie brachen in Jubel aus, schlugen mit den Schwertern gegen die Schilde und waren entschlossen, die Erinnerung an ihre Angst durch umso wilderes Kämpfen auszulöschen. »Eine Belohnung für den Mann, der mir den Kopf des Elfen bringt!«, schrie Unwin. Gerade als er seine Leute vorwärtsführen wollte, sah er seinen Bruder und rief: »Wulfweard! Atheling! Zu mir!«

Wulfweard hörte ihn, wandte sich um, drehte sich wieder zum Stein – und rannte dann zu Unwin, um sich in dessen Reihen einzugliedern und seinen Platz an der Seite des Bruders einzunehmen.

Unwin lief auf den Stein zu, seine Männer hinter ihm, alle schlugen mit den Schwertern auf die Schilde und machten einen Höllenlärm, dazu schrien sie wild. Diejenigen, die am Stein standen, schienen abgelenkt zu sein – eine leichte Beute. Doch als die Angreifer näher kamen, veränderte sich die Luft, und aus ihr traten auf wunderbare Weise Krieger hervor. Bewaffnete, mit hocherhobenen Schilden. Unter den Helmen waren bleiche, blutlose Gesichter von Toten. Einige hatten keine Augen und wiesen Risswunden auf, wo Raben und Wölfe, Wodens Geschöpfe, sich an ihnen gütlich getan hatten. Die Hände, mit denen sie die Speerschäfte hielten, waren bläulich verfärbt, auch die Nägel waren blau. Als sie die Münder öffneten und den Schlachtruf ausstießen, kam von ihnen ein Luftzug, der faulig stank. Bei diesem Anblick sank auch dem Tapfersten der Mut, und Unwins Leibwachen hatten bereits mehr als zum Reißen gespannte Nerven. Sie blieben stehen und wichen erneut zurück.

Unwin spürte, wie sein Leib vor Furcht schwach wurde, aber er war ihr Herr, ihr Anführer. Ihm war bewusst, sobald er einen Schritt zurückwich, würde der Rest fliehen. »Mein Gott ist das Leben!«, schrie er und schlug mit dem Schwert auf den nächsten Krieger der Anderswelt ein. Während sein Schwert noch in der Luft war, ehe es traf, fragte er sich, was geschehen würde. Würde die Kreatur in Knochenteile und Fleischbrocken zerfallen? Würde sie wie ein Traum verschwinden? Ehe der Gedanke zu Ende gedacht war, hatte er bereits die Antwort, als sein Schwert mit aller Kraft gegen einen Schild prallte, der so fest war wie der, den seine Männer hielten. Auch der Krieger dahinter war ebenso stark. Gerade noch rechtzeitig gelang es ihm, den eigenen Schild zu heben.

Hinter den Rängen der Walkürenkrieger sammelte Elfling die Männer, die sich zu ihm gesellt hatten. Hektisch hoben sie Schwerter vom Boden auf, schlangen Schilde auf den Rücken und stülpten sich Helme auf die Köpfe. Elfling zog Wodens Versprechen aus der Scheide. Er spürte das Schwert in seiner Hand zittern und zum Leben erwachen. Heute brauchte er sich keine Sorge zu machen. Es würde genügend Blut zu trinken bekommen, ehe es wieder in die Scheide gesteckt würde. Es würde sich nicht an ihm gütlich tun müssen.

Beide Seiten trafen mit den Schilden aufeinander, Eisen schlug gegen Eisen, dazu laut hallende Schreie: Wodens Musik. Als mehr und mehr von denen, die Elflings Seite ergriffen hatten, ins Kampfgeschehen eingriffen, verschwanden allmählich die toten Krieger und traten zurück in die Anderswelt, aus der sie gekommen waren. Die verletzbaren sterblichen Männer, deren Leiber durch eiserne Klingen gespalten werden konnten, die sterben konnten, rannten wieder gegeneinander an. Die Schläge auf die Schilde erschütterten ihren Körper und dröhnten in ihren Ohren. Der Metallbuckel eines

Schildes vermochte ein Gesicht zu Brei zu schlagen, es zu blenden und Nase und Jochbein zu brechen. Die schweren Schwerter und Äxte ermüdeten die Hände, die sie führten. Mit voller Kraft geführt, vermochten die Klingen das Fleisch bis zum Knochen zu zerteilen, den Knochen zu brechen und sogar ihn zu durchtrennen. Die Krieger warfen sich in die Schlacht im vollen Bewusstsein, dass sie zerhackt und in Stücke geschnitten werden mochten, dass ihr Blut verströmen, dass ein Schwerthieb gegen Knie oder Hüfte, Schulter oder Ellbogen sie zum Krüppel machen konnte. Aber sie hatten sich ja gebrüstet, als sie betrunken waren … Jetzt galt es, diese Prahlereien unter Beweis zu stellen.

Es war nicht leicht zu wissen, ob der Mann, den man angriff oder der einen niederhauen wollte, Freund oder Feind war. Alle Männer trugen die gleiche Rüstung. Die Athelinge erkannte man an den Helmen mit Masken und dem Gold, das bei ihnen blitzte, und ihre Krieger scharten sich um sie.

Elfling zeichnete sich durch sein ungeschütztes Haupt aus und durch die Geschwindigkeit, mit der er sich bewegte und zur Seite auswich, ebenfalls durch die Schnelligkeit und Härte, mit der er zuschlug. Anscheinend brauchte er keinen Helm, da kein Hieb an seinem Schild vorbeikam. Wenn er sein Schwert in die Höhe schwang, fing es das Licht ein. Dann sah man auf der dunklen Klinge ein kompliziertes Muster aus Knoten. Bei diesem Anblick zog sich das Herz der Männer, die gegen ihn antraten, zusammen, und Panik schlug in ihrer Brust. Als Elflings Männer ihren Anführer ohne Helm und lachend kämpfen sahen, dass die Gegner wankten, lachten sie ebenfalls laut vor Stolz und Freude über die eigene Kraft. Sie warfen sich erneut vorwärts, aber diesmal kam es zu keinem Klirren der Schilde, denn ihre Gegner, Unwins Leibgarde, die Christus-Anhänger, machten kehrt und flohen. Dies war auch keine

Finte, um die Feinde aus dem Schilderwall zu locken; denn sie warfen auf der Flucht ihre Schilde weg, ließen ihre Speere auf dem Boden zurück und schleuderten alles von sich, was sie bei der Flucht behindern könnte.

Elflings Männer verfolgten sie auf den Wegen, die den Hügel hinabführten, aber auch auf unwegsamem Gelände. Die Verfolger lachten beim Töten, erfüllt von Wodens Kraft, und waren nicht in der Stimmung, ihre Klingen zu schonen. Die Fliehenden wurden niedergemacht und in Stücke geschlagen, desgleichen viele Zuschauer, die so töricht gewesen waren, zu nahe am Kampfgeschehen zu bleiben.

Als Elfling sah, dass der Kampf gewonnen war, verließ er die Hügelspitze nicht. Er betrachtete die Toten oder blutenden Sterbenden, die um den heiligen Stein lagen, und es kam ihm überhaupt nicht seltsam vor. Die Walküre teilte die Toten mit Woden. Sie war eine liebende Frau und eine hartherzige alte Vettel zugleich. Man musste sich freuen, wenn sie lächelte und einen liebte, solange es währte. Die Toten, das Blut und Leid und die verstümmelten Männer scherten sie wenig – eigentlich gar nicht.

Mit dem schweren Schwert noch in der Hand schritt er durch die Leichen. Er wollte die Klinge nicht säubern und in die Scheide stecken, bis er sicher war, dass er sie an diesem Tag nicht mehr benutzen musste. Seine Hand schmerzte und zitterte, weil er das Heft so lang gehalten hatte. Auch seine Arme bebten immer wieder von den Schlägen, die er mit Schild und Klinge abgewehrt hatte. Sein Rücken schmerzte von der Mühe, einen schweren Gegner zu Boden zu werfen, der auf seinem Schild gelandet war. Seine Beine zitterten und schmerzten von der gewaltigen Anstrengung. Sie würden noch stundenlang zittern, so wie seine Ohren, ja und sein ganzer Kopf weiterhin vom Kampfeslärm dröhnte, der darin widerhallte. Er kam zu einem

Mann mit einer Bauchwunde. Einen Augenblick lang schaute er auf ihn hinab, dann setzte er die Schwertspitze an dessen Kehle und stieß zu – ein Akt der Menschenliebe. Er schritt weiter und kam zu Wulfweard.

Der Junge lag halb unter einem Toten, der auf ihn gefallen war. Auf Elflings Nicken hin kamen zwei seiner Männer, die ihm auf dem Hügel gefolgt waren und alles fasziniert bestaunt hatten, und zerrten den Toten beiseite. Elfling bückte sich über seinen Halbbruder.

Der Schild des Jungen war zerbrochen und hatte ihn schutzlos gemacht. Das Schwert, das er noch in der Hand hielt, hatte eine Klinge mit vielen Scharten. Blut quoll unter der goldenen Helmmaske hervor. Wulfweard blutete aus Wunden in der Brust und am Arm, wo sein Kettenhemd aus dicken Eisengliedern wie Leinen durchschnitten war. Nur ein Schwert in diesem Kampf konnte solche Wunden beibringen, aber Elfling erinnerte sich nicht, im Kampf die goldene Maske vor sich gesehen zu haben. Er erinnerte sich nicht, den Schild gespalten zu haben oder das Schwert des Jungen niedergeschlagen zu haben. Aber eigentlich erinnerte er sich nur wenig an den Kampf, abgesehen davon, dass Wodens Versprechen seinen Arm geführt hatte, und von der Begeisterung über seine Schnelligkeit und seine Kraft, die ihn antrieben.

Behutsam hob Elfling den Kopf Wulfweards und nahm ihm den Helm ab. Unter der goldenen Maske erschien sein eigenes Gesicht, aber jünger und schwächer und jetzt mit Blut beschmiert. Die Augen waren halb offen, und die Lider flackerten. Atem drang aus dem Mund. Noch lebte Wulfweard, allerdings nicht mehr lang.

Elfling war müde und schreckte vor der Mühsal einer Heilung zurück. Er legte den schweren Kopf wieder auf die Erde und stand auf. Der Junge starb. Sollte er doch sterben. Sein

Geist war schon so weit entfernt, dass er still in den Tod gehen würde, ohne Schmerzen und ohne das Bewusstsein wiederzuerlangen ... Und auf einem Hügel, der von so vielen toten und blutenden Körpern entstellt war, war ein weiterer toter Junge keinen Gedanken oder eine Bemerkung wert.

Elfling ging weiter. Seine faszinierten Anhänger folgten ihm auf den Fersen. Wulfweard war zwar nicht auf Elflings Hof gewesen und hatte an dem Massaker dort nicht mitgewirkt – aber er war ein Blutsverwandter derer, die es getan hatten, und das machte es gerecht, sein Leben als Bezahlung für die Blutschuld zu nehmen. Außerdem – Elfling schüttelte den Kopf, und die Heldenzöpfe schlugen gegen sein Gesicht – hatte der Junge seine Seite verlassen, um für seinen Bruder Unwin zu kämpfen. Mochte er in Unwins Diensten sterben.

Elfling machte kehrt und bahnte sich einen Weg durch die, welche ihm so dicht folgten. Er ging zurück zu Wulfweard und kniete neben dem Jungen nieder. Er warf Wodens Versprechen beiseite und drückte seine Hände kräftig auf Wulfweards Brust. Er holte tief Luft, schloss die Augen und bemühte sich, ruhig zu werden und den Ruhepunkt in seinem Kopf zu finden, von dem seine Kraft ausging. Unter seinen Händen war kaum Bewegung zu spüren, kaum Atmen, aber das Herz schlug schnell, wenngleich schwach. Elfling schien es nicht nur zu fühlen, sondern auch zu hören: Der Puls schien durch seine eigenen Adern zu laufen. Er nahm seinen eigenen Atemrhythmus und verlangsamte diesen; dabei lauschte er auf sein eigenes Herz und den Pulsschlag in den Ohren. Er biss die Zähne zusammen, setzte seine gesamte Willenskraft ein und konzentrierte sie wie einen Hammerschlag: So, wie ich will, so *muss* es sein! Kraft seines Willens schloss sich das offene Fleisch und versiegelte den Blutstrom. Mittels seines Willens flößte er Wulfweard die Kraft ein, von seiner Kraft zu nehmen. Mit seinem eigenen Herzschlag rief er den wandernden Geist zurück. Seine Hände glühten wie an einem kalten Winterstag: Die Hitze stieg ihm in den Kopf, dass ihm schwindlig wurde.

Männer sammelten sich um ihn und sahen, wie sein Haar sich aufstellte und Funken sprühte. Sie spürten die Hitze, die von ihm ausging und wichen voll Furcht zurück.

Elfling blieb neben Wulfweard knien und presste die Hände auf dessen Brust, bis er spürte, das seine Kraft nachließ. Ihm war übel, und eine große Kälte lief durch seinen ganzen Körper. Er hob die Hände von Wulfweard und sank zur Seite. Er konnte sich gerade noch mit den Armen abstützen, sonst hätte er flach auf dem Boden gelegen. Langsam und mühsam hob er den Kopf, als jemand ihn am Arm berührte. Er schaute durch sein wirres Haar nach oben. Athelric stand neben ihm und hielt seinen Helm in der Armbeuge. Er betrachtete Elfling wie verzückt voll Staunen.

Völlig erschöpft blickte Elfling von ihm zu Wulfweard. Es war ihm nicht gelungen, die Wunden vollständig zu schließen, aber die Blutung hatte aufgehört, und der Junge atmete kräftiger. »Tragt ihn fort«, sagte Elfling zu wem auch immer in seiner Nähe; er schaute nicht hin. Er besaß kaum die Kraft zu sprechen. »Vorsichtig. Kümmert euch um ihn.«

Mehrere Männer kamen und hoben Wulfweard auf ihre Arme. Elfling schaute ihnen nach, wie sie ihre Last vorsichtig und mit unsicheren Schritten davontrugen. Er spürte immer noch Athelric an seiner Seite und sagte, ohne ihn anzusehen: »Zähl die Toten.«

»Das ist bereits geschehen«, antwortete Athelric. Beide wussten, dass der Hauptgrund für die Zählung der Toten war herauszufinden, ob Unwin darunter war.

Athelric seufzte und setzte sich neben Elfling. Erschöpft ließen sich beide auf den Boden sinken. Sie hatten sich nichts zu sagen. Beide fühlten, wie ihre Gliedmaßen immer wieder zitterten.

Ebba hatte auf dem Hang des Hügels ganz still gelegen, als der Kampf über ihr lautstark tobte und die Flüchtenden an ihr vorbeigerannt waren. Erst als der Lärm aufgehört hatte, wagte sie es, den Hang zur Kuppe des Hügels hinaufzukriechen. Sie hatte Angst und zuckte bei jedem Laut, bei jeder Bewegung zusammen; sie hatte keine Rüstung, die sie vor scharfen Klingen schützte, und sie bewegte sich zwischen Männern, denen der Schrecken des Kampfes noch in den Knochen saß und die bereit waren, auf alles einzuschlagen, was in ihre Nähe kam. Als sie sich der Kuppe näherte, lagen überall Tote und Verwundete. Sie musste über sie hinwegsteigen. Ringsum Wunden und Blut. Sie wandte schnell den Blick von den zerschlagenen Gesichtern und zerschnittenen Muskeln ab. Sie wanderte weiter und bemühte sich auf dem Weg, die schrecklichsten Anblicke zu meiden. Und dann – auf der Kuppe – sah sie Elfling. Sie lief geradewegs auf ihn zu und stieg dabei über alles, was ihr im Weg war.

Er saß neben einem schwereren, älteren Mann auf der Erde. Eine kleine Schar Bewaffneter stand bei ihnen und starrte sie an. Elfling trug ein Kettenhemd, dessen Glieder im Sonnenlicht glänzten. Dann hob er den Kopf. Ebba starrte ihn ebenfalls an. Sein Haar war länger, als sie es je gesehen hatte, und hing hinten offen und an den Seiten in dünnen Zöpfen herab. Die Sonne fing sich darin und verwandelte es in Weiß und Gold. Jeden Tag und jede Nacht hatte sie sich bemüht, sich zu erinnern, wie er aussah. Doch jetzt erkannte sie, wie verschwommen und unvollständig ihre Erinnerung gewesen und wie wunderschön er in Wirklichkeit war. Sie spürte, wie die

Liebe aus ihrem tiefsten Inneren aufstieg, warm, süß und verzehrend: Sie spürte, wie ihr Herz zu ihm strebte. Sie war sicher, dass er sie lieben musste. Denn wie konnte sie so viel empfinden und er nicht das Gleiche?

Sie wagte sich etwas näher heran. Auf dem Gras lag nahe bei Elfling ein großes Schwert mit schwarzem Griff. Die Klinge war dunkel vom getrockneten Blut. Sie würde das Schwert für ihn säubern, dachte sie, obgleich es für sie ein schrecklicher Anblick war, dick mit Blut beschmiert. Aber sie würde Grasbüschel ausreißen und es reinigen – um ihm die Arbeit abzunehmen.

Sie ging noch näher und schaute ängstlich zu den Männern, ob diese sie nicht vielleicht verjagen würden. Elfling hatte wieder den Kopf gesenkt und sah sie nicht. Noch ein Stückchen näher, dann konnte sie in die Hocke gehen und die Hand nach seinem Schwert ausstrecken ... Gerade als sie es berühren wollte, hob Elfling ruckartig den Kopf und sagte: »Lass das!«

Ebba zuckte zurück und blieb einfach stehen und schaute ihn an. Sie hatte Angst, dass sie ihn irgendwie beleidigt hatte, und wusste nicht, was sie sagen sollte.

Elfling runzelte die Stirn, als er Ebba erkannte. Ebba aus seinem alten, niedergebrannten Gehöft. Er fragte sich, wie sie hergekommen war, aber er war zu müde, um darüber nachzudenken. Doch diesen starren Blick kannte er, das Flehen, die dösigen Augen, und wäre er nicht so erschöpft gewesen, wäre er zornig geworden. Dieses dämliche Mädel lief ihm wieder hinterher, demütigte sich und weckte in ihm eine Verärgerung, die er nicht fühlen wollte. Und jetzt gehörte er der edlen Frau, die zu Rivalinnen keineswegs freundlich sein würde. Mehr als je zuvor brachte es Ebba kein Glück, ihn zu lieben.

Ohne Zorn sagte er nur: »Geh fort von hier, Mädchen. Geh zurück nach Hornsdale, wo du hingehörst.«

Er hob Wodens Versprechen auf, rupfte Gras aus, um die

Klinge selbst zu reinigen; aber ein Mann trat vor und nahm sie ihm eilfertig aus der Hand. Elfling erhob sich mühsam. Zwei oder drei Männer boten ihre Hilfe an. Er nahm die Hilfe des einen an, da er so müde war. Als Elfling auf den Beinen stand, seufzte er und sagte: »Zeigt mir, wo ich schlafen kann.«

Athelric stand auf und rief: »Eine Eskorte für den König!«

Männer eilten mit klirrenden Rüstungen herbei. Ebba stand da und schaute zu, als sie Elfling den Hügel hinabgeleiteten, wo man die Pferde zurückgelassen hatte. Um sie, um den heiligen Stein herum, wurden Männer fortgetragen, oder, wenn sie tot waren, den Hang hinabgerollt und gestoßen. Elfling schaute nicht zurück. Er hatte Ebba bereits vergessen.

Sie setzte sich zwischen die Toten auf den Hügel und schluchzte. Elflings glasklare Augen hatten sie genau angeschaut. Er hatte sie erkannt, aber verschmäht. Seine Stimme war so ausdruckslos und kalt gewesen. Seine Augen, seine Stimme hatten ihr gezeigt, was sie war. Sie hatte geglaubt, ein bisschen hübsch zu sein, aber jetzt wusste sie, dass sie mager und gewöhnlich war. Sie hatte sich so viel auf die beiden Goldringe und ihren Beutel mit dem Gold der Athelinge eingebildet: Jetzt wusste sie, dass sie damit nicht Elflings Schwert kaufen konnte, auch nicht den Helm. Es reichte höchstens dafür, dass sie ein armer Bauer eines zweiten Blickes würdigte. Mit einem Schlag erkannte sie die harte Wirklichkeit: ihre Torheit, ihre Einsamkeit – sie hatte weder Eltern noch Schwestern oder Brüder, auch keinen Herrn oder Geliebten.

Ein großer schwarzer Rabe ließ sich schwer neben ihr auf dem Boden nieder und pickte in der Erde, die Wulfweards Blut getränkt hatte.

VIERZEHNTES KAPITEL

DAS WEBEN GEHT WEITER

Die hohen, kahlen Bäume ragten schwarz vor einem glühenden roten Band auf. Über dem Rot war der Himmel tiefblau, beinahe schwarz. Unwin blickte zurück in die Richtung, aus der sie gekommen waren, zurück in den Sonnenuntergang und fragte: »Ist mein Bruder tot?«

»Ach, edler Herr«, sagte der müde Mann auf dem Pferd neben ihm. »Wie können wir das wissen?«

Unwin hatte Wulfweard fallen sehen, niedergemacht von diesem Elfenbalg mit dem schwarzen Schwert. Es gab nichts, was er hätte tun können. Seine Männer waren besiegt und geflohen. Wäre er geblieben, wäre er ebenfalls gestorben, und dann gäbe es niemanden mehr, der den Blutzoll für Wulfweard und Hunting hätte eintreiben können.

Unwin drehte sich im Sattel um und drückte seinem Pferd die Fersen in die Weichen. Schnell hatte er seine kleine Schar eingeholt. Sie waren geflohen und waren bis zu den Pferden gekommen. Sie hatten sich selbst Pferde genommen und den Rest auseinandergetrieben, um die Verfolger aufzuhalten. Im letzten Licht ritten sie nach Norden, denn wenn sie den Norden erreichten, lagen dort die Besitzungen der fremden Nordleute. Diese waren Christen – Vater Fillan war von dort gekommen – und würden einen christlichen Atheling willkommen heißen.

Im Norden konnte Unwin in Sicherheit abwarten, bis er die Nachricht vernahm, ob er der einzige überlebende Atheling war oder nicht.

Im Norden konnte er eine Armee aufstellen, um sich zu rächen.

In den Unterkünften der königlichen Residenz schliefen die erschöpften Krieger. Aber in anderen Hallen wurde gefeiert und wurden begeistert Reden geschwungen, die sich von einer Unterkunft zur nächsten verbreiteten und die Leute zusammenschweißten. Ein neuer König – von einer Göttin auserwählt, ein Elfengeborener! Die Zukunft konnte nur gut werden.

Wulfweard lag in seinem eigenen Bett in seinen Privatgemächern in der Residenz. Man hatte ihn entkleidet und seine Wunden gewaschen und verbunden. Neben dem Bett saßen die Priesterinnen von Ing und Woden, welche die passenden Runen aus Holzstücken geschnitzt und unter das Kissen und die Bettdecke gelegt hatten. Während sie Wache hielten, sangen sie Zauberlieder. Aber beide hatten dieses röchelnde, stockende Atmen schon früher gehört. Eine steckte die Hand ins Bett und suchte den Blick ihrer Gefährtin, dann schüttelte sie den Kopf, als sie fühlte, wie kalt die Finger des Athelings waren. Schon bald würden sie ihren Gesang von einem Heilungszauber zu einem Lied wechseln müssen, welches die entfliehende Seele auf den Weg in die Anderswelt führte.

Der neue König, der Elfengeborene, war gekommen, um nach seinem Halbbruder zu sehen, und hatte wieder die Hände auf ihn gelegt und nochmals versucht, ihm zu helfen – doch hatte ihn das so geschwächt, dass seine Knie weich wurden und er zusammenbrach. Er hatte Wulfweard auf dem Schlachtfeld vor dem Sterben gerettet, doch jetzt konnte er nach seinen eigenen Worten nichts mehr für ihn tun. Die Priesterinnen sangen weiter in der vom Kerzenlicht erhellten Nacht. Während sie sangen, beteten sie, der Morgen möge kommen. Oft kam mit dem neuen Tag neue Stärke, selbst für die Sterbenden. Doch sollte der Tod kommen, dann sollte es so sein. Es lag im Ermessen der Göttin, die Toten auszuwählen.

In einer dunklen Ecke neben einem Vorratsraum lag Ebba im Schmutz und weinte, bis ihre Kraft sie verließ. Ruhiger geworden, setzte sie sich auf, wischte das Gesicht ab, wobei sie es noch schmutziger machte, und schwor wild entschlossen, dass sie nie wieder eine Träne vergießen würde, nicht für Elfling oder einen anderen Mann. Aber dann flossen die Tränen erneut. Oft schrie sie, halb von Tränen erstickt, dass sie ihm so wehtun würde, wie er ihr wehgetan hatte – und sogleich nahm sie die Worte zurück. Doch der Wunsch kehrte stets zurück.

Elfling lag in den Privatgemächern des Königs, in dem geschnitzten und vergoldeten Bett, in dem sein Vater gestorben war. Er lag in den Armen der edlen Frau, der alten Vettel, der Geliebten, der Jungfrau und der Walküre. Im Halbschlaf flüsterte sie ihm ihre Pläne für die Zukunft ins Ohr. »Unwin ...«, flüsterte sie und: »Athelric ...«

Elfring rührte sich und fragte: »Und Wulfweard?«

»He!«, sagte sie lachend und flüsterte: »Ich erwähle die Toten.«

LESEPROBE

Susan Price

ELFLING

DAS HEER DER TOTEN

Es herrschte so dichtes Schneetreiben, dass selbst die Dunkelheit weiß war. Der Reisende, dessen Kleidung der Schnee weiß getüncht hatte, rutschte aus, als er an seinem unglücklichen, erschöpften Esel zerrte. Beide waren völlig durchnässt, hungrig, mitgenommen, und ihnen war so kalt, dass sie sich kaum noch bewegen konnten.

Als sich Mauern und Torhaus der königlichen Festung in den weißen Wirbeln des Schneesturms düster abzeichneten, weinte der Reisende und schickte ein Dankesgebet gen Himmel. Ihm war nicht bewusst gewesen, wie nah er ihr schon war, aber als er mit seinem Esel das Tor erreichte, fand er es verschlossen vor.

Vor dem Tor hing eine Laterne, deren schwaches Licht im Schneesturm kaum zu erkennen war. Neben ihr hing ein Glockenstrang, und der Priester zog daran, obwohl seine Finger ihn kaum zu greifen vermochten. Der Schnee dämpfte das laute Dröhnen der Glocke zu einem leisen Bimmeln.

Ein kleines Viereck auf Augenhöhe öffnete sich klappernd. Im Lichtschein der Laterne war eine Nase zu erkennen, die neugierig durch die Öffnung gesteckt wurde.

»Wer begehrt Einlass?«

Der Reisende lehnte sich an die Tür. »Ich bin Priester. Mein Name ist –«

»Was wollt ihr, Priester?«

»Lasst mich herein. Ich –«

»Das Tor ist bis zum Morgengrauen verschlossen und verriegelt. Es wird beim ersten Sonnenstrahl wieder geöffnet.«

»Aber ich kann nicht – wartet, wartet!« Die kleine Öffnung begann sich zu schließen. »Es ist kalt, es schneit –«

»Morgen beim ersten Sonnenstrahl«, sagte der Torwächter.

»Nennt Ihr das Gastfreundschaft?«, schrie der Priester.

»Erreicht das Tor vor Sonnenuntergang«, meinte der Torwächter, »und Ihr werdet in allen Würden empfangen. Aber wir sind hier in einer königlichen Festung, nicht einer heruntergekommenen Kaschemme. Bei Sonnenuntergang wird das Tor verschlossen. Beim ersten Sonnenstrahl wird es wieder geöffnet.«

»Ich werde hier draußen erfrieren.«

Ein verärgertes Zischen war durch die kleine Öffnung zu hören. »Geht zur Brücke zurück und überquert sie. Zur rechten Hand werdet Ihr ein Gästehaus finden, in dem Ihr Decken, etwas zu essen und Holz finden werdet, alles, was Ihr braucht. Aber dieses Tor öffnet sich nicht vor Sonnenaufgang.«

Das Türchen begann sich wieder zu schließen. »Ich muss aber hinein«, schrie der Priester. »Ich habe eine Nachricht zu überbringen – ist es denn nicht wahr, sagt es mir, dass Unwin Sassenach sich unter Eurem Dach befindet?« Das Schweigen des Torwächters war ihm Antwort genug. »Ich habe Nachrichten für Unwin. Sagt ihm, dass ich hier bin, dass Vater Fillan hier ist. So wahr Gott Euer Schöpfer ist, bitte ich Euch, tut wenigstens das!«

»Unwin Sassenach ist nicht unser König – er ist niemandes König«, sagte der Torwächter.

»Aber er ist Eures Königs Gast!«

Der Torwächter seufzte schwer. »Begebt Euch zur Hütte, Vater, und wartet dort, während ich für Euch nachfrage. Das kann sehr lange dauern.«

»Ich werde hier warten«, sagte Vater Fillan und zog den Mantel enger um sich. Er war halb erfroren, glaubte aber fest daran, dass Gott und König Lovern ihm seinen Wunsch eher gewähren würden, wenn er litt.

Lesen Sie weiter in
Elfling – Das Heer der Toten
(Bastei Lübbe Taschenbuch 20625).